고양이의 제단

김묘원 소설

고양이의 제단

엘릭시르

차례

첫 번째 미로
고양이의 제단
7

두 번째 미로
모두의 약점
68

세 번째 미로
답장을 보내다
140

네 번째 미로
등 뒤의 메시지
202

들어오는 길, 나가는 길
실을 감아 다다른 곳은
243

작가의 말
324

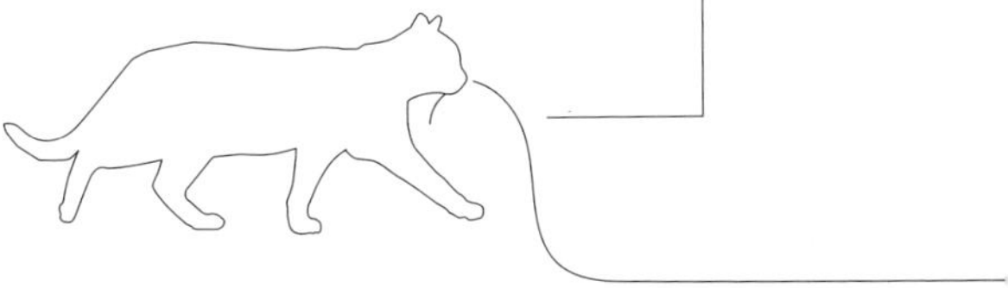

고양이의 제단

미로를 그리는 법. 형태를 고르고 입구와 출구를 정한다. 벽을 그린다. 막다른 길을 만들어낸다.

종이 위의 미로는 너무 간단하게 느껴진다. 시간을 들이면 언젠가는 도착하게 된다.

나가지 못해 굶어 죽게 되는, 오래된 뼈들을 볼 수 있는 미로는 어떻게 만들어진 것일지 궁금하다. 두툼한 실패와 실이 필요한 미로. 갇히면 나올 수 없는 미로는 어느 정도로 복잡해야 가능한 것일까.

가둬두기 위한 미로라는 것은 이해하기 어렵다.

감옥이 더 효율적이지 않은가? 굳이 미로여야 할 이유가 있나? 운동을 할 충분한 공간을 마련해주려 그랬던 것일까? 결국 미로는 돌봄의 표시인가?

아니, 정해진 공간에서 최대한 먼 거리를 확보하기 위해서였을 것이다. 감옥은 너무 가까우니까. 철창 너머의 존재와 얼굴을 마주하게 될 테니까.

철창이 아니라 질문이라도 마찬가지이다. 온몸으로 부딪쳐 울리는 존재의 무게를 느끼지 않기 위해 아주 멀리, 최대한 멀리 보내기 위해 미로를 만든 것이다.

이해와 함께 한결 편한 숨이 돌아오고 나는 다시 펜을 잡는다.

미로는 이제 막 시작되었을 뿐이다.

쏟아져 들어오는 햇빛 때문에 빛이 닿지 않는 벽은 더욱 까맣게 보인다. 몇 초간의 시간이 필요하다. 빛과 어둠에 눈이 익을 시간. 서서히 창문과 커튼의 윤곽이 드러나고, 왼쪽 벽에 걸린 무언가 시선을 끈다. 한번 의식하면 다시는 무시할 수 없을 무엇—.

그림이다. 본디 황금빛이었을 액자 테두리는 낡아 칠이 벗겨졌고 물감의 색채도 바랬다. 다만 유리는 항상 반짝반짝한데 그 부조화가 그림의 기묘한 분위기를 더 두드러지게 한다.

천장이 높은 미술관이나 대저택에나 어울릴 것 같은, 위압적이도록 커다란 유화. 좁은 학교 음악실에는 버겁고, 넘친다.

그림은 억눌려 있다. 불만으로 가득 차 악의를 내뿜고 있다.

악의의 첫 번째 희생자는 그림의 주인공인 여자아이이다. 진파랑빛 원피스를 입은 채 무표정하게 정면을 바라보고 있는 소녀. 분명 그림의 중심인데도 어딘가 희끄무레하게 느껴지고, 시선은 자연스레 소녀 앞의 보랏빛 안락의자로 내려오게 된다.

아, 그림의 주인공은 따로 있었던가. 화가는 소녀보다 이 의자를 그리는 데 더 심혈을 기울였나 보다. 한 올 한 올 묘사된 벨벳의 결은 지나칠 만큼 세세하고 등받이를 장식한 새 조각은 강렬하다. 새의 등에 얹힌 소녀의 손은 창백하고 힘이 없다. 꼭 새가 자기를 쪼지 않을까, 의자가 자기를 집어삼키지는 않을까 움츠리고 긴장한 것처럼.

그리고 그 의자의 실물이, 바로 그림 아래 놓여 있다.

이제 보라색은 바래서 회색으로 보이고 등받이의 정교한 나무 조각 틈에는 먼지 때가 꼈다. 낡디낡은 의자를 닦는 것까지는 청소 당번의 소관이 아니기 때문이다.

의자를 보면 여왕이 떠오른다. 늙고 광기에 사로잡혀, 좀먹은 비단과 빛 잃은 황금과 함께 외진 다락에 갇힌 여왕. 의자만이 여기 어딘가 여왕이 있다는 증표로서 남아 있는 것이다.

누구도 그 의자에 앉지 않는다. 아무리 음악실 의자가 딱딱하더라도, 장난으로라도, 그 의자에 앉는 사람은 없다. 책이나 옷을 올려두는 일조차 없다. '저주'에 걸릴 것이라는 지극히 중학교다운 미신 때문이다.

그런데 지금 의자 위에 놓인 것은 무엇일까. 얇은 연분홍빛 종이를 구겨 안을 채운 종이 상자. 그 안에는 두 눈을 꼭 감은 고양이. 그리고 의자에서부터 바닥까지 흘러 굳은 붉은 액체.

"목격자가 세 명이었다고?"

"응. 2학년 애들이야. 한 명은 나도 알아. 작년 같은 반."

오늘의 티 푸드는 굵은 소금을 뿌린 캐러멜 쿠키이다. 아무리 단짠이 유행이래도 쿠키에 소금이라니 내 취향은 아니다. 뭐, 가끔은 괜찮다. 문제는 밤 9시에 고칼로리 쿠키를 먹느냐 마느냐다. 지난번엔 두툼한 필링이 들어간 마카롱이었고 꼭 한 개만 먹겠다고 다짐했건만 정신 차려보니 세 개나 해치운 뒤였다.

"근데, 피가 아니었어."

피처럼 보였던 것은 토마토 주스였다.

"경찰까지 부른 게 우습게 됐지."

점심시간이 끝날 무렵 운동장에 나타난 경찰차는 상당한 파장을 불러일으켰다. 창문마다 애들이 줄줄이 매달려 소리를 질러대는 통에 5교시 시작 종소리마저 묻힐 지경이었다.

음악실에서 누가 자살했대! 누군가의 말에 흥분은 최고조에 달했지만 시체의 정체가 고양이라는 게 밝혀지자 한풀 꺾였다. 실망, 아쉬움. 재밌는 구경이 취소되기라도 한 것처럼.

학교의 모두는 자극을 기다리고 있다. 파국을, 일상이 마구 뒤집히기를 바라고 있는 것이다.

"교장 선생님이 방송까지 했어. 그 얘기가 인터넷에 올라오기라도 하면 가만두지 않겠다, 끝까지 밝혀내겠다 협박하더라고."

"그걸 거기 가져다 놓은 사람을 밝히겠다는 거야, 인터넷에 올린 사람을 밝혀내겠다는 거야?"

"후자가 아닐까."

일이 크게 번지지만 않으면 덮어두는 게 학교이고 선생들이다. 이미 작년에 충분히 경험했다.

언니는 찻잔에 차를 따랐다. 밝은 주황빛 홍차에서 사탕처럼 달콤한 향기가 풍겨왔다. 저 향기에 속으면 안 된다. 맛은 쓰고 얼얼하다. 솔직히 마시고 싶진 않지만 의례의 일부이므로 어쩔 수가 없다.

이건 언니와 나의 '약속'이다. 언니는 보통 땐 방 밖으로 나오지 않고 식사도 따로 한다. 대신 미리 '약속'을 하면 언니를 만날 수 있다. 나는 주로 카톡으로 약속을 잡고 언니 방에서 만난다. 엄마 같은 경우는 부엌 식탁, 새아버지는 거실이 약속 장소이다. 규칙이랄까, 언니는 한 번에 딱 한 명씩만을 만난다. 그 말인즉슨 가족이 동시에 모이는 일은 없다는 것이다.

언니는 언제나 '약속'다운 준비를 한다. 그대로 밖에 나가도 손색없을 단정한 옷차림, 그리고 다과. 찻잔 받침과 찻잔, 찻주전자까지 한 세트이고 디저트 스푼과 포크도 고급품이다. 언니네 엄마가 모았던 것이라고 했다.

그렇다고 해서 언니가 무슨 소녀 취향인 것은 아니다. 이 방에는 살풍경할 정도로 물건이 없다. 미니멀리즘의 표본 같달까. 온갖 잡동사니로 엄마를 기겁하게 하는 내 방과는 천지차이가 난다. 책장은 비었고 침대의 이불은 누구도 그 위에 눕지 않은 것처럼 반듯하다. 책상 위에는 노트북 하나, 언니에겐 핸드폰이 없으니 노트북이 유일한 소통 수단이다.

벽에 붙은 A3 사이즈의 그림만이 조금의 장식적인 효과를 낸다. 그림이라고 해야 하나, 아니면 도안. 종이를 꽉 채운 큰 원 안에 매직아이처럼 빽빽한 곡선이 바깥에서 안으로, 3분의 1쯤 채워져 있다.

언니가 그리고 있겠지. 설명을 듣진 않았지만 짐작하고 있다. 그림이 조금씩 달라지고 있기 때문이다.

언니가 물었다.

"그 고양이는, 죽은 고양이?"

"응. 언니도 알지? 제물 이야기."

고양이가 놓인 장소가 문제였다. 그림 앞, 그 의자 위.

사람이 죽은 게 아니어서, 고작 고양이여서 실망했던 아이들은 다시 불씨를 키워냈다. 음악실 그림 앞이었대! 그 의자였대! 그럼 제물이었던 거 아니야?

바로 그림 속 소녀에게 바치는 제물.

그림의 소녀는 초대 이사장의 손녀로, 뭔가 불길한 사건에 연루되어 열여섯의 나이로 세상을 떠났다고 한다. 장례식장에 영정 대신 이 그림을 썼다는 얘기도 있다.

그 정도는 믿거나 말거나 옛이야기처럼 듣고 흘리면 그만이다. 좀더 섬뜩하며 아이들이 좋아하는 이야기는 다른 것들이다.

밤이면 소녀가 그림 밖으로 나와 학교를 돌아다닌다거나, 그림 속 소녀가 걸고 있는 목걸이가 때때로 바뀐다거나, 옆 건물에서 야간 자율학습을 하던 고등학생들이 늦은 밤 우리 중학교 음악실 창문으로 누군가 뛰어내리는 걸 보았다거나.

그리고 또 하나.

그림 속 소녀를 홀로 찾아가 소녀를 기쁘게 할 제물을 바치면 소원이 이뤄진다고 한다. 왼손 새끼손가락 하나에 전교 1등, 친구의 긴 머리카락에 짝사랑하던 애의 마음. 의자는 그런 제물을 바치는 제단이었다.

"그 머리카락 얘기 웃기지 않아? 제물을 바치려면 자기 머리카락을 바칠 것이지, 남의 머리카락은 왜 자른대."

"소녀는 더 좋아했을 것 같은데. 자기 머리 자르는 건 쉽잖아. 어려울수록 가치 있는 제물이겠지."

언니가 담담하게 말했다. 방향이 뒤틀린 기분이 들었다. 언니는 지금 그림 속 소녀에게 감정을 이입하고 있다. 제물을 바치는 쪽이 아니라 받는 쪽에. 소녀의 모습이 떠오르고 언니의 얼굴이 거기 겹쳤다.

"어…… 그렇지, 어려워야 하는 거지."

재빨리 생각을 수습했다.

"되게 작은 고양이였대. 제물 바치고 뭘 했을까?"

상상을 해본다.

한밤중의 학교. 무거운 침묵 속에서 촛불을 켠다. 고양이를 바치고, 소원을 빈다. 무서웠을까, 아니면 무서움도 잊을 정도로 절실했을까. 악에 받쳐 있었을까.

나는 현장은 보지 못했다. 5교시가 끝나자마자 이하리에게 끌려 음악실이 있는 2층으로 내려갔지만, 음악실 앞은 이미 아이들로 꽉 차 있어 계단을 미처 다 내려가지도 못했다.

"뭐 구경났어! 다들 돌아가!"

음악 선생이 신경질적으로 외쳐도 애들은 꿋꿋하게 음악실 앞에서 버텼다. 음악실에서 수업을 끝내고 나오던 애들이 짜증을 냈지만 인파를 뚫고 나오기엔 역부족이었다.

나는 계단 위에서 열린 문 안쪽을 들여다보려 애썼다. 거의 보지 못했다. 의자에 묻은 검은 얼룩만, 겨우.

"악! 밀지 마!"

계단 밑에서 비명이 울렸다. 아이들이 서로를 밀어대는 통에 몇 명이 음악실 안쪽으로 쓰러졌다.

"꺅!"

누군가 날카롭게 소리를 질렀고 그게 신호라도 된 듯 아이들이 덩달아 비명을 지르며 우르르 흩어졌다. 진짜 악령이라도 소환되어 모두 살짝 미쳐버린 것 같았다. 아이들은 그런 기회를 기다려왔다는 듯이 목이 찢어져라 비명을 질러댔다.

계단에서 구르고 밟혀 대여섯 명이 보건실로 실려 갔다고 들었다. 구급차까지 왔으면 완벽했을 거라고, 이하리는 아쉽다는 듯 말했다. 경찰차에 구급차라, 교장 이하 선생들은 미쳐버렸을 것이다.

"끔찍했어."

나는 고개를 내저었다. 언니는 희미하게 웃었다. 그 웃음에서, 언니가 얼마나 내 이야기를 흘려들었는지 알 수 있었다. 방금 이 이야기는 언니의 관심사를 끌지 못했다.

오늘은 실패인가. 자괴감이 스멀스멀 올라오는데 언니가 말했다.

"이상하네. 죽은 고양이를 놓고 고양이 피처럼 보이도록 토마토 주스를 뿌렸단 말이지. 왜?"

아, 이쪽이구나. 언니가 흥미를 보이는 주제.

"음, 막 피 튀기도록 죽일 자신은 없었나 보지. 토마토 주스는 구하기 쉽잖아."

저 기운을 놓치지 않기 위해 말을 걸었다. 언니는 대답이 없고 나는 조금 조급해졌다.

"그런 얘기도 있대. 소녀의 원한을 갚으려면 그림을 불태워야 한다고. 근데 그거 되게 유명한 화가가 그린 거라며. 학교 재정 어려우면 팔려고 비상용으로 챙겨뒀다던데."

"그 학교엔 그런 그림들 더 있을걸. 교장실 같은 곳에."

언니가 '그' 학교라고 말하는 것이 낯설게 들린다. 원래대로라면, 언니도 '그' 학교에 다니고 있을 것이다. 정확히는 바로 옆 같은 재단의 고등학교에.

언니는 학교에 다니지 않는다. 작년 여름 언니가 그렇게 정했다. 온종일 집에서 지내는 언니가 정말로 은둔형 외톨이가 될까 봐 엄마와 새아버지는 노심초사한다.

나는 언니를 걱정하지 않는다. 언니에게는 나름의 이유가 있을 것이다. 언니는 언제나 분명한 의지와 방향을 가지고 있으니까.

다만 나는 언니와의 대화를 준비하는 일에 신경을 쓴다. 언니는 자기 이야기는 하지 않는다. 기억도, 경험도, 감정도 거의 말하지 않는다. 들을 수 있는 것은 언니의 '생각'뿐이고 그 생각을 듣기 위해 나는 언니가 흥미로워할 만한 이야깃거리를 마련한다.

"왜 신경 쓰는데?"

언니가 물었다. 콕 찔렸다. 내가 왜 신경을 쓰나. 그건…… '의뢰'를 받았기 때문이다.

—내가 한 거 아니야! 진짜, 진짜로!

이모티콘과 눈물이 수십 개 덧붙여진 정신없는 디엠이 핸드폰 속에 남아 있다. 이걸 어쩐다. 아직 마음을 결정하지 못했다.

"재밌잖아."

내가 대답하자 언니의 얼굴에 보다 선명한 웃음이 퍼져나갔다.

"그래."

이 정도면 됐다. 오늘의 '약속'은 성공이다.

다음 날 상황은 한층 진전되었다. 사진이 등장한 것이다.

"봤어? 사진 올라왔어!"

웬만한 인터넷 커뮤니티마다 쫙 뿌려진 사진의 제목은 '어느 여중의 오컬트 의식'이었다. 정면에서 그림과 고양이가 담긴 상자를 찍은 것으로, 어둡게 보정된 탓에 의자에서 바닥으로 흐른 토마토 주스가 불길한 검붉은색으로 보였다.

아침 조회 시간에 핸드폰을 내기도 전에 우리 학교 이름이 댓글에 떴다. 언니의 말이 생각났다. '그' 학교에만 있는 것. 배경의 그림이 아니었다면 우리 학교라는 사실이 밝혀지진 않았을 것이다. 학교란 다 비슷비슷하니까.

이하리는 교무실이 난리가 났다며 신난 어조로 소식을 전했다. 교장이 사진을 올린 사람을 찾아내라며 서슬이 퍼래서 선생들을 잡고 있다고 했다. 제단을 만든 사람이 곧 사진을 찍어 올린 사람일 것이라는 가정은 기정사실화되고 있었다. 목격자인 아이들이 자기들은 절대 사진을 찍지 않았다며 극구 부인했기 때문이다. 하지만 그건 모르는 일이다.

"잡을 수 있겠냐? 사진 올린 사람?"

이하리가 물었다. 학기 초의 들뜸도 가라앉은 4월, 확실히 핫한 이벤트였다.

"다 잡아내지, 그럼. 익명으로 올린 악플도 고소당하는 마당에. 무슨 기종으로 언제 찍어서 어디서 올린 건지, 그런 거 다 나올걸?"

앞자리 반장이 몸을 돌려 말했다. 들고 있던 샤프까지 내려놓았다. 얘도 보면 이런 얘기 참 좋아한다.

"근데 굳이 잡으려 할까? 잡아서 뭐 하게. 딱히 벌을 줄 근거가 없잖아."

"제일 평범한 거 있잖아. 학교의 명예를 실추시켰다, 그런 거. 아니면 제단을 만든 거 자체가 문제거나."

반장과 이하리는 열중해서 대화를 하고 있다. 이하리는 자기 무리 애들은 어쩌고 여기 와서 이러고 있을까. 햄스터와 슈가 글라이더를 한 우리에 둔 것처럼 이상해 보인다. 아니, 그래서 안 이상한 건가.

"어떻게 생각해, 김지후? 이런 걸로 붙잡히면 벌을 줄 수나 있나?"

이하리가 날 보았다. 밝은 갈색 눈동자가 유난히 빛난다.

"글쎄. 어지른 죄? 치우면 되는 거고, 학교에서 제물을 바친 죄? 그러려면 먼저 제물의 실효성을 인정해야 하는 건데."

내가 말했다.

"그거 진짜 제물일까? 서유정이 그런 거라던데?"

반장이 물었다. 큼, 속으로 헛기침을 했다.

제단을 만든 사람이 누구인가에 대해서는 이미 몇몇 인물이 용의선상에 올랐다. 사건의 특성상 오컬트 쪽에 관계된 아이들이 역시 먼저 손꼽혔다. 작년 축제에서 타로점 부스를 차렸던 애들, 분신사바니 꽃점이니 귀신 나오는 건 다 해보는 애들, 그리고 원한 관계가 뚜렷한 애들.

"어, 조수아 알아? 그림 잘 그리는 애. 걔가 서유정 남친 좋아한다더라? 그 고양이 말이야, 서유정이 조수아를 저주하는 주술이래. 서유정 진짜 장난 아니다, 완전 소름."

이하리의 목소리는 거의 기뻐하는 것처럼 들렸다. 서유정 정도면 꽤 먹음직스러운 먹잇감이긴 하다. 세게 민 만큼 반동도 세게 돌아오는 법, 서유정이 뿌리고 다닌 업보가 꽤나 쌓였을 테지. 그러고 보니 이하리의 학폭위 소동 때 서유정도 리스트에 들어가 있었던가.

작년 1학년 가을, 이하리는 엄마가 필리핀 사람 어쩌고, 다문화 저쩌고, 애들이 말하는 걸 하나하나 녹음했다가 자그마치 열일곱 명을 동시에 학폭위로 보내버렸다. 사과문 작성과 교내 봉사 정도로 끝났지만 그 이후로 이하리를 그런 식으로 언급하는 일은 사라졌다. 적어도 들리는 곳에서는.

"서유정 남친이 그렇게 대단해? 본 적 있어?"

반장 옆자리, 거울을 보며 눈썹을 만지작거리던 강한나가 이쪽으로 돌아앉았다. 이하리가 대답했다.

"그냥 딱 서유정 남친처럼 생겼어. 서유정도 이쁘긴 한데 호감형은 아니잖아?"

서유정은 분류하자면 일진 관종 정도일까. 예쁘고, 성격 세고, 무서울 거 없는 아이. 복도를 걸을 때면 절대 먼저 비키지 않고 매점에서도 줄을 서는 법이 없다. 선생님들 앞에선 성격 좋은 학생 코스프레. 달려가 팔짱까지 끼고 친한 척을 한다. 일종의 전시다. 봐, 선생들마저 나를 예뻐하지. 그러니 내 앞에선 고개 숙이는 게 나을걸.

내가 보기엔 그렇게 대놓고 여왕 노릇을 하려고 하는 게 차라리 순진해 보인다. 내가 만일 서유정의 위치였다면 다르게 행동했을 것이다. 보다 은밀하고, 티 나지 않게.

"주술이라니, 서유정이 그랬으려고. 걔 성격엔 가서 누구? 조 뭐? 걔 한 대 치고 말겠다."

"그리고 곧장 학폭위 열리고요."

강한나가 말하자 반장이 대꾸했다. 이하리는 살짝 눈썹을 올렸다. 학폭위 언급이 자기에 대한 공격인지 파악하려는 거다. 공격으로 느껴지진 않았는지 이하리는 그 말을 받았다.

"서유정이 학폭위 가면 진짜 웃기긴 하겠다. 애들이 파리 떼처럼 달려들 텐데, 탈탈 털리겠지. 그 제단 만든 거 가지고는 학폭위 못 가나? 김지후, 어때?"

제물을 바친 것은 학폭위의 대상이 될 수 있을까. 상당히 흥미로운 주제다. 실질적 효과의 여부와 상관없이, 제단의 목표가 된 것에 대한 심리적 상흔만으로도 피해자로 인정받을 수 있을까. 내가 피해자라면 그런 논리를 펼칠 거다. 조수아가 나에게 찾아왔더라면 이런 얘기를 해줬을 텐데, 그게 더 재밌었을 텐데.

"어떻게 한 거야, 내가 한 거라고 소문만 더 났어. 부탁했잖아!"

"뭘 해주겠다곤 안 했는데."

서유정은 조수아가 아니라 날 한 대 치고 싶어 하는 것 같았다. 쉬는 시간이 되자마자 찾아와서 대뜸 한다는 소리가 이거였다. 1학년 때 같은 반이긴 했지만 가깝기는커녕 서로 인사도 안 하는 사이였는데 자기가 급하니까 이런다.

서유정은 즉각 전략을 바꾸었다. 발음을 뭉개고, 눈썹을 내리고, 내 팔을 잡았다.

"나 안 그랬어……. 지후 네가 좀 해결해줘. 어? 부탁해."

아, 소름 돋는다. 팔을 바로 뺐다.

"네가 안 했으면 안 했다고 하면 되잖아. 뭐 찔리는 구석이라도 있어?"

"실은 3월에, 부지수한테 부적을 써달라고 했었는데……."

서유정은 아랫입술을 깨물었다.

허, 부지수는 작년에 제주도에서 전학 온 애다. 할머니가 무슨 용한 무당이라고, 걔도 신기 있다는 말을 들었다. 점도 봐주고 그런다더니 부적까지 쓸 줄은 몰랐다.

"근데 그건 남친 단속하는 부적이었다고, 조수아하곤 상관없어!"

"그럼 왜 이러는데?"

문제는 서유정의 무리였다. 서유정이 그런 부적 쓴 걸 아는 애들. 부적도 썼으니 고양이 제물도 바칠 만하지 않느냐고 뒤에서 말하고 다닌 모양이었다. 하하호호 친하게 몰려다니던 애들이 순식간에 적으로 둔갑하는 건 흔한 일이다. 서유정이 초조해진 것도 이해가 간다. 서유정 같은 애일수록 주변에 시녀들이 없으면 하루도 못 버틸 테니까.

"너도 알지. 진짜든 아니든 상관없어. 한번 몰리면 그런 것처럼 된다고."

안다. 이렇게 나를 찾아와서 해결해달라고 하는 것만 봐도, 보통 사람들의 사고가 얼마나 단순한지 알 수 있다. 작년에 있었던 일들로 내게 씌워진 이미지 때문에 이러는 거 아닌가.

서유정은 수업 종이 칠 때까지 날 붙잡고 놔주지 않았다. 아이들이 모두 반으로 들어가고 선생님들이 복도에 나타나고서야 서유정은 알았지, 약속한 거다! 하는 일방적인 말을 남기고 자기 교실로 들어가버렸다.

"서유정이 왜?"

이하리가 속삭여 물었다. 모른 척 넘기자 이하리는 더 묻지 않았다. 이게, 남들은 잘 모르는 이하리의 가장 괜찮은 점이다. 온갖 데 관심 가지고 파고 다니지만 상대에 따라 적당한 거리감을 유지하는 거.

남은 시간 내내 생각했다. 고양이의 제단. 누가 그렇게 했을까. 왜 사진을 찍어 올렸을까.

한 가지 얻긴 했다, 오늘 '약속'의 대화 주제.

"목적은 사진이었구나."

사진이 떴다는 말을 전하자 언니가 말했다.

"토마토 주스라고 했을 때부터 이상했어. 진짜 동물을 죽일 만큼, 혹은 죽인 동물을 가져올 만큼 절실한 인물이라면 피도 진짜를 쓰는 게 맞지 않아? 그러니까 범인은 실제 현장이 중요했던 게 아니라, 현장의 이미지가 중요했던 게 아니었을까 싶었어."

"그럼, 제물을 바치거나 주술을 쓴 건 아니란 말이지?"

"주스라는 점에서 일단 아니지. 그런데 사진만 찍을 거였으면 현장을 치웠을 거야. 그냥 뒀다는 건 발견되도록 유도한 거지. 그리고……."

언니는 내 핸드폰을 들여다보았다. 바로 그 사진이 떠 있다, 고양이의 제단.

현장은 말로 전해 들었던 것과는 달랐다. 하얀 상자 속에 바스락 소리가 날 것 같은 분홍 종이를 풍성하게 넣었고 흰 레이스로 상자를 감쌌다. 상자 안에는 잠든 듯 눈을 감은 고양이와 가느다란 빨간색 초 두 자루. 예쁘게 꾸며놓은 인스타 감성 사진 같다. 다만, 피처럼 보이는 토마토 주스가 상자의 레이스를 타고 흘러 바닥에 고인 것이 섬찟한 분위기를 만들어냈다. 하긴 이것도 어떤 감성의 한 종류일 수는 있겠다.

이런 느낌을 좋아하는 애는 어떤 아이일까. SNS를 뒤져 각자 모아둔 사진들을 찾아낸다면 그걸 기반으로 범인을 유추하는 일도 가능할 거다. 취향은 강력한 증거가 될 테니까.

"제물이 아니라면…… 굳이 직접 죽였을 필요도 없었겠네."

내 말에 언니가 고개를 끄덕였다.

"맞아. 만일 진짜 죽인 거면, 고양이를 저렇게 어정쩡한 상태로 두었을 것 같지 않아. 토마토 주스 말이야. 고양이를 죽일 정도로 의지가 강했다면 주스를 고양이 몸에까지 뿌렸을걸. 그래야 더 극적인 이미지가 나올 테니까. 그런데 고양이에게는 뿌리지 않았어."

다시 사진을 보았다. 언니 말대로 토마토 주스는 상자에서 시작해 의자와 바닥에 흘러 있고 고양이털은 깨끗했다.

"한 사람이…… 아닐 수도 있어. 제단을 꾸민 사람과, 주스를 뿌린 사람."

언니가 중얼거렸다. 지금 언니의 머릿속을 들여다본다면 정신없이 팽팽 돌아가고 있겠지. 나는 허덕이며 그 속도를 따라잡으려 애썼다. 이해가 될 듯 말 듯 하다. 익숙한 초조감이 차올랐다. 언니가 보는 것을, 나는 보지 못한다.

"한 가지는 알겠다."

언니는 포크를 집어 폭신해 보이는 슈를 찍었다. 바닐라빈 알갱이가 섞인 연노랑빛 크림이 포크 옆으로 새어 나왔다.

"이런 걸 만들기 위해 고양이를 죽인 게 아니라면, 죽은 고양이가 생겼기 때문에 이런 일을 한 거지. 그러니까, 고양이가 죽었기 때문에 벌어진 일인 거야."

내가 그 말의 의미를 채 다 파악하기 전에 문에서 똑똑 노크 소리가 났다.

"지후야, 채경아, 아빠 오셨다."

문 밖에서 엄마가 말했다. 언니는 곤란한 얼굴로 시계를 봤다.

"아, 아버지랑도 약속했어?"

"퇴근하고 보자고는 하셨어. 일찍 오셨네. 저녁 먹고 온다고 하셨는데. 괜찮아, 네가 선약인걸."

"그럼 나 인사만 하고 올게."

새아버지는 부엌에서 사 온 것들을 꺼내고 있는 참이었다. 검은색 장바구니에서 방울토마토와 바나나와 딸기가 나왔다. 새아버지는 과일을 좋아한다. 집에 과일이 있어도 또 산다. 그에 비하면 먹는 건 별로 못 봤다.

"다녀오셨어요?"

"채경이랑 얘기중이었니? 고맙구나."

고맙다니, 머쓱했다.

"아니에요."

아주 어색한 사이는 아니다. 민망하지 않을 정도로의 거리가 확보된 사이. 너무 멀지도, 너무 가깝지도 않다. 굳이 친해지려고 하지는 않는다. 친척 어른, 학원 선생님 정도로 대하면 된다고, 언니도 말했다.

"천천히 있으렴. 나는 밥도 먹어야 하니까."

새아버지는 엄마가 건넨 새 수건을 들고 욕실로 들어갔다.

엄마와 새아버지. 제법 잘 어울린다고 생각한다. 십 대 딸들을 데리고 재혼한 커플치고는 더더욱. 인연이란 게 이런 거겠지. 엄마는 언니를 감당하고, 새아버지는 나를 감당한다. 이 정도면 적절한 균형이다. 언니와 나는 비슷한 저울추로서 나름의 역할을 하고 있다.

언니는 여전히 사진을 보고 있다가 내가 들어오자 대화를 이었다.

"고양이가 죽었으면 다르게 처리할 수도 있었겠지. 음악실에 그렇게 두어야만 하는 이유가 뭘까? 사진 찍어서 퍼뜨려야 하는 이유."

"관심 끌려고? 요즘은 다들 그러잖아."

관심을 끌기 위해 교복 위로 밀가루 봉지를 터뜨리고, 일부러 계단에서 구른다. 자기 머리카락을 엉망으로 자르고 1.5리터짜리 페트 콜라를 단숨에 마셔댄다. 관종의 시대. 나 역시 그런 분위기에서 자유롭지 못하다. 서유정 부탁은 핑계이고, 이걸 풀어내서 관심을 끌고 싶은 게 내 진짜 속마음일 테다. 그런데 그럼 어때서? 어차피 자기 인생은 자기 것이다. 끝이 어떠하든 책임은 본인이 지는 것. 그러니 결국은 그냥 자기 하고 싶은 대로 하는 게 낫다.

"그날 음악 수업이 있었던 반 알 수 있어?"

언니가 물었다.

학교 홈페이지에서 전교 수업시간표를 찾았다. 각 학년 여섯 반씩 열여덟 반의 시간표가 빽빽하게 하나로 합쳐진 것으로 과목마다 다른 색깔로 표시를 했다. 색깔의 톤은 하나 같이 형광 주황, 형광 노랑처럼 눈을 찌르는 것들이었다. 이걸 만든 선생은 사디스트인 게 분명하다.

화요일에 음악이 있는 반은 2학년 3반 3교시, 2학년 1반 5교시. 두 반뿐이었다.

언니가 표를 가리켰다.

"점심시간에 밝혀졌다고 했지? 그런데 봐, 3교시에 음악 수업이 있는데."

"그럼 3반 애들이 수업을 한 3교시에는 없었다는 거네? 범인은 4교시에 그걸 가져다 둔 거야! 4교시에 교실 밖에 나간 애가 있었나 찾아보면 되겠다, 보건실 간다고 나갔다든가!"

뜻밖의 발견에 목소리가 높아졌다. 언니는 여전히 차분했다.

"확인해보는 게 좋겠어. 3교시에 정말 음악실에서 수업을 했는지."

확인해보길 잘했다. 이하리에게 문자를 보내 물어봤더니 십 분도 안 되어 답이 왔다. 3반은 그날 음악 선생이 오전에 일이 있다고 해서, 음악과 6교시 과학을 바꾸어 수업했다고 했다. 갑자기 과학 쪽지 시험 준비를 해야 해서 다들 난리였단다.

"그럼 범인이 언제 현장을 만들었는지는 알 수 없어. 네 말대로 4교시였을 수도 있고, 더 일찍일 수도 있지. 만일 더 일찍이었다면 범인의 계획과는 어긋난 거야. 범인은 그날 수업이 있나 없나를 당연히 확인했을 거고, 3교시에 밝혀지게 될 것을 예상하고 있었겠지. 그런데 수업이 바뀌고, 그 시간에 밝혀지지 않았어. 그 사실이 범인에게 어떤 영향을 미쳤을지 궁금하네."

언니는 찻잔을 들었다.

평소 언니가 쓰는 것보다 훨씬 고풍스럽고 화려한 찻잔이었다. 진한 분홍과 보라색, 꽃잎이 둥글게 벌어진 모양이고 입이 닿는 테두리는 금색. 이 방과는, 언니와는 그다지 어울리지 않았다.

내 시선을 의식했는지 언니는 "할머니에게 받은 거야" 하고 조용히 말했다. 언니의 할머니라면 나도 몇 번 본 적이 있다. 결혼식 전의 상견례랄까, 가족 인사 자리에 연두색 모직 투피스 정장에 금빛 브로치를 달고 나타났더랬다. 매끈하게 세팅된 화장과 화려한 옷차림까지 눈길을 확 끄는 범상치 않은 할머니였다. 막상 새아버지나 언니에게서는 그런 느낌이 없어서 신기했다.

언니는 할머니로부터 용돈을 받고 있다. 꽤 거액의 돈일 것이라 짐작한다. 그에 비하면 우리 할머니는…… 됐다.

"점심시간에 밝혀졌다는 것도 이상해. 범인이 그걸 4교시에 만들었든 더 일찍 만들었든 상관없이, 5교시 음악 수업 시간에 밝혀지는 게 가장 자연스럽잖아. 그런데 그보다 일찍 점심시간에 밝혀졌지. 그게 우연일까? 점심시간엔 음악실은 잠겨 있을 거잖아."

"5교시 수업이 있는 2학년 1반 애들이 미리 문을 열었다가 본 거겠지."

"확실해?"

언니가 물었다.

아차 싶었다. 목격자 중 한 명은 내가 아는 애다. 근데 걔가 1반이었던가? 그것부터 알아둘걸. 역시 나는 아직 부족하다.

"이건 내일 확인해볼게."

언니는 찻잔을 뒤집어 내려놓았다. '약속'이 끝났다는 공식적인 표시이다. 나는 자리에서 일어났다. 미흡한 기분이 들었다. 뭔가 다 말하지 않은 기분. 할 말이 남거나, 들을 게 남은 거 같은데.

아, 언니는 새아버지와 약속이 있지.

그게 구실이라도 된 듯 나는 자유로워졌다. 이제 방을 나갈 수 있다. 이 빚진 듯한 기분은 마음 한구석에 접어놓고서.

아빠는 이틀에 한 번은 나와 대화를 나누려 한다. 그것이 그가 설정한 의무의 조건이다.

나는 그에게 안타까움을 느낀다. 그렇게 노력할 필요 없는데. 그렇게 애쓰지 않아도 나는 이 이상으로 팔을 뻗을 생각은 전혀 없는데.

"지후한테 잘해라."

아빠가 당부한다. 잘, 하는 것. 그 의미를 되새겨본다.

잘, 하고 있나.

나와 지후의 거리. 적당하다. 지후가 '안전'하길 바란다면 더 거리를 벌려야 할지도 모른다. 하지만 그 행동은 또 다른 파장을 불러올 것이기에, 이대로 있기로 결정한다.

지후는 거슬리지 않는다. 얼마나 놀라운 일인가. 지후와 있으면 나는 잠시 다른 것을 생각할 수 있게 된다.

지후는, 자연스럽다. 지후를 보면서 그 단어의 의미를 알게 되었다. 어색해하는 것도, 눈치를 보는 것도, 기분을 숨기려 드는 것도 그 자체로 자연스러웠다.

저런 거구나. "넌 자연스럽지가 않아"라는 말을 오랫동안 들어왔지만, 내가 되어야 했을 상태가 무엇인지는 몰랐다.

아빠는, 할머니는, 내가 잘못되었다고 생각했다. 잘못되었다는 말은 부품이 모자란 기계를 떠올리게 한다. 인간이 잘못될 수도 있을까? 인간은 인간일 뿐인데.

안방 문이 열리고 아빠의 새 부인이 살그머니 걸어 나온다. 아빠와 나의 시선을 끌지 않으려 조심스럽게 움직여 지후의 방으로 간다. 그 얼굴은 지후와는 닮지 않았다. 나는 지후의 아빠가 어떤 얼굴이었을지 궁금하다.

"지후에게 잘해라."

아빠가 다시 한번 말한다. 약간은 누그러진 톤으로.

이 사람에게는 잘못이 없다. 강한 연민이 밀려 올라왔다.

크레타의 왕은 차마 미노타우로스를 죽이지 못했다. 자신의 아내가 소와 관계 맺어 낳은 괴물을. 심지어 거두어 돌보기까지 했다.

왕은 미노타우로스를 이해할 수는 없다. 피 한 방울 섞이지 않아서만이 아니라, 종족 자체가 다르기 때문이다.

잘못되었다는 말의 의미는 그런 것일 수도 있겠다. 아예 다른 계통이어서, 한쪽의 기준으로 보았을 때 도저히 정상일 수 없는 것.

갑작스레 숨이 가빠온다. 아빠가 나를 바라본다. 눈치채지 않도록, 호흡을 조절해야 한다.

나는 빈 부분을 채울 미로를 머릿속으로 그려본다. 아직은 허술하다.

조금 더 복잡하게. 조금 더 현란하게.

절대 빠져나올 수 없도록.

아직은 존재하지 않는 완벽한 미로. 그걸 상상하는 것만으로도 숨 쉬는 것이 편해진다.

"조수아가 쓰러졌다고?"

"그거 때문이래, 고양이."

이하리가 눈을 반짝이며 말했다. 일이 묘하게 돌아가고 있었다. 조수아는 아침부터 어지럽다고 하더니 2교시 국어 시간에 기절했다고 한다.

"국어한테 애들이 그림이랑 저주 물어봤었대, 조수아 쓰러지기 전에. 국어가 그런 게 어딨냐고 쓸데없는 소리 하지 말라고 한 다음에, 하필이면 조수아한테 시 읽으라고 시킨 거야. 일어서서 몇 줄 읽다가 바로 쓰러졌대. 애들 다 소리 지르고 장난 아니었다는데?"

조수아는 보건실에서 금세 정신을 차렸지만 곧 조퇴했다고 한다.

"거기에 하나 더. 서유정도 방금 조퇴했다네. 저주가 실행

되니까 겁먹은 거 아닐까? 존잼이네."

이하리는 재밌어죽겠는 모양이다. 이쯤에서 찬물을 끼얹을 필요가 있다.

"서유정이 한 게 아닐지도 몰라."

내 말은 이하리를 실망시키기는커녕 더 들뜨게 만들었다. 이하리는 그럼 뭘 알아봐야 하는 거냐며 신나하더니, 목격자의 정보를 십 분 만에 알아왔다.

제단을 처음 발견한 사람은 5교시 수업이 있던 애들이 아니었다. 3교시 수업이 예정되어 있던 3반 아이들이었으며 음악 수업과는 전혀 상관이 없었다.

세 명의 목격자 중 한 명, 작년에 나와 같은 반이었던 김민지는 얘기하고 싶어 못 견디는 것 같았다. 이하리까지 셋이 운동장 스탠드에 앉자마자 입을 열었다.

"조수아 기절한 거 들었지? 진짜 무서워, 듣는 순간 완전 소름 돋아가지고."

김민지는 그게 조수아에 대한 저주라고 확신하고 있었다. 서유정, 조수아와 같은 초등학교를 다녔다며, 그때 서유정이 조수아를 얼마나 눈엣가시로 여겼는지에 대해 늘어놓는 걸 적당히 듣다가 말을 끊었다.

"고양이 발견했을 때 말인데, 왜 점심시간에 음악실에 들어갔어?"

"어……."

머뭇거린다. 뭐가 있구나 싶었다.

"실은, 그때 점심에…… 우리 떡볶이 배달시켰거든."

"헐, 학교로? 대박! 걸리면 어쩌려고."

이하리가 감탄사를 내뱉었다.

우리 학교 앞에는 꽤 유명한, 오래된 떡볶이집이 있다. 당연하게도 점심시간 외출은 원칙적으로 금지이며 나가서 뭘 사 먹거나 할 수 없다. 그런데 최근에 그 떡볶이집 주인이 바뀌면서 상황이 희한해졌다.

나이 지긋한 할머니와 할아버지가 삼십 년 넘게 꾸려온 가게라 했는데 어느 날 꽤 젊은 남자가 가판대를 차지하고 선 것이다. 그 집 손자라는 남자의 등장과 함께 가게는 극적으로 달라졌다.

떡볶이 불판 앞에 유리 칸막이가 세워졌고 항상 지저분하게 국물이 묻어 있던 탁자도 깨끗해졌다. 맛이 워낙 독보적이라 어느 정도 지저분한 것쯤은 다들 감안하고 있었는데 위생까지 잡은 셈이었다. 그릇과 포크와 물컵까지 모던한 감각의 새것으로 바뀌었다.

지나치달까. 그냥 둬도 꽤 잘되는 가게를, 저렇게 에너지 써가며 바꿀 필요가 있을까. 손님이 너무 많아져서 원래부터 그 가게 단골인 나 같은 고객은 도리어 피해를 입는 거나 다름없다.

그런 걸 다 제쳐놓고서라도 그 사장은 무슨 연예인 닮은꼴로 아이들 사이에서 유명해졌다. 여기서 두 정거장은 떨어진 다른 학교 애들까지 찾아오고 있으니 말 다 했다.

사장은 그런 쪽으로 가게를 홍보할 생각은 없는지 애들이 말을 걸어도 단답형으로 대꾸하고, 사탕이며 간식을 줘도 됐다고 칼같이 거절한다고 했다. 넉살 좋은 애들이 친분 좀 쌓으려고 오빠, 하며 접근했다가 싸늘한 눈초리에 포기한 일화도 유명했다.

"엄청 환멸 나는 표정으로 쳐다보더라니까. 웃겨가지고."

철벽 사장이라는 별명까지 붙었다는데, 그런 무뚝뚝함은 인기 유지에 크게 마이너스가 되진 않는 모양이었다.

그리고 그 사장은 문제가 될 만한 서비스를 시작했으니 바로 '배달'이었다. 점심시간에 학교로 배달을 해주는 거다. 아직까지는 학교 측에 들키지 않았나 본데, 알려지면 파장이 클 일이다.

"아니, 어디로? 경비 아저씨가 잡을 거 아냐."

"체육관 뒤쪽 담 있잖아. 거기 울타리 사이로 넣어주더라."

체육관 뒤에 있는 것은 방치된 화단과 몇 년 묵은 폐자재 더미, 그리고 작년의 붉은 꽃. 아, 생각하기 싫다. 재빨리 기억 구석으로 밀어버렸다.

"근데 웃긴 게 뭔지 알아? 뭐 일회용품 안 쓰기 운동을 한다나. 떡볶이를 도시락 통에 넣어다 줘. 도시락 통은 먹고 반납해야 하고. 어쨌든, 그렇게 받았는데 먹을 데가 마땅치 않아서……."

킥킥거리던 김민지가 말을 흐렸다.

교실에서 먹을 순 없고, 바깥은 아직 추웠다. 체육관은 잠겨 있고, 과학실은 선생이 결벽증이다. 거기서 뭘 먹다가 걸리면…… 상상도 하기 싫다. 음악실은 상대적으로 접근이 쉽다. 음악 선생은 수업 아닌 시간에 음악실에 들어오는 법이 없고, 교무실 벽에 있는 음악실 열쇠를 가져오는 것도 간단하다. 혹시나 선생들이 묻는다면 음악 수업이 있다고 말하면 된다.

김민지는 조금 민망한 얼굴을 했다.

"떡볶이, 들키면 큰일이잖아. 이왕 산 건데 점심도 먹어야 하고."

그러니까 고양이 시체 옆에서 떡볶이를 다 먹고 나서 호들갑 떨며 나왔다는 거다. 이하리는 혀를 찼다.

"그게 넘어가든?"

"뭐, 안 보니까 괜찮던데."

그렇다면 그 옆에 꽤 오래 있었던 게 아닌가. 사진을 찍을 시간도 충분했을 것이다. 제단을 만든 사람과 사진을 찍어 퍼뜨린 사람이 다를 수도 있다는 가능성이 생겼다.

"아니, 사진은 안 찍었어. 소름 끼치게 그걸 왜 찍어."

딱히 거짓말 같지는 않다. 하지만 김민지가 찍지 않았다고 해서 나머지 둘도 그랬으리란 보장은 없다. 김민지는 자기 기억으론 나머지 두 사람도 찍지 않았다고 했다. 그게 뭔지 확인을 하자마자 소스라쳐서 그쪽으로는 가지도 않았다는 것이다.

이하리가 고개를 저었다.

"어휴, 나 같으면 못 먹어. 냄새 안 났어?"

"떡볶이 냄새가 더 심했을 텐데 뭐."

냄새. 증거 인멸. 문득 떠오르는 게 있었다.

"그럼, 떡볶이 다 먹고 선생님 부르기 전에 환기시켰겠네?"

"어. 창문 다 열었지. 나랑 인하가 선생님 부르러 간 사이에 주현이가 닫았고."

한 명은 현장에 혼자 있었다. 그럼 사진 찍을 기회가 있었을 것이다.

"누가 떡볶이를 먹자고 했어? 먼저 제안한 사람 말이야."

"누구였더라……. 나는 아니었고. 주현이었나? 주문을 주현이가 했던 것 같은데? 맞다, 주현이만 그날 핸드폰 안 내고 숨겨놨었어. 그래서 금방 주문했지. 마침 점심 메뉴도 별로고 해서."

이게 우연일까? 고양이가 있던 그날에 떡볶이를 주문해 음악실에서 먹은 것이?

"오래 먹은 것도 아니야, 금방 먹고 선생님 부르러 갔다고. 어차피 양이 적었어. 셋이 먹자고 해놓곤 떡볶이 1인분에 순대 1인분만 시켰더라. 튀김도 안 시키고."

혼자 남은 사람. 갑작스런 떡볶이 배달. 그리고 모자란 양까지. 뭔가 있다. 신발에 작은 돌이 하나 들어간 것처럼 신경 쓰인다.

종이 치고, 교실로 올라오면서 이하리에게 물었다.

"어떤 앤지 알아? 그 주현이라는 애?"

"유주현, 대충은 알아. 떡볶이집 옆에 세탁소 있잖아. 유주현네가 하는 데랬어. 나머진 더 알아볼게."

이하리가 대답했다.

오후엔 시간이 없었다. 잊고 있었던 수학 숙제를 했고, 종례 시간에는 영어 수행평가 조를 짜서 내야 했다.

"김지후 넌 이하리랑 할 거지?"

반장이 물었다.

"아니. 그런 얘기 안 했는데?"

그렇게 묶일 만큼 친하지 않은데. 하지만 이하리는 영어를 잘한다. 시험 점수는 보통이지만 말하기 듣기는 완벽하다. 역시 엄마 덕일까. 그러니 영어 수행평가 같은 조가 되면 나는 좋다.

"에이씨, 나도 이하리랑 같은 조 되면 좋겠다. 영어 짱 싫음."

"야, 너도 제물 바쳐봐. 조수아 쓰러졌다며. 효과 한번 제대로네."

애들이 떠든다. 낄낄대며 빌 소원을 지껄인다. 영어 선생이 사고를 당해 학교에 못 나오게 된다거나, 수행평가 날에 태풍이 닥쳐 휴교를 한다거나 하는 허황되고 위험한 소원들을.

조심하는 게 좋을 텐데.

등가교환. 원하는 것을 얻으려면 '그쪽'이 원하는 것을 주어야 한다. 그러나 제물은 늘 모자라기 마련이고 소원을 빈 사람은 나머지를 요구받게 된다. 처음엔 제물을 골랐어도 나머지를 채울 때는 고를 수 없을 것이다.

핸드폰을 뒤적였다. 언니는 연락이 없었다. 약속을 하지 않았으니 오늘 언니의 얼굴을 볼 일은 없다. 유주현과 떡볶이 배달에 대한 이야기를 하고 싶었는데.

엄마도 늦는 날이었다. 냉동 피자를 데워 먹고 거실 소파에 누웠다. 텔레비전 음량을 줄여 켜놓고 핸드폰을 했다. 혼자인데 혼자가 아니고, 또 완전히 혼자일 수도 없는 애매모호한 기분이었다. 내가 거실에 있는 한 언니는 거실로 나오지도 않을 것이다. 약속을 안 했으니까.

언니는 방 밖을 의식하기나 할까. 저 방에서, 언니는 뭘 하고 있을까.

언니를 처음 만난 것은 엄마의 상견례 날이었다.

우리 가족은 나, 엄마, 큰외삼촌. 언니네 쪽은 언니, 새아버지 그리고 언니네 할머니. 꽤 좋은 한식집이었다. 언니는 하나도 줄이지 않은 교복을 입고 왔다. 되게 차분해 보였다. 나보다 고작 두 살 위인데도 어른 같았다.

언니네 할머니의 화려한 옷과 장신구 덕에 지루하진 않았다. 할머니는 열대지방에 자라는 꽃 같았다. 화려하지만 이쁘다는 말은 안 나오는 꽃. 그에 비하면 새아버지와 언니는 그늘에서 조용히 자라는 가느다란 나무. 느낌이 너무 달라 신기했다.

고급스러운 음식이 천천히 나왔다. 대화는 주로 언니네 할머니와 우리 큰외삼촌 사이에서 이뤄졌다. 건너 건너 아는 사람 이야기. 원래 상견례라는 게 이렇게 '남' 이야기만 하는 건가 생각했다.

그러다 마지막으로 밥과 국이 나오는데, 언니네 할머니가 물컵을 집다가 서빙하는 사람의 팔을 쳤다. 그 사람은 들고 있던 국을 자기 손에, 뒤이어 탁자에 쏟았다. 새아버지가 벌떡 일어났고 언니는 뒤로 몸을 젖혔다.

"앗, 뜨거!"

머리를 틀어 올린, 마르고 쌍꺼풀이 진한 젊은 여자가 소리를 지르며 손을 뺐다. 아픈 것보다, 그렇게 큰 소리를 내었다는 점에 더 놀란 것처럼 보였다.

"아이고, 미안해서 어쩌나. 아가씨, 미안해요."

언니네 할머니는 여자의 팔을 잡았다.

잠깐의 해프닝. 경직되어 있던 자리에 다른 느낌의 바람이 불고 생기가 돌았다.

언니가 반응을 보여서 더 그렇게 느껴졌을 것이다. 그전까지는 인공지능 로봇처럼 최소한의 행동만을 하던 사람이 약간이라도 불필요해 보이는 동작을 했으니까.

디저트로 과일과 매실차가 들어올 때 언니네 할머니가 지갑에서 오만 원짜리를 꺼내 여자에게 내밀었다.

"아깐 내가 미안했어요. 안 다쳤나 모르겠네. 여기, 받아요."

"네? 아닙니다, 손님. 안 주셔도 되는데요……."

"받아요, 나 원래 이런 식당 오면 팁 잘 줘요."

할머니의 말투는 흥미로웠다. 정말 미안해서 저러나, 아님 돈 잘 쓰는 걸 드러내고 싶어 하는 걸까.

"아닙니다, 괜찮습니다."

여자는 돈을 받지도, 아예 밀치지도 못하고 당혹스런 얼굴로 어쩔 줄 몰라 했다. 그때였다.

"아까 그 사람 아니에요."

언니가 입을 열었다. 첫인사였던 안녕하세요, 이후로 처음이었다.

"뭐?"

할머니는 어리둥절한 표정으로 언니를 돌아보았다 .

"아까 할머니가 국 쏟은 사람 아니라고요. 다른 사람이에요. 줄 거면 그 사람한테 줘요."

"그 아가씨 맞는데, 뭘? 맞지?"

얼굴과 머리 모양은 분명 똑같았다. 그런데…….

"손톱이 달라요."

무심결에 내가 입을 열었다. 아까 그 여자의 손톱에는 아무것도 칠해져 있지 않았다. 그런데 지금 이 사람은 투명 매니큐어를 칠했다.

언니가 내 쪽을 보았다. 어, 하는 듯한 눈빛.

어른들은 잠시 혼란에 빠졌고, 여자가 아까 자기 동생 보셨나 보다고, 쌍둥이라고 어색하게 말한 뒤에야 정리되었다.

할머니는 그럼 이 오만 원은 아가씨 하고, 동생한테도 주라고 오만 원권을 한 장 더 꺼냈다. 역시 돈 많은 사람은 달랐다.

새아버지나 언니는 별다른 반응이 없었다. 할머니와 엄마와 외삼촌이 주축이 되어 요즘 애들은 참 눈썰미도 좋다는 둥, 패션 미용 같은 것도 잘 안다는 둥 하는 '요즘 아이' 토크로 넘어갔고 그게 끝이었다.

식사가 끝난 후였다. 언니와 나는 먼저 계단을 내려와 건물 앞에서 어른들을 기다렸다.

"언제 알았어?"

언니가 먼저 물었다.

"뭐……요?"

존댓말을 할지 반말을 할지 결정하지 못한 상황에서 갑자기 말을 걸어 당황했다.

"아까 두 사람. 처음부터 계속 번갈아 들어왔었는데."

"그건 몰랐어요. 그냥, 그때 보니까 달라서."

언니는 처음부터 알고 있었구나. 관찰하고 있었구나. 막연한 생각들이 들었다 사라졌다.

"그럼 그건 못 봤어? 손목에 멍."

듣고 나니까 생각났다. 손톱에 아무것도 바르지 않은, 할머니가 국을 쏟은 여자의, 가려진 소매 안쪽의 푸른 멍. 분명 봤다. 국을 쏟고 반사적으로 소매를 걷었을 때. 언니가 물었다.

"그 멍은 어쩌다 든 걸까?"

나는 대답하지 못했다. 어차피 언니도 대답을 듣고자 물어본 것은 아니었을 테다.

"나는 그런 거에 관심 있어, 타인의 인생."

낯선 어법. 이 사람은 어떤 사람일까, 궁금하게 된 순간. 그리고 언니가 내게 관심을 가진 순간.

그해 6월에 나의 엄마와 언니의 아빠가 결혼했다. 양쪽 부모가 각자 데리고 온 피 한 방울 섞이지 않은 자매치고 우리는 제법 사이가 좋았다.

엄마와 새아버지가 의무를 다하러 떠나는 명절에는 어느 쪽도 가지 않고 둘이서 집에 남아 이것저것 시켜 먹고 티브이만 잔뜩 봤다. 주말이면 같이 쇼핑하러 나가기도 했다. 취향이며 식성이며 체력도 적당히 비슷해서 다른 친구들과 다니는 것보다 편했다. 부모님은 우리가 잘 지낼까 늘 걱정했고, 둘이 같이 나간다고 하면 용돈이든 뭐든 아낌없이 주었다.

언니가 생겨 좋다는 생각까지 들었다.

지금껏 한 번도 느껴보지 못한, 희한한 형태의 안정감이었다. 일종의 자부심도 섞여 있었다. 으레 하는 뻔한 짐작들과 걱정스레 보는 시선들에 한 방 먹이는 기분이라서.

추리소설에 흥미를 가지게 된 것도 언니의 취향 때문이었다. 언니는 엄청난 양의 책을 가지고 있었고 나는 언니의 추천에 따라 하나씩 독파해나갔다. 별로 마음에 들지 않았어도 언니가 좋다고 하면 좋은 것으로 느껴졌다.

그러고 보니 언니는 그 책들을 다 어쨌을까. 지금처럼 텅 빈 방으로 만드는 작업을 언니 혼자서 했을 리가 없다. 나는 엄마에게도 묻지 않았다. 그때는 그 상황을 받아들이는 것 외에는 답이 없다고 느꼈다. 왜냐고 물으면 안 될 것 같았다.

그렇게 반년이 넘었다. 이대로 괜찮은 걸까. 됐다, 그래봤자 뭐가 달라지겠는가……. 희미한 불안감을 익숙하게 밀어내려는데, 똑딱, 페메가 왔다. 이하리였다.

—유주현. 2학년 3반. 작년엔 1반이었고, 동운초 졸업. 봉사 동아리. 1학년 때 미술부였다가 탈퇴. 세탁소 하는 거 맞고, 강아지 두 마리 키움. 사거리 제일보습 다님. 종교 없음.

픽, 웃음이 나왔다. 얘는 정말 탐정놀이를 하고 싶은 건가. 나름의 보답을 하고 있는지도 모른다. 작년 학폭위 사건 때 정보를 같이 모아주었으니까. 대화를 이끌어내고 들키지 않게 녹음하는 법을 가르쳐준 것도 나다. 근데 그건 정말 기본적인 거였는데. 딱히 정의감이 있었던 것도 아니고.

이하리는 유주현의 사진까지 보냈다. 음, 이건 과하다. 사진은 삭제하고 메시지를 되풀이해서 읽었다. 이걸로는 뭘 알 수가 없다. 언니라면 다른 걸 볼까. 숨어 있는 뭔가를 찾아낼까.

그때 카톡이 왔다. 언니였다. 나도 모르게 몸을 일으켜 앉았다.

—고양이 사진, 언제 찍은 거 같아 보여?

뭐지? 고양이의 제단 사진을 다시 찾아 봤다. 정면에 소녀 그림, 그 앞의 안락의자, 그리고 고양이. 상자 속 고양이에 초점을 맞췄기 때문에 배경은 약간 흐릿하다.

언제라니. 시계가 찍혔나? 아니다. 음악실 시계는 소녀 그림 반대편 벽에 걸려 있다. 시계도 없는데 언제 찍었는지 어떻게 알지? 반장 말대로 파일 속성을 분석하지 않는 한. 하지만 언니는 '보이냐'고 물었다. 사진에 힌트가 있다는 거다.

기를 쓰고 구석구석 들여다보았다. 답답함에 열까지 오르는 기분이 들었을 때, 발견했다.

그림 액자 테두리의 그림자. 정면에서 볼 때 액자 왼쪽 테두리 옆으로 폭넓은 그림자가 있었다.

지도 앱으로 학교 건물의 위치를 파악하고 종이에 그려봤다. 창은 동쪽에 나 있고, 그림은 북쪽 벽. 그림자는 서쪽. 오른쪽의 동쪽 창에서 빛이 비쳤다는 얘기다.

그럼 아침이다.

직접 가서 보면 제단을 만들고 사진을 찍은 시간을 더 명확히 유추할 수 있을 것이다. 이하리에게 답장을 보냈다.

—음악실 가볼 수 있을까? 내일 아침 일찍.

지금 음악실은 철저하게 접근 금지이다. 열쇠도 음악 선생한테 가서 직접 받아 오는 걸로 바뀌었다. 그러나 이하리는 이하리였다.

—합창부 부장한테 열쇠 하나 더 있어. 받아놓을게.

7시의 학교. 텅 비어 있을 줄 알았는데 의외로 벌써 등교한 애들도 있었다. 다행히 2층에는 오가는 사람이 없었다. 이하리와 현관에서 만나 음악실로 향했다.

딸깍. 문을 열고 들어가는데. 커튼이 일 미터 정도 열려 있어 바닥에 죽 그어진 빛줄기가 보였다. 완전히 깜깜한 것보다 더 으스스했다.

"불 켜지 말아봐."

이하리가 전등을 켜려는 걸 말렸다. 액자 쪽은 컴컴했다. 동쪽 창의 커튼을 열어 확인해봐야 한다.

"잠깐. 뭐야, 저거."

이하리가 내 팔을 확 잡아당겼다. 나는 한 박자 늦게, 그림 아래 의자를 보았다. 의자에 뭔가 놓여 있었다. 의자 손잡이 부분에 가려서 옆에서는 보이지 않았던, 작은 상자였다. 가까이서 보기 전부터 촉이 왔다. 역시나였다.

"아씨, 쉿 더 퍽!"

이하리가 현란하게 영어로 욕을 내뱉었다. 충분히 그럴 만했다.

과자 상자 속 햄스터 한 마리. 꼭 감은 눈과 입가의 피. 저건 진짜 피일까? 토마토 주스? 붉은색 물감? 아니면 틴트?

"미친, 따라 한 거야?"

욱, 토하고 싶은 마음을 겨우 눌렀다.

이건 일단 넘기자. 지금 집중할 건 다른 거다. 이하리에게 커튼을 조금씩 열어달라고 부탁했다. 나는 핸드폰 카메라로 사진과 같은 구도를 잡았다.

"조금, 조금만 더 열어봐."

찰칵. 액자의 그림자와 폭이 비슷하다. 해가 뜨면 그림자 폭이 좁아질 테니, 고양이 사진은 아침에 찍힌 게 분명하다. 사진을 찍은 사람은 점심의 목격자들이 아니었다. 그렇다면 역시 범인이 찍었나.

제단을 만든 것도 아침일 확률이 높아졌다. 범인이 전날 제단을 만들고 굳이 아침에 와서 사진을 찍었을 것 같지는 않으니까.

그럼 유주현은 왜 점심때 그런 행동을 했을까.

떡볶이를 시킨 것은 그렇다 치고, 양이 그렇게 적었다는 거. 자연스럽지가 않은데…….

그때 피아노 쪽에서 둥 하고 울리는 소리가 났다. 누군가, 음악실 안에 있다. 온몸에 소름이 쫙 돋았다.

"누구야, 미친 새끼야!"

이하리가 전투력을 발휘하며 그쪽으로 뛰어갔다.

"악!"

작은 인영이 소리를 지르며 주저앉았다. 아침 햇빛이 그 아이 위로 비쳤다. 이하리는 멱살이라도 잡을 기세였다.

"너야? 이거 가져다 놓은 거? 너 맞지?"

"아니요, 아니에요!"

명찰 색깔을 보니 1학년이었다. 이하리는 그 애를 억지로 일으켜 세웠다. 그 애는 팔을 뿌리치고 등 뒤로 말려 올라간 카디건을 잡아 내렸다.

"야, 네가 가져다 놓은 거 맞잖아. 당장 도로 가져가."

이하리가 거칠게 말했다. 그 애는 머뭇거렸다.

"그치만……."

"선생님 부를까? 어?"

"선배들이 무슨 상관이에요? 저도 생각이 있어서 하는 거라고요. 여기, 음악실이 선배들 거예요?"

그 애가 맞받아쳤다.

이하리가 허 코웃음을 쳤다. 입가에 미소가 감도는 걸 보니 재밌다 싶은 모양이었다.

"이거, 너무 성의가 없잖아. 뭐야, 초코송이 박스? 야, 색종이라도 붙이든 색칠이라도 하든."

"저도 힘들게 마련한 거예요. 방해하지 마세요!"

아, 골치 아프다. 속이 꽉 막히는 기분이 들었다. 이 상황에서 벗어나고 싶었다. 이하리가 뭐라 하려는 걸 막고 나오는 대로 말했다.

"알겠어. 자, 넌 일단 여기다 이걸 뒀잖아. 제물이든 뭐든,

네가 할 일은 다 한 거지. 맞지?"

"그게 무슨 소리……."

"제물이든 뭐든, 다 통했을 거니까, 정리하자고! 네가 안 하면 내가 할 테니까!"

목소리가 커졌다. 진짜 싫다, 이런 건 질색이다. 상자를 집어 들었다. 묵직했다. 온기까지 느껴지는 것 같았다. 손이 떨렸다. 이런 느낌 진짜 싫다. 햄스터도 이 정도로 섬뜩한데, 고양이는 얼마나 심했을까.

"이거 어디다 넣어 왔어?"

"네?"

"이러고 들고 오진 않았을 거 아니야, 어디다 담아 왔냐고, 빨리 내놔!"

그 애가 머뭇거리며 작은 검정 종이 가방을 내밀었다. 나는 종이 가방을 받아 상자를 그 안에 넣었다.

"내가 처리한다고, 넌 좀 가라고!"

그 애는 입속으로 뭐라 중얼거리더니, 이쪽을 노려보곤 음악실을 나가버렸다.

"명찰 봤어. 이따 털어 올게. 어떻게 열쇠를 얻었지, 재는?"

이하리가 말했다. 나는 고개를 저었다.

"됐어."

재는 고양이와는 상관없다. 지금은 이걸 어떻게 할지가 문제다. 내 손안의 햄스터.

"그건 어쩌려고?"

이하리가 눈썹을 찌푸리고 물었다.

검색해봤다. 동물 사체는 종량제 봉투에 넣어야 한다. 땅에 묻는 것은 불법이다. 매점 쓰레기통에 슬쩍 넣어도 될 테지만, 온갖 쓰레기들과 뒤섞이게 될 걸 생각하니 마음이 불편했다.

아직 등교 시간이라 밖으로 나갈 수 있었다. 후문 앞 슈퍼에서 종량제 봉투 묶음을 샀다. 제일 작은 게 5리터. 그래도 컸다. 문구점에서 색종이도 몇 묶음 샀다. 체육관 뒤에서, 색종이들을 찢고 구겨서 종량제 봉투에 반쯤 채우고, 햄스터 상자가 든 종이 가방을 넣었다. 위쪽에 색종이를 마저 넣고 입구를 묶었다.

이하리는 말없이 내가 하는 대로 색종이를 찢고 구겼다.

"이 정도면 되겠지."

쓰레기차에 실려 소각로로 가는 길이 조금은 편안하길. 꿈에서 깨지 않기를.

봉투를 슈퍼 옆 전봇대 아래 두고 교실로 올라오는데 이하리가 물었다.

"왜 치워줬냐, 근데?"

그러게, 그냥 둬도 되는데. 하지만 다른 사람이 발견하면 학교가 또 뒤집힐 거다. 그게 싫었다. 모두가 하나씩 제물을 준비하기 시작하면 어떻게 되나. 음악실은 그야말로 사체안치소가 될지도 모른다. 소녀는 좋아할지도 모르겠지만.

그때 지금껏 생각 못 한 질문이 떠올랐다.

그 고양이는 어떻게 치웠을까?

고양이를 담은 상자는 방금 내가 치운 햄스터 상자보다 훨씬 컸다. 상자째로 종량제 봉투에 넣었을까?

"이상해."

"뭐가?"

이하리가 득달같이 물었다.

"아니, 그 고양이 담은 상자…… 되게 예쁘게 꾸며져 있었잖아. 그걸 쓰레기봉투에 넣는 게 상상이 안 되어서. 버렸겠지? 따로 어떻게 해주진 않았겠지?"

"아까 찾아보니까, 반려동물 장례식? 그런 것도 있긴 하더라. 근데 고양이는 15만 원이야. 겁나 비싸. 누가 그렇게 하겠냐. 고양이를 엄청 좋아하지 않고서야."

좋아하지 않고서야. 이하리의 말에 꽂혔다.

이 일을 벌인 목적. 중심에는 고양이가 있다. 고양이 때문에. 왜? 고양이가 좋아서? 싫어서?

고양이를 좋아하면 사체를 함부로 다루지 않을 거다. 쓰레기봉투에 막 버리지 않을 것이다. 햄스터를 좋아하지 않는 나조차도 색종이를 사는 것에 돈을 썼다.

토마토 주스. 언니가 거슬려한 그것.

고양이를 싫어했다면, 아낌없이 토마토 주스를 뿌렸을 것이다. 싫으면, 버릴 거면 왜 안 그랬겠나.

고양이가 좋아서라면. 그래서 상자를 꾸미고 주스도 뿌릴 수 없었던 거라면.

'고양이가 죽었기 때문에 벌어진 일인 거야.'

언니가 했던 말이 다시 생각났다. 죽은 고양이. 좋아했던…… 고양이.

음악실 청소 담당을 알아내는 건 간단했다. 교무실 칠판에 씌어 있었다. 2학년 5반. 음악실 옆이라서 배정된 것일 테다. 그리고 이하리는 역시나 5반에 아는 애가 있었다.

"어, 그때 그 고양이? 맞아, 우리보고 치우라고 하더라고. 그건 아니지 않냐? 5교시 수업할 애들이 해야지, 걔네가 고양이 때문에 수업 못 하고 있었던 거잖아. 그럼 자기네가 치우고 수업해야지 왜 우리더러 하래."

그날 청소 당번이었다던 5반 애가 말했다.

"음악실 앞에서 싸울 뻔했잖아. 걔네도 엄청 짜증내더라고. 자기네가 왜 해야 하냐는 거야. 결국 우리 반이 했는데, 우리도 황당했지, 뭐. 근데 고양이는 다른 반 애가 가져갔어. 목격자 중 하나라던데? 걔가 자기 아는 수의사가 있댔나, 하여간 에 처리하는 방법이 있다고 하더라고."

고양이를 가져간 그 애. 목격자 중 하나. 목격자가 되었어야만 했던 이유.

다시 사진을 본다.

사진의 소름끼치는 분위기 때문에 가려진 것. 소중하게 꾸며진 상자는 제단이 아니었다. 고양이의 관이었다. 고양이의 죽음을 애도하는 자그마한 장례식.

누구든 이걸 만든 사람은, 이 고양이를 무척 좋아했을 것이다.

"불안했던 거지? 다른 누가 고양이를 가져갈까 봐. 아니면 손대서 더럽히거나, 버리거나 할까 봐."

유주현은 어깨를 움찔 떨었다. 이하리는 철봉에 기대어 이야기를 듣는 듯 마는 듯 하고 있다. 우리는 학교에서 떨어진 놀이터에 왔다. 어린애들이 참새처럼 지저귀며 뛰어다니고 있었다.

유주현이 입을 열었다.

"……당연하잖아."

범인은 자기가 있을 때 현장이 밝혀지길 원했다. 그래야 소중한 고양이를 수습할 수 있으니까. 자기 반이 음악실 수업인

날 고양이를 가져왔고, 수업 시간이 바뀌자 음악실에 들어갈 명분을 찾기 위해 떡볶이를 주문했다. 양이 적었던 것도 같은 맥락이다. 빨리 먹고 고양이를 데려가야 했을 테니까.

"왜 음악실에 둔 거야? 토마토 주스는 또 뭐고. 진짜 저주인 거야?"

유주현은 감출 마음이 없어 보였다. 털어놓은 건 흔한 이야기였다. 길에서 본 아기 고양이. 어미도 없이 혼자 떨고 있는 고양이를, 집으로 데려갈 수는 없었다. 대신 추위를 피할 만한 상자와 이불이 될 천을 가져다 놓고 매일 고양이를 보살핀 것이다.

"나 말고도 토미를 돌보는 사람들이 있었던 것 같아. 내가 주지 않은 장난감이나 간식 같은 것도 있었거든. 그때, 3월 말에 엄청 추웠을 때 있잖아. 너무 걱정되어서 밤에 핫팩 가지고 왔었거든. 근데 누가 이미 핫팩을 뒀더라고."

뒷이야기도 흔하게 흘러간다. 그러다 고양이는 갑자기 아팠고, 데리고 병원으로 갔지만 결국 구해낼 수 없었다.

"돈 많이 들었겠네."

내 팔을 이하리가 툭 쳤다. 동물은 보험이 안 되어서 의료비가 엄청 든다고 들었다. 그만한 돈을 썼다는 건 그만한 애정을 뜻하기도 하니까 나름 알아주려고 한 말이었는데.

"의사 선생님이 그러더라고, 뭘 잘못 먹었다고. 독이 든 먹이를 먹은 것 같다고."

유주현은 입술을 씹었다. 하얗게 질렸다가 붉어지는 입술. 잇새로 새어 나오는 이 악문 목소리.

"그 새끼에게 알려주고 싶었어. 이 고양이는, 누군가 소중하게 아껴온 고양이라는 걸."

"그렇다고 그렇게 복잡하게 만들 필요가 있었어? 고양이 있던 자리에 쪽지 같은 거 붙여놓을 수도 있었잖아."

"그 자리에 범인이 오지 않으면 소용없잖아."

유주현은 특별한 상황을 만들어야 했다고 말했다. 사진이 여기저기 많이 퍼질수록 범인이 볼 확률이 높아질 테니까. 음악실 그림 앞에 장소를 마련한 것도, 그 고양이라는 것을 알리기 위해서라고 했다.

"그 그림이 있으면 우리 학교라는 게 금방 알려지고, 그 새끼도 알아볼 거라 생각했어. 학교 앞에 사는 고양이였으니까."

글쎄. 세상 사람들이 다 핸드폰만 들여다보는 것도 아닌데. 부풀려지는 건 이 좁은 학교 안에서나 그런 것이고 저 밖에선, 보통 사람들의 세상에선 구겨진 광고지만도 못한 이야기일 수도 있는데.

말로 하진 않았다. 복수가 되었다고 본인이 느낀다면 그걸로 된 거다.

"그럼 토마토 주스는? 왜 뿌린 거야?"

"그게 왜? 뭐가 잘못됐어?"

예상보다 격한 반응이었다.

"그냥, 고양이한테 안 묻히려 애쓴 것 같아서. 굳이 그래야 했나 싶어서."

유주현은 두 손을 들어 얼굴을 문질렀다.

"나도 그럴 생각은 없었어. 근데, 으스스한 분위기가 나야 한다고 하더라고. 그래야 현장이 오래 기억될 거라고……."

언니 말이 맞았다. 고양이의 관을 정성스레 꾸민 사람과 토마토 주스를 뿌린 사람은 다른 인물일 거라고 한 말.

"누가 그랬는데?"

"알아서 뭐 하게?"

다시 예민하게 대답한다. 알려줄 것 같지 않았다.

유주현은 핸드폰 속 사진을 바라보다 말했다.

"범인이 사진을 보고 겁을 먹었으면 했어. 자기한테 안 좋은 일이 생길까 봐 무서워하기를 바랐다고."

범인이 그 사진을 보았다면 놀랐을까, 두려워했을까. 그럼 이건 돌고 돌아, 결국 저주 이야기가 되는 것일 테다.

"선생님에게 이를 거야?"

유주현은 불안한 얼굴로 물었다.

"아니. 죽은 고양이를 학교에 가져오면 안 된다는 규칙은 없으니까."

주술을 걸면 안 된다는 규칙도 없을 거다. 이제 나는 반대편에 서서, 주술을 쓰는 것이 왜 학폭위에 걸릴 만한 일이 아닌지 말할 수 있다. 어차피 그런 건 다 마음의 문제고, 마음의 방향을 가지고 딴지를 걸 수는 없을 거라고.

"네가 그런 짓 해서 괜한 사람이 피해봤잖아, 서유정은 무슨 죄냐."

이하리가 말했다. 하지만 유주현은 거의 비웃음에 가까운 표정을 지었다. 여기 서유정 싫어하는 사람 추가요.

"시시한데."

교실로 돌아오는 계단에서 이하리가 중얼거렸다. 서유정이 조수아를 저주했다는 게 이하리에겐 더 구미당기는 스캔들이긴 했을 테다.

하지만 남은 게 있다. 고양이를 죽인 범인은 누굴까. 고양이가 살던 골목에 CCTV가 있을까? 아님 주차된 차 블랙박스라도.

됐다. 고작 고양이 한 마리에 그 정도 자원을 동원할 수 있을 리가 없다. 어린애들이 호들갑 떠는 걸로 보이겠지.

나는 걸으며 언니에게 할 이야기를 정리했다. 아기 고양이가 있었대, 어느 날 고양이가 죽었는데…… 범인을 찾다 보니 또 다른 범인이 나왔어. 고양이에게 독을 먹인 사람은 또 누구였을까. 사건은 사건으로 이어지고, 결코 끝나지 않는다.

혹시 우리 학교에 있는 건 아닐까, 그 범인.

학교의 풍경이 달라 보인다. 이런 감각이 처음은 아니었다. 복도를 지나가는 아이들이 밋밋한 엑스트라가 아니라, 부조처럼 도드라져 보이는 기분. 각자가 품고 있는 무엇이 날선 칼처럼 생경하게 자기 존재를 주장하는 느낌. 저들은 과연 자기들이 그렇다는 걸 알까? 이런 물음에서 멈추는 것이 내 한계이겠지만.

그리고 나는 습관처럼 언니를 생각하는 것이다. 언니라면 무엇을 볼까, 하고.

"그럼 끝난 거네. 다 밝혀졌으니."

언니는 별로 놀라워하지 않았다. 어쩌면 이미 짐작하고 있었을지도 모른다.

"아직 서유정 쪽은 해결이 안 되었어."

그래서, 언니의 논리를 빌리려는 것이다.

유주현이 했다고 밝히고 싶지는 않다. 하지만 그렇다고 서유정이 뒤집어쓰는 걸 방관하는 것도 꺼림칙하다.

"조수아가 기절까지 하는 바람에 저주 얘기가 진짜처럼 됐거든. 국어 시간에 시 발표하다 쓰러져서…… 아."

나는 말을 멈췄다. 국어 이야기를 하고 싶지 않았는데. 방

심했다.

언니는 말없이 찻잔을 입에 댔다. 나도 찻잔을 들어 아직 식지 않은 홍차를 꿀꺽꿀꺽 마셨다.

"이렇게 해결하면 되겠다."

언니가 불쑥 말했다.

"시나리오를 짜는 거야. 야자를 하던 고등학생 정도면 괜찮겠다. 수능 대박 기원 제단, 어때? 입시에 미쳐가는 고등학생이라면 뭘 하든 참고 넘어가줄 테니까."

음악실이 있는 건물은 옆 고등학교와 연결되어 있다. 깜박 연결 통로를 잠그지 않는 일도 충분히 있을 법하다.

실제로 그런 고3이 있는지 없는지를 밝힐 필요는 없다. 그런 소문이 있다더라, 하는 것만 퍼뜨리면 사람들은 가상의 고3을 만들어낼 것이고 말은 곧 실체가 될 것이다. SNS와 커뮤니티 게시판, 몇 개의 글과 댓글로 만들어낸 진실이 멀리 퍼져나갈 것이다.

"그건 내가 해줄게. 어차피……."

어차피, 뒤에 이어질 말이 궁금하긴 하다. 언니가 그런 상황을 만들어낼 수 있으리란 걸 절대 의심하지는 않지만.

가느다란, 그다지 자리를 차지하지는 않지만 절대 없앨 수는 없는 불편한 침묵이 흘렀다. 내가 먼저 말을 걸어야겠지. 어떤 얘기를 할까, 공통의 화제를 찾아서…….

"고양이, 키우면 어떨까."

반쯤은 그냥 해보는 말이고 반쯤은 진심이었다. 이 집에 작은 털북숭이 생명체가 돌아다닌다면 어떨까. 언니에게, 우리에게 어떤 변화를 가져다주지 않을까.

"나는 못 기를 거야."

언니가 담담하게 말했다.

"고양이는 기르는 게 아니래, 모시는 거래. 고양이는 인간이 자기 밑이라고 생각한대."

어디서 들은 이야기를 늘어놓았다. 아, 이거 평범한 대화 같다. 어떤 안도감이 몰려오는 순간, 언니가 맥을 끊었다.

"나는, 작은 동물들은 무서워."

어째서? 개네가 언니에게 해를 입힐 것 같아서? 아니면 그 반대로…….

이 방. 가구며 장식을 다 치워낸, 입 밖에 내진 않았지만, 병동이나 감옥의 수감실을 연상시키는 방. 언니는 왜 여기 갇혀 있나.

접시 위에는 아이싱 쿠키. 하늘색 바탕 위 붉은 꽃이 작년의 그날을 떠오르게 하고.

지후는 내 침묵을 종료의 신호로 받아들였다. 바로 일어난다. 잠깐, 아직 끝난 게 아닌데. 토마토 주스. 거기엔 뭔가 더 있다.

하지만. 그래봤자 뭐가 달라질까. 나는 늘 스스로에게 상기시켜야 한다. 내가 관심 있는 것, 내게 중요해 보이는 것이 실제로는 아무 의미 없을 수도 있다는 것을.

무엇이 중요한지. 어디까지는 자유이고 어디부터는 자유를 침해하는 것인지, 어디까지가 나의 영역이고 어디부터는 타인의 것인지, 나는 아직 구별하기 힘들다.

내가 원하는 것은 그런 생각을 하지 않을 수 있는 환경이다.

종이 앞에 선다. 조금 더 안으로, 복잡하게. 나오지 못하게…… 선을 긋는다.

토요일에 이하리를 통해 연락이 왔다. 유주현이 나를 봤으면 한다고 했다. 약속 장소는 고양이가 살았던 그 자리였다. 토요일에 학교 근처 가는 건 참 내키지 않는 일이다. 게다가, 이런 감상적인 건 별로인데.

"여기야, 토미 살던 자리."

유주현이 말했다.

떡볶이집과 유주현네 세탁소 사이의 좁은 골목 안, 시멘트 기둥 옆 움푹 들어간 자리였다. 아직 보금자리가 남아 있었다. 갈색 천이 깔려 있고 사료 그릇이었을 사기 접시에 물그릇. 낮의 햇살이 포근하게 비쳤다. 아늑해 보였다. 그 자리에서 햇볕을 쬐며 꼬박꼬박 졸았을 고양이가 그려졌다.

"이거, 어제까지만 해도 없었거든. 누가 가져다 놓은 걸까?"

물그릇 옆에 작은 생쥐 인형이 있었다. 새거였다. 버려진 느낌은 아니었다. 생쥐 인형의 목에 하얀 리본이 묶여 있었다.

"너 말고 누군가 고양이를 돌본 사람이 있었나 보지. 그 사람이 가져다 놓은 거겠지."

"그 사진을 본 걸까."

"어쩌면."

참회의 제물, 아니면 애도의 선물. 이하리가 생쥐 인형의 꼬리를 잡고 들어 올렸다.

"귀엽다, 이거."

"역시 주스는 뿌리지 말았어야 했어."

유주현이 후회하듯 말했다. 그래, 토마토 주스. 그거 누군데, 한 번 더 물어보려는 순간 뒤에서 목소리가 들려왔다.

"뭐 하는 거야? 만지지 마."

처음 보는 남자애가 못마땅한 표정으로 이쪽을 쳐다보고 있었다. 이하리는 인형 꼬리를 빙빙 돌렸다.

"왜, 무슨 상관인데."

이하리가 느긋하게 말했다. 얘가 이런 말투로 말할 때는 좀 무섭다. 동시에 든든하기도 하고. 남자애는 더 얼굴을 구겼다.

"의미 있는 거라고. 내가 둔 거야. 내려놔."

이하리는 인형을 든 채로 나를 한 번, 유주현을 한 번 보았다. 유주현이 손을 내밀어 인형을 받아 들었다.

"알고 있었어? 여기 삼색 아기 고양이?"

유주현이 물었다. 남자애는 우리를 노려볼 뿐이다. 저 애가 혹시 고양이에게 독 묻힌 사료를 먹인 건 아닐까? 그때 남자애가 격한 어투로 말했다.

"길고양이와 친하게 지내려 하지 마. 그래봤자 책임질 것도 아니면서. 거기 살던 애도 그러다 죽었다고. 사람하고 친해졌다가, 이상한 데 이용당하고!"

오해하고 있는 것 같았다. 누군가 일부러 고양이를 죽여 제물로 바쳤다고 생각하나.

"그런 거 아니야……."

유주현은 말을 하다 말았다. 고양이를 아끼던 사람들은 저렇게 생각할 법하다. 억울하게 죽은 게 더 안 좋은 건가, 억울하게 이용당한 것처럼 '보이는' 게 더 안 좋은 걸까.

칼로 누굴 찌르면 자기 손도 다치게 돼. 언니가 이런 말을 한 적이 있었는데. 예전에, 방으로 들어가기 전에.

유주현은 생쥐 인형을 한번 보고, 남자애한테 고개를 돌렸다. 의외의 말이 나왔다.

"토미 신경 써줘서 고마워."

"걔 이름은 병아리였는데."

남자애는 뚱하게 대답했다.

"서소하, 안 들어오고 뭐 해!"

떡볶이집 뒷문을 열고 누군가 소리쳤다. 아, 떡볶이집 젊은 사장. 사장은 어리둥절한 얼굴로 우리를 바라보았다. 발치에서 작은 까만 고양이가 야옹, 울었다.

"동생인가 봐, 닮았다. 잘생겼네."

이하리는 흥미롭다는 듯 남자애를 흘낏거렸다. 들릴 것 같은데, 목소리 좀 줄이지.

"우리랑 동갑이야, 중2. 엄마가 그러더라."

유주현은 보다 작은 목소리로 말했다.

어쩌다 유주현까지 셋이서 떡볶이를 먹고 있는지는 모르겠다. 토요일 오후, 떡볶이집은 평일과 달리 앉아서 먹는 사람은 없고 포장 손님만 있었다. 그 남자애는 사장이 시키는 대로 부지런히 심부름을 하고 있었다.

까만 고양이는 구석 자리에서 털실 공을 물어뜯으며 놀고 있었다. 남자애는 말하고 싶지 않지만 어쨌든 말은 해주겠다는 식의 화법으로 설명했다. 병아리처럼 길에 살던 고양이인데, 최근의 그 사건 이후로 가게 안으로 들였다고. 음식점에 고양이라, 괜찮을까. 사장의 결벽증을 생각하면 빡세게 관리

하겠지 싶다.

"참새야, 이거 먹어."

남자애는 우리에게 말할 때와는 사뭇 다른 다정한 목소리로 고양이에게 간식을 챙겨주었다.

"고양이 이름이 병아리에 참새라니, 참 별나네. 그치?"

이하리가 말했다.

먹이의 이름을 가진 고양이. 귀한 자식 일부러 못난 이름 지어주는 것처럼, 저승사자의 명부에 올라도 헷갈리도록. 병아리는 결국 죽음을 면하진 못했지만 참새는 확실하게 지킬 수 있도록.

나로서는, 마음에 든다.

모두의 약점

떡볶이를 그렇게 좋아하는 건 아니다. 세상에 떡볶이 좋아한다는 사람이 하도 많으니 하는 말이다. 얼마 전엔 학교에 떡볶이 동아리까지 생겼다. '모던떡볶이연구회'는 까칠하기로 유명한 과학 선생을 담당으로 영입하는 데 성공했고 단번에 과학실을 동아리실로 차지했다. 거기 들어가려면 하루 한 끼를 떡볶이로 먹어야 한다는데, 그런 애들에 비하면 내 욕망은 살짝 모자란 것처럼 느껴진다.

보글보글 끓는 사각 판 앞에 서면 마음이 설레긴 한다. 매콤 달콤한 냄새, 동글 매끈한 떡들, 가지런히 놓인 튀김과 뚜껑을 열 때마다 김이 피어오르는 순대 찜기. 국물 통 안에 빼곡히 꽂힌 어묵 꼬치들은 또 어떻고. 학교 앞에 이런 떡볶이 가게가 있다는 건 축복임이 틀림없다.

"떡볶이 2인분이랑, 순대 1인분에…… 아, B세트에 떡볶이 추가로 해서 주세요."

"떡 새로 넣어서 시간 걸려요."

떡볶이집 사장이 딱딱하게 말했다. 불친절한 건 아니지만 친절한 거랑은 거리가 먼 태도였다. 뭐, 지나치게 친근한 척하는 것보단 낫다.

하굣길의 가게는 언제나처럼 붐볐다. 안쪽 테이블은 이미 만석이고 바깥 떡볶이판 앞의 서서 먹는 자리도 다 찼다. 포장 주문하고 기다리는 사람도 나까지 세 명…… 이제 네 명이네.

"오, 김지후. 포장? 나도 포장인데."

이하리가 옆에 와서 섰다. 이하리는 망설임 없이 착착 주문을 하고는 내게 물었다.

"그래서, 어제 꽃은 잘 드렸냐?"

어제 꽃 트럭에서 산 카네이션 얘기였다.

한 달에 두 번 학교 앞에 오는 꽃 트럭. 꽃의 종류가 많고 가격도 저렴해서 평소에도 붐비는데, 어제는 어버이날 특수로 교문 앞까지 줄이 늘어섰다. 그 와중에 교지편집부는 꽃 트럭 주인 인터뷰를 하겠다며 혼잡도를 높였다. 카네이션 고르는 애들에게 카메라를 들이대는 바람에 얼굴을 공책으로 가리고 있어야 했다.

이십 분을 기다려 차례가 왔지만 한 송이씩 포장된 꽃이 좋은지 화분이 좋은지 결정을 못 하고 있었는데, 지나가던 이하리가 다가와 한 송이로 사라고 권했다. 어차피 화분의 카네이션도 조금 있음 시들어 더 큰 쓰레기가 된다는 게 이유였다. 이하리는 카네이션을 사느니 먹을 걸 사겠다며 자기 건 안 샀다.

"잘 드리고 말고 할 게 있나, 그냥 식탁에 뒀어. 넌 꽃 대신 뭐 샀어?"

"시장 치킨이랑 도토리 케이크 작은 거."

"그 정도면 아주 훌륭하네."

시장 치킨은 아래 길 건너 재래시장 입구에서 파는 옛날 통닭이고 도토리 케이크는 최근 소문나기 시작한 케이크 가게의 신상품이었다. 여기 떡볶이집까지, 작은 동네지만 나름 맛집이 있다.

"어, 재 왔다."

이하리가 내 쪽으로 몸을 기울이고 작게 말했다.

교복을 입은 남자애가 가게 안쪽 문으로 막 들어서고 있었다. 거침없이 주방에 들어가 앞치마를 매고 손을 씻는다. 사장의 동생이라는 옆 남중 2학년 서소하. 사장과 더불어 재도 우리 학교에선 유명인이다. 무슨 아이돌을 닮았다나. 아이돌 덕

후인 정소윤이 반 애들에게 사진까지 찾아 보여줬다.

"쟤도 대단하다. 저러기 쉽지 않아, 아무리 가족일이어도."

이하리가 감탄했다.

서소하는 형처럼 무표정한 얼굴로 설거지를 시작했다. 두 형제가 좁은 주방에서 군더더기 없는 동작으로 척척 자기 할 일을 하는 모습은 드라마의 한 장면 같았다. 배경이 새하얘서 더 그렇게 느껴졌다.

"근데 여기 어째 더 하얘진 것 같다?"

이하리 말대로 벽과 천장이 새로 칠한 듯 깨끗했다. 문을 닫고 리모델링한 건 아닌데 매일매일 조금씩 바뀌어 오늘에 이르렀다. 솔직히 말하면 떡볶이 가게가 이렇게 깔끔할 필요가 있을까 싶다. 국물 튈까 봐 겁나서 편히 먹겠느냐고.

"그게 새 주인 취향인가 보지."

가방을 고쳐 메며 대답하는데, 이하리의 뒤쪽으로 파란색 등산 모자를 눌러쓴 할아버지가 보였다. 등산복에 등산화, 길거리 중장년 80%가 하고 다니는 그런 차림. 그런데 얼굴이 낯이 익었다. 어디서 본 사람이더라?

확 경계심이 들었다. 그 할아버지는 나와 이하리를 향해 성큼성큼 걸어왔다.

"이하리, 저 할아버지……."

아는 사람이냐고 물어보려는 찰나, 할아버지는 방향을 휙

꺾어 떡볶이집 옆 골목으로 사라졌다.

찜찜함은 곧 풀렸다. 떡볶이 가게 안쪽 문이 열리고 방금 그 할아버지가 들어온 것이다.

"오, 떡볶이 할아버지 오랜만에 보네. 가게 나오긴 하시는구나."

이하리가 말했다.

가게 안에서 일하시는 모습이 익숙해서 옷과 배경이 바뀌니 못 알아봤다. 하긴 같은 반 애도 교복 말고 사복 입고 있으면 헷갈릴 때가 있다.

"파 먼저 넣고 고추장을 넣어야지. 에이그, 이걸 이렇게 끓이고 있어."

할아버지는 떡볶이를 시작으로 주방 상태와 음식 조리에 대해 하나하나 잔소리를 늘어놓기 시작했다. 무뚝뚝하기로는 지금 사장과 쌤쌤이었던 할아버지라 저렇게 길게 말하는 건 처음 들어본 것 같았다.

젊은 사장은 대답 없이 떡볶이를 저었고, 서소하가 형 눈치를 보며 할아버지 소매를 잡아끌었다.

"할아버지, 올라가세요. 할머니가 할아버지 오면 바로 올려 보내랬어요."

"방해돼요."

젊은 사장이 딱 잘라 말하자 할아버지는 끙, 못마땅한 추임

새를 넣어 몇 마디 잔소리를 덧붙이곤 주방을 빠져나갔다.

"B세트에 떡볶이 추가 나왔습니다."

"여기요, 제 거예요."

나는 사장이 내민 비닐봉지를 받아 들었다.

"내일 보자, 안녕."

이하리가 미련 없이 인사했다. 어, 기다려줄 수도 있는데. 같이 걸어갈 수도 있고. 고작 큰길까지겠지만, 굳이 그럴 것도 없는 사이긴 하지만.

"그래, 안녕."

언니 몫의 떡볶이와 튀김을 그릇에 덜었다. 새아버지는 매운 걸 못 먹으니 빼고, 나머지를 엄마와 둘이 먹었다.

"오늘은 채경이랑 약속 안 했니?"

엄마가 물었고 나는 고개를 저었다. 이번 주의 '약속'은 내일과 일요일 오후였다.

언니는 작년 여름부터 방에 머물고 있고, 약속 없이는 언니를 못 만난다. 부엌과 화장실 앞에서 마주칠 때도 있지만 서로 투명인간 취급을 한다. 그게 언니의 부탁이었다. 부탁 아니면 요구. 당연하게 자리 잡은 우리 집의 규칙.

언니는 보통 때는 식구들이 없는 시간에 스스로 밥을 차려 먹고, 엄마는 언니와 '약속'으로 만날 때면 푸짐한 식사를 차리려고 애쓴다. 그래봤자 일주일에 한 번 정도다.

엄마는 떡볶이를 하나 더 입에 넣었다. 할 말 많은 얼굴이었다. 언니에게, 아니면 나에게?

"토요일에 뭐 입고 갈 거니? 마땅한 거 없으면 하나 살까?"

아, 듣기 싫은 얘기였다.

"진짜 가야 돼요? 나까지, 꼭?"

"가야지."

언니의 할머니, 그러니까 새아버지의 어머니의 생신. 그것도 칠순. 가까운 친척들이 모여 식사를 한다는데 거기 나도 끼라는 거다.

"채경이가 안 가니까 너라도 가야지……. 아버지는 그러시는데."

엄마가 말끝을 흐렸다.

친손녀도 아닌데 내가 참석하는 게 의미가 있나? 언니가 가면 가족이 다 같이 가는 게 되니까 그럭저럭 말이 되는데, 언니 빼고 나만 가면 진짜 그림 이상해진다. 아들이 재혼한 여자가 데리고 온 여자애. 손녀라고 느껴지기는 할까? 그 자리에 없는 '진짜' 손녀를 더 떠올리게 되지 않을까?

"옷 단정한 걸로 새로 살래? 내일은 엄마도 바쁘고, 모레 저녁때 어때?"

엄마가 물었다. 옷을 고민해야 하는 자리는 싫다. 잘 보여야 한다는 뜻이니까.

"그럼 그냥 교복 입을래, 춘추복. 학생이면 교복이지."

"주말인데 교복은 좀."

"왜, 결혼식에도 교복 입고 가라고 하잖아. 교복 거의 새건데."

평소엔 주로 생활복을 입고 정식 교복은 일주일에 한 번 입을까 말까다. 이럴 때라도 입어야 돈이 아깝지 않을 거다. 아니면 아예 생활복을 입을까? 후줄근한 회색 반팔 칼라 티, 빨강 회색 줄무늬가 들어간 남색 저지 윗옷. 모두 깔끔하게 차려입고 온 자리에 그런 거 입고 가서, 누가 왜 이런 거 입었느냐고 하면 교복인데요? 하고 대꾸하는 거다. 꽤 통쾌할 거 같은데.

엄마는 오징어 튀김을 우물거리다 진짜 본론을 꺼냈다.

"채경이, 진짜 안 가겠지? 지후 네가 한 번 더 물어볼래?"

언니는 이미 안 가겠다고 했다. 스스로 마음을 바꾼다면 또 모를까, 내가 묻는 정도로 달라질 일은 없을 것이다. 하지만 엄마 마음의 평화를 위해서라면.

"알았어. 내일 물어는 볼게."

청소 당번에 동아리 회의까지 겹쳐 학교를 나오는 시간이 늦었다. 학원 시간이 빠듯해서 급히 걸어가는데, 떡볶이집 골목 어귀에서 이하리를 발견했다. 누구랑 이야기하고 있나 본데 상대는 전봇대에 가려 안 보였다.

"어, 김지후! 여기 잠깐만!"

이하리가 날 발견하고 손을 들었다. 대화 상대가 전봇대 옆으로 얼굴을 내밀었다.

정말로 의외의 인물이었다. 떡볶이집 사장 동생, 서소하.

"문자했는데, 못 봤어? 얘가 우리한테 할 말 있대. 지금 시간 있어?"

이하리가 물었다. 서소하는 딱딱하게 굳은 얼굴로 나를 보았다.

"시간…… 있어. 왜 그러는데?"

지각 확정. 나는 이하리와 서소하를 따라 가게 뒤쪽 골목 안으로 들어갔다. 아이들의 시선이 미치지 않을 정도로 충분히 걸어 들어가 멈췄다.

서소하는 몇 번이나 한숨을 쉬고 입술을 깨물고 인상을 썼다. 누가 보면 우리가 괴롭히는 줄 알겠다. 이하리가 뭐 하느냐고, 까먹었느냐고 재촉한 뒤에야 서소하가 말을 꺼냈다.

"너희 학교 애 하나를 찾고 싶어. 2학년일 거야. 이름 모르는데, 그래도 찾을 수 있을까?"

"와, 뭐냐? 좋아하는 애야?"

이하리 목소리가 재밌다는 듯 한 톤 올라갔다. 서소하는 그 말을 가뿐히 무시했다.

"어떻게 생겼는데?"

내가 물었다. 서소하는 얼굴을 찡그렸다. 왼쪽 눈을 반쯤 감듯이 일그러뜨리는 게 버릇인 거 같았다.

"뒷모습을 봐서 얼굴은 잘 모르겠어. 머리를 뒤로 묶었고, 너희 학교 교복 입고 있었고, 어……."

설명을 잘하는 타입이 아니었다. 질문을 하는 게 낫겠다.

"2학년이라는 건 어떻게 알았어?"

"명찰 색깔을 봤어. 노란색이 2학년 맞지? 스치듯 본 거라서 이름까진 못 봤고."

"안경은? 묶은 머리 길이는 어느 정도? 신발은 봤어? 가방은?"

"어…… 안경 썼고, 가방은 안 멨어. 신발은 모르겠다. 어, 손에 핸드폰을 들고 있었는데, 케이스가 빨간색이었던 거 같아."

서소하는 더듬더듬 대답했다.

"빨강이면 어떤 빨강? 새빨간색? 톤 다운된 빨강? 주황 섞인 빨강? 다홍?"

이번엔 이하리가 빠르게 읊어댔다. 서소하는 당혹스러워하며 모르겠다고 했다.

"안경은 뿔테? 금테?"

"그게, 내가 눈이 좀 안 좋아서. 그렇게 자세히는……."

서소하가 다시 눈을 찡그렸다. 눈이 나빠서 저러는구나.

"언제 봤는데?"

"그저께, 월요일에. 학교 끝나고 오후에."

"어디서?"

서소하는 예상 못 했다는 듯 흠칫 놀랐다.

"그걸 말해야 돼?"

"야, 그게 기본이지. 서울에서 김 서방 찾기도 아니고. 어디서 봤는지 알아야 후보를 줄일 거 아냐."

이하리가 혀를 찼다.

뭐지, 말 못 할 장소라도 되나? 단순한 사람 찾기가 아닐 것 같은 예감이 들었다.

"왜 찾는 건데?"

"아, 그게……."

서소하는 곤란함이 뚝뚝 떨어지는 얼굴로 입술을 씹었다. 역시 평범한 일은 아닌 거다.

"설마 그것도 말 안 하려고? 어디서 봤는지, 왜 찾는지도 못 알려주면서 어떻게 찾으란 거야?"

이하리가 어이없어했다. 하지만 나는 더 캐묻고 싶지 않았다. 억지로 알아내는 건 질색이다.

"뭐, 알았어. 일단 그 정도로 찾아볼게. 근데 왜 우리한테 물어보는 거야?"

학교 밖에까지 소문이 났을 리는 없지 않나. 서소하는 변명하듯 대답했다.

"그때 병아리…… 고양이 얘기했었잖아, 우리 가게에서. 세탁소 개랑, 너희 둘이. 넌 못 알아봤는데, 너 알겠어서."

서소하가 고갯짓을 했다. 앞의 너는 나고, 뒤의 너는 이하리다.

아, 저 말은 좀. 이하리 얼굴이 확 굳는 게 보였다. 빨리 자리를 정리하는 게 낫겠다.

"알겠어. 더 생각나는 거 있으면 알려줘."

연락처를 주고받은 뒤 서소하는 떡볶이 가게 뒷문으로 들어갔고, 나는 이하리와 골목을 걸어 나왔다. 이하리는 조용했다. 뭐라고 말을 걸어야 할지 몰라서 입을 다물고 있었다.

이하리가 툭 던지듯 말했다.

"날 보고 알아봤다는 거잖아."

알아본다는 것—다르기 때문에 인식된다는 것. 이하리가 싫어하는, 싫어한다는 것 자체를 티 내고 싶어 하지 않는 상황. 이하리는 내 쪽은 보지 않고 말했다.

"먼저 간다."

"그래."

달리 할 말이 없었다. 내 몇 마디 말로는 위로가 되지도 않을 거다. 가족이나 국적 같은 건 선택해서 얻은 결과가 아니니까. 잊고 싶어도 잊을 수 없도록 내게 달라붙어 있다.

……나야말로 지금 뭘 잊은 거 같은데. 아, 학원! 완전 늦었다!

언니는 작은 상을 펴놓고 앉아 나를 기다리고 있었다. 저녁을 먹고 난 8시였다.

"어제 떡볶이 잘 먹었어."

언니가 말했다. 상 위에 정갈하게 세팅된 건 옅게 우린 홍차에 밀크 푸딩. 홍차는 별로지만 옅은 건 괜찮다. 홍차는 맑은 주황빛이었다. 이하리라면 그 주황이 어떤 주황이냐고 따져 물었겠지.

"오늘 어떤 애가 나한테 사람을 찾아달라고 했어."

오늘 '약속'의 이야깃거리는 이거다.

서소하가 준 정보는 네 개. 우리 학교 2학년, 빨강 핸드폰 케이스, 어깨보다 길게 내려오는 머리카락, 안경. 안경은 썼다 벗었다 하는 거니까 보류. 핸드폰 케이스나 머리 모양도 바뀔 수 있겠지만, 지금 평일로 이틀밖에 안 지났으니 안 바뀌었을 가능성이 크다.

"가방은? 뒷모습을 봤다며. 그럼 가방도 봤을 거 아닌가."

언니가 푸딩을 내 앞으로 밀며 물었다.

"그게, 가방은 안 메고 있었대."

흠, 언니가 고개를 기울였다. 마음에 걸리는 게 있다는 거다. 나도 되짚어봤다. 하교 직후, 교복은 입었는데 가방이 없다?

"학원 갔다가 잠깐 나왔나? 아니면 편의점이나 음식점에서 가방 내려놓고 먹고 있는 모습을 봤거나. 아, 차에 타고 지나가다 봤나?"

장소와 상황을 모르니까 추측의 범위가 너무 넓었다. 이건 추리가 아니라 상상이다.

나는 추리를 포기하고 밀크 푸딩을 한 숟갈 떠 입에 넣었다. 부드럽게 살살 녹는 게 진짜 맛있었다. 언니는 푸딩은 손도 안 대고 차만 마시고 있었다. 홍차도 카페인 많다던데 밤에 마셔도 되나. 언니는 몇 시에 자고 몇 시에 일어날까? 갑자기 궁금해졌다.

"왜 찾는지도 말 안 하더라고. 이하리는 당연히 좋아하는 사람 찾는 거라고 하던데, 그럼 이름은 몰라도 얼굴은 알 거 아냐. 아예 못 봤다는 식으로 말한 걸 보면 그런 느낌은 아니었어."

"무슨 행동을 했나? 찾아야 하는 행동."

언니가 말했다.

쓰레기 무단 투기? 불법 촬영? 가게에서 뭘 훔치는 걸 봤다던가. 불법적인 것만 먼저 생각났다. 그럼 경찰에 갔겠지, 나를 찾는 게 아니라.

나는 푸딩을 바닥까지 싹싹 긁어 먹었다. 언니가 하나 더 먹겠느냐고 물었지만 마지막 이성을 잡고 거절했다.

이제 본론으로 들어가도 될까. 고민은 짧았다. 어차피 물어볼 거, 그냥 물어보는 거다.

"할머니 칠순 말인데. 언니 없이 나만 가는 거 좀 그렇지 않을까? 사람들이 불편해할 거 같은데."

언니는 찻잔을 들어 입에 댔다.

"누구, 그쪽 사람들? 굳이 신경 쓸 필요도 없어. 지후 네가 가기 싫으면 가지 마."

가고 싶지 않다. 하지만 가지 않아도 되는 자리라면 새아버지가 같이 가자고 하지도 않았을 것이다. 지금껏 명절 때마다 그랬듯이.

"어색해서 그래. 할머니 빼고는 다 모르는 사람들인데. 할머니도 잘 아는 거 아니고."

언니는 찻잔을 살며시 찻잔 받침 위에 내려놓았다. 사기 찻잔은 바스라질 듯 얇아서 조심스레 다뤄야 했다.

"갈 거면 준비를 하고 가는 게 좋겠지."

언니가 책상 서랍에서 종이와 연필을 꺼내 왔다. 언니는 A4 용지에 할머니의 윗대부터 내려오는 가계도를 그렸다. 새아버지의 이모와 누나와 남동생. 무슨 드라마 인물 관계도처럼 보였다.

“이쪽은 무난해. 주의해야 할 쪽은 이쪽인데.”

언니가 호칭 하나에 동그라미를 그렸다. 새아버지 남동생의 부인. 그러니까 언니의 숙모.

“나를 싫어하는데, 그래서 널 좋아할 수도 있고 아니면 나를 싫어하는 감정을 너한테 투영할 수도 있고. 한마디 안 하면 못 견디는 그런 스타일이야.”

언니는 ‘숙모’ 두 글자를 가두듯 연필을 빙빙 돌려 그었다. 가늘고 검은 연필 선이 소용돌이처럼 퍼져나갔다. 이름에서 불길한 기운이 뻗어나가는 것처럼 보이기도 했다.

“내가 쓰는 방법을 하나 가르쳐줄게. 위치를 선점하는 거야. 그 사람들이 널 평가하기 전에 네가 먼저 평가하는 거지. 뭐든, 말투든 성격이든 옷차림이든. 심사위원이 된 것처럼 점수를 매겨봐. 그럼 그들이 너를 어떻게 평가하는지에 덜 신경 쓰게 돼.”

언니에겐 이 숙모와 여기 적힌 사람들이 그런 존재란 말인가? 엄마가 그런 곤란을 호소한 적은 없었고, 상견례에서 만난 할머니와 결혼식에서 봤던 언니의 친척들은 대부분 내게 호의적이었다. 그러나 실제로 경험해본 언니의 느낌이 더 정확할 것이다.

"알겠어."

나는 대답했다. 엄마 옆에 있기 위해서라도 꼭 가야겠다고 결심하면서.

흥미로울 것 같다. 그들의 시선들을 확인하고 싶기도 하다. 내 눈길을 피할지, 마주 볼지.

그렇지만—문제는 이것이다. 그런 흥미와 호기심이 여전히 내게 있다는 것.

그게 미로를 만들기 시작한 이유이지 않았던가. 영향을 미치고 싶은 마음을 묶어두기 위해.

미완성의 미로 앞에 섰지만 오늘따라 팔이 무겁다. 책상 앞에 앉아 노트북을 열고 메일함을 열었다. 아. 메일이 와 있다. 지난여름, 핸드폰을 없앤 이후로 한 달에 한두 번은 꾸준히 메일이 온다. 초반의 몇 통은 읽어보았다. 일기나 다름없는 글이었다.

왜 그런 내용을 내게 전달할까. 답을 보내기는커녕 더이상 읽지도 않는데. 내게 어떤 영향을 미치고 싶어서? 나라면 그랬을 것이다. 글 몇 줄이 어떤 효과를 낼지 계산하고, 실행했을 것이다.

나라면. 나와 비슷하다면.

엄마라면.

생각은 다시 '그들'에게로 돌아온다.

엄마는 그들을 움직일 수 있었다. 몇 마디 말과 몇 가지 간단한 동작으로. 그들은 예민하게 엄마를 주목했고, 그 시선은 엄마가 아니라 그들 자신을 옭아매었다. 바라보고 귀 기울였기에 엄마의 영향력은 커졌다. 그들을 뒤흔들 정도로 충분하게.

그렇게 치면 원인과 책임은 엄마에게 있는 게 아니라 그렇게 확장하고 받아들인 그들에게 있다.

결론을 내자 숨이 편해졌다. 생각이 자유로이 흐르고, 지후에게 알려줘야 할 것이 떠올랐다. 단숨에 우위를 점할 수 있는 방법. 직전에 알려주는 것이 나을 것이다. 지후는 마음을 기울일 테니까. 그럴 필요가 없는 일에 너무 많은 에너지를 쏟을 테니까.

지후는, 나와 다르니까.

학교 가는 길, 횡단보도 앞에서 신호를 기다리는데 앞에 선 애가 손에 든 노랑 핸드폰 케이스가 눈에 들어왔다. 서소하가 찾아달라는 건 빨강 케이스였지. 어디 보자, 빨강을 든 애가 있나?

그때부터는 학교 가는 내내 애들 손을 관찰했다. 교복과 신발과 가방, 머리 모양은 다들 비슷비슷한데 핸드폰 케이스와 액세서리는 색깔도 모양도 다양했다. 자기 취향을 솔직하게 드러낼 수 있는 몇 안 되는 수단 중 하나. 가방과 머리 모양만 해도 맘대로 못 한다. 튀는 것도 유행 따라 튀어야 하니까.

아침 조회 때도 핸드폰 걷는 걸 유심히 보았다. 우리 반에서만 붉은 느낌 나는 게 7개였다. 안경과 머리 길이로 거르니 3명으로 줄었다. 이걸 다른 반까지 해야 하는데.

"빨강 계열이 2학년에 20명은 되더라. 대충 그래."

1교시 쉬는 시간에 이하리가 말했다. 교무실에 들러 각 반 핸드폰 모아놓은 바구니를 보고 왔다는 거였다.

"벌써? 실행력 대단하다."

반은 현실 감탄, 반은 의외라서 나온 반응이었다. 이번 일에 대해서는 관심 끌 줄 알았다.

이하리는 눈썹을 살짝 올렸다 내리곤 말을 이었다.

"이따 다른 반 애들에게 부탁할 거야, 핸드폰 돌려받을 때 봐달라고. 전체 빨강인 것만 찾아야 하나?"

"손으로 이렇게 들었을 테니까…… 반 정도는 빨강이어야 할 거야. 달고 다니는 게 빨강이라면 좀 큰 거였을 거고. 인형 같은 거."

"알았어."

이하리는 대답하곤 자기 무리 애들 쪽으로 뛰어갔다. 이하리가 끼어든 순간 대화의 중심이 이하리 쪽으로 옮겨 가는 게 보였다. 저기가 이하리의 무리가 아니어도 그랬을 것이다. 그게 이하리의 특징이다.

나는 중학교부터 이 동네 학교를 다니기 시작했기 때문에 이하리의 초등 시절 '전설' 같은 건 잘 모른다. 이하리는 본인이 생각하듯 외모 때문에 눈에 띄고 유명한 게 아니다. 어디 가서도 잘 '붙는' 거. 누구에게서라도 이야기를 이끌어내는 거. 무슨 상황에서도 쫄지 않는 거. 그게 진짜 튀는 점이다. 본인은 알까 모르겠지만.

방과 후 이하리와 나는 빨강 계열 핸드폰 케이스나 액세서리를 가진, 안경을 쓰고 머리가 적당히 긴 2학년의 명단을 추려냈다. 이하리는 친구들이 알려준 이름만 보고도 그 애가 안경을 썼는지 머리는 어떤지를 슥슥 적어냈다. 역시 우리 학교 최고의 마당발다웠다.

그렇게 남은 게 11명. 이쯤에서 서소하를 한번 만나볼 필요가 있었다. 떡볶이 가게로 가면 볼 수 있을 줄 알았는데, 이하리가 말했다.

"걔네 학교 오늘 7교시일걸. 목요일이잖아."

우리는 월수금이 7교시이고 화목이 6교시, 퐁당퐁당인데 그 학교는 중간을 묶어서 화수목이 7교시라고 했다.

근처 놀이터에 가서 서소하에게 문자를 보냈다. 기다리는 동안 이하리와 나는 핸드폰 케이스와 액세서리에 대한 정보를 검색해 이미지를 캡처했다. 그러고도 시간이 남아 이하리가 요즘 본다는 웹툰을 같이 봤다. 추리물이니 취향에 맞을 거라고 이하리가 말했지만, 그저 그랬다. 사람이 자꾸 죽어나가는 얘기는 별로다. 반쯤 눈을 감고 봤다.

에피소드 하나를 다 봤을 때 서소하가 놀이터로 걸어 들어왔다.

서소하는 우리가 한 장씩 보여주는 이미지를 유심히 보았다. 실리콘과 인조가죽 케이스, 달고 다니는 인형, 비즈 장식에 그립톡.

"매끈한 느낌은 아니었어. 딱 붙는 느낌이 아니라 약간, 부피가 있는 느낌이었는데."

"그럼 이런 거였어?"

이하리가 다른 사진을 찾았다. 앙고라 털 뭉치였다.

"어. 이런 느낌이었어!"

아하. 가닥이 잡혔다. 빨간 건 액세서리였다. 너무 작거나 딱딱한 느낌을 빼고 나니 목록에서 네 명이 남았다.

"어떻게, 한 명씩 앞에 불러다 줘? 직접 확인해볼래?"

이하리가 살짝 가시 돋친 목소리로 물었다. 서소하는 곤란하다는 표정으로 우리를 번갈아 보았다.

"아니, 꼭 만나보려는 게 아니라…… 한 명으로 줄일 순 없어?"

"야, 양심 챙겨라. 그 정도 정보 가지고 넷으로 좁힌 게 대단하지 않냐?"

이하리가 말하자 서소하는 시선을 떨구었다. 이쯤에서 짚고 넘어가야 한다.

"왜 찾는지 말하기 싫으면 다른 정보라도 줘. 어디서 봤는지, 걔가 뭘 하고 있었는지, 그런 거."

내가 찾고 싶어서 찾는 것도 아니고 부탁받아서 찾는 건데 이렇게 물어보기까지 해야 하나. 얼마나 이상한 장소에서 얼마나 말하기 힘든 일을 하고 있었길래?

서소하는 망설였다. 유치원생 애들 둘이 미끄럼틀을 거꾸로 기어 올라갈 만큼의 시간이 흐르고 난 뒤 서소하가 입을 열었다.

"구립 도서관 알아?"

버스로 두 정거장 떨어진 데 있는 도서관. 예전에 언니와 자주 갔던 곳이다.

"그 도서관 올라가는 사거리 모퉁이에, 식자재 마트 있는데…… 그 앞에서 봤어."

"뭐야, 별로 이상한 데도 아니네."

이하리도 내 생각과 똑같이 말했다. 도서관 올라가는 길 사거리면 그다지 번화한 곳은 아니다. 식자재 마트가 제일 크고 주변에 작은 가게들 몇 개, 동네 카페 정도 있는 장소였다.

"월요일에 학교 끝나고 할아버지와 같이 버스 타고 그 동네로 갔어. 할아버지가 마트에서 일 보시는 동안 나는 가게 밖에 있었는데, 그때 본 애야."

서소하는 심각한 비밀을 누설하는 것처럼 조심스레 말했다.

"그럼 얘기를 했다거나 그런 건 아니고?"

"아냐. 얼굴도 못 봤어. 걔는 거기 서 있다가 길 건너서 버스를 탔어."

"버스를? 길 건너서?"

지도 앱을 꺼내 사거리를 확인했다. 서소하가 가리킨 버스 정류장에서 버스를 타면 우리 학교 쪽으로 오게 된다. 서소하가 봤다는 그 애는 학교 끝나고 거기까지 갔다가, 다시 학교로 돌아오는 버스를 탄 거다. 좀 이상했다. 도서관에 간 것도 아니고, 걸어서 어디로 간 것도 아니고, 버스를?

그때 이하리가 벤치에서 튕겨 나가듯 몸을 일으켰다.

"잠깐만, 학교 끝나고 바로 갔다고? 너희 월요일에 6교시지? 그럼 걜 본 게 몇 시쯤이었어?"

"종례도 짧았고, 할아버지가 학교 앞에서 기다리고 계셨고, 버스도 금방 왔으니까…… 3시 반? 마트 들어갔다 나온 시간까지 쳐도 40분을 넘진 않았을 거야."

"우리 월요일에 7교시 했는데? 4시에 끝나. 3시 반에 거기 있을 수가 없다고. 우리 학교 애가 맞긴 맞는 거야?"

"어, 교복 입고 있었으니깐."

서소하는 초조하게 눈을 굴리며 대답했다.

"그럼 조퇴했나 본데. 여기 넷 중에 그날 조퇴한 애 있나 찾아보자! 간단하겠네!"

이하리가 반색했다. 하지만 여전히 걸리는 게 있었다. 신발 안에 굴러 들어온 돌멩이 하나.

"가방이 없었다면서."

조퇴를 했고, 교복은 입고 있는데 가방이 없다? 이하리가 알겠다는 듯 손뼉을 쳤다.

"어디 가려고 집에 가방만 두고 나왔나 보다. 옷은 귀찮아서 안 갈아입은 거고. 그럼 버스 탄 것도 말이 되잖아. 뭐, 병원 같은 데 갈 수도 있고."

뭔가 껄끄러웠다. 딱 맞아떨어지지가 않는다. 어쨌거나 지금으로선 조퇴했다는 게 가장 일리가 있었다. 이하리는 내일 당장 각 반 출석부를 확인해보겠다고 했다.

"고마워."

서소하가 한결 편해진 말투로 말했다.

"이제야 고맙냐?"

이하리가 말 떨어지기 무섭게 물었다. 서소하의 얼굴이 순식간에 빨개졌다.

“내가 뭐 보답할 일이 있다면…… 떡볶이라도…….”

됐다고 하려는데 이하리가 더 빨랐다.

“김지후는 초코 우유 좋아해, 민초단이고. 난 지렁이 젤리면 된다.”

“야, 무슨.”

한숨 한 번 쉬고, 이하리에게 당부할 말을 꺼냈다.

“이하리, 결석생 확인할 때 여기 네 명 딱 찍어서 월요일에 조퇴했느냐고 물어보진 마. 두루뭉술하게 이번 주에 조퇴한 애 있냐는 식으로 물어봐줘.”

“왜?”

“감추고 싶은 게 있을 수도 있잖아. 찍어서 물어보면 얘네한테 관심이 너무 쏠릴 수도 있으니까.”

서소하가 움찔 어깨를 떨었다.

아니 뭐, 얘를 겨냥하고 한 말은 아니었는데 그렇게 들렸을까.

거의 해결된 줄 알았던 서소하의 의뢰가 원점으로 돌아가버린 것은 바로 다음 날이었다.

핸드폰, 안경, 머리카락 길이로 좁혀둔 네 명의 후보자 중에 월요일 조퇴자가 없었던 것이다. 2학년 전체에서 월요일에 조퇴한 건 겨우 두 명이었는데 둘 다 쇼트커트로, 1학년 때부터 그 스타일을 유지해온 애들이었다.

"결석도 없어. 다들 성실하네."

이하리가 빵 봉지를 뜯으며 말했다. 나는 매점 신상이라는 초코 우유팩을 열었다. 매점 앞 벤치가 웬일로 비었기에 거기 앉았다.

"처음부터 다시 시작해야 해. 교복과 시간 단서가 더 분명한 거니까 거기서부터."

"하리야, 이하리! 너 스토리 다 썼어?"

이하리 무리의 송예인이 이쪽으로 나풀나풀 뛰어왔다. 이하리는 소보로빵을 반 갈라 송예인에게 내밀며 대답했다.

"어. 설이한테 보내놨어."

"응, 알았어!"

송예인은 빵을 받아 들고 온 쪽으로 뛰어갔다.

바쁜가 싶어 신경 쓰였다. 이하리는 별거 아니라고, 애들이랑 웹툰 공모전 나가려고 준비하는 중이라고 간단히 말했다.

"웹툰 동아리에서 다 나간다더라고. 나는 그 동아리도 아니고, 스토리만 써주기로 했어."

이하리는 만화 감상 동아리였던가. 창작 쪽이 더 어울리긴 한데. 근데, 동아리? 퍼뜩 떠오르는 게 있었다.

"월요일 7교시가 동아리 활동 시간이잖아. 그때 밖에 나가는 동아리 있지 않나?"

아예 하교를 한 게 아니라 동아리 시간에 잠깐 나온 거였다면 교복, 가방 없음, 시간까지 커버가 된다.

이하리는 입안에 든 빵을 단숨에 삼키고 서둘러 말했다

"어! 있지, 스케치 동아리! 지영수! 야!"

농구대 앞에서 공을 튀기던 애들이 이쪽을 돌아보았다.

스케치 동아리는 어디든 돌아다니며 그림을 그린다. 다른 동아리들 활동하는 데 가서 스케치를 하기도 하고 가끔은 학교 밖으로 나간다고, 지영수가 땀을 닦으며 말했다. 그럼 한 시간 가지곤 부족할 텐데, 담임의 승인을 받아 자율 동아리 활동으로 전환해서 더 있기도 한다고 했다.

"어, 이번 주에는 밖으로 나갔었어. 천변에서 오리 스케치 했는데."

거기는 도서관과 반대쪽이다. 그래도 혼자 빠져나가 버스를 탔으면 3시 30분에 도서관 쪽에 도착할 수 있다. 하지만 지영수는 그럴 수 없었다고 못 박았다.

"중간에 아이스크림 먹었거든, 선생님이 사줬어. 나가기 전에 숫자 센 대로 사 와서 먹었는데, 한 명 비었으면 하나 남았었겠지."

스케치 동아리는 아웃. 맥이 풀렸다.

"거기는 물어봤어? 벽화 동아리?"

지영수가 이하리를 향해 물었다.

"아. 거기."

이하리가 얼굴을 찌푸렸다.

우리 학교 정규 동아리는 절반이 미술 쪽이다. 미술 동아리들은 대부분 자율 동아리로 통합되어 있기도 하다. 시간표에 확보된 정규 동아리 활동 시간 말고 방과 후 시간도 어느 정도 할애해야 한다는 거다.

순수미술 하는 미술부는 고등학교까지 연계된데다가 이사회의 전폭적인 지원을 받는 만큼 역사와 전통과 쓸데없는 자부심으로 유명하다. 기초 실력 평가하고 들어가는 데로는 스케치 동아리와 판화 동아리가 있고, 그림 실력과 상관없이 아무나 들어갈 수 있는 취미 미술 동아리가 따로 있다. 만화, 웹툰, 애니 동아리는 나름의 세력이 있고.

"벽화 동아리는 뭐, 그림과 관련은 있지만 봉사활동 동아리나 다름없어. 다른 학교와 연합해서 활동을 한다는 점이 장점이라면 장점인데, 방학이나 주말에도 나와야 하고 일이 좀 힘들어. 4월에 한번 해보고 1학년 애들 반이 나갔어. 되게 큰 벽도 아니었는데."

벽화 동아리 부장이라는 천가예.

3반이고, 이하리와는 잘 아는 사이 같았다. 뭐랄까, 분위기가 오묘하다. 무슨 좋은 일 있는 것처럼 싱글싱글 웃고 있는데 그 웃음의 방향은 확실히 내가 아니라 이하리를 향하고 있었다.

"무슨 일인데? 김지후와 이하리가 정보를 캐고 다닌다니, 불길한데."

농담조로 천가예가 말했다. 이하리가 얼굴을 찡그렸다. 천가예는 그게 또 웃긴지 박장대소를 했고, 이하리의 얼굴은 점점 더 찌푸려졌다. 뭐지, 둘이?

그래도 천가예는 상당히 협조적이었다.

"월요일에, 나갔지. 답사하는 날이었거든. 어, 답사가 뭐냐면, 벽화 그릴 만한 벽이 있나 찾아보는 거야. 둘씩 짝지어서 다니고 어디로 가든 자유. 일단 동아리실에 모여서 그날의 조대로 흩어져 나와. 선생님이 외출증을 그 자리에서 써주거든."

"조는 어떻게 짜? 원하는 대로?"

"아니, 학년이 다르게 짜. 친한 애들끼리 작당하고 놀지 말라고. 종례 시간 전에 돌아와서 교무실에 들러서 선생님한테 보고서 내면 되는데, 나가기 싫은 애들은 몰래 학교에 남아 있을 때도 있어. 보고서는 가짜로 쓰는 거지. 선생님도 대충 알면서 봐줘. 벽화 그리는 게 하도 힘드니까 보통 땐 풀어주는 거야. 맞다, 작년엔 큰길 맘스터치 먹고 왔다가 걸린 애도 있었어. 근데 벽화 동아리에 그렇게 막 나가는 애는 보통 없어."

천가예는 뭐가 웃긴지 한쪽 입술을 끌어 웃어보였다.

"그럼 답사로 구립 도서관 쪽 갔을 수 있겠네."

"도서관? 안 갔을 거 같은데……. 구립 도서관 벽은 작년에 연합 동아리에서 벽화 칠했거든. 굳이 거기까지 갈 이유가 없어. 보고서 낸 거 확인은 해볼게."

"조 짠 거 명단도 같이 볼 수 있을까?"

내가 물었다. 천가예는 장난기 어린 표정으로 팔짱을 꼈다.

"그건 좀. 개인 정보 아닌가."

"야, 동아리 조 짠 게 뭐가 개인 정보냐."

이하리가 툴툴거렸다.

"알겠어, 그럼 보고서 확인하고 같이 줄게."

천가예는 손바닥 뒤집듯 태도를 바꿨다. 이하리 이마의 주름이 깊어졌다.

기대했지만 결과는 실망스러웠다. 점심시간에 다시 만난 천가예는 이번 주 보고서엔 도서관 쪽은 없었다고 했다. 학교 반경 100미터를 벗어난 애도 없는 것 같았다고.

"보고서는 조작할 수 있어. 천가예도 그렇게 말했잖아. 도서관 쪽에 다녀왔지만 어떤 이유로 그걸 숨긴 거라면?"

이하리와 복도에 나와 작게 이야기했다. 이하리 무리들은 웹툰 공모전 때문에 바빠 보였다. 이하리도 거기 참여해야 하는 건가 싶었지만 바쁜 티는 내지 않았다.

"조건에 다 맞는 애도 없어. 2학년이 아홉 명인데, 핸드폰이든 머리든 안경이든 하나씩은 다 틀리네."

이하리는 천가예에게서 받은 벽화 동아리 2학년 명단에 표시를 하며 말했다. 2학년 이름 옆에는 이번 주 조원의 이름이 적혀 있었다.

다시 조퇴나 결석 쪽으로 초점을 맞춰야 하나. 언니라면 어떻게 풀어나갈까. 언니와의 약속은 내일모레 일요일에나 있다. 그전에 뭐라도 찾아내고 싶었다.

무심코 명단을 내려다보았다. 이하리는 이름 옆에 안경, 머리, 핸드폰이라 쓰고 OX로 표시를 해놓았다. 안경, 머리, 핸드폰…….

"핸드폰 들고 있을 수 있나, 동아리 활동 시간에?"

핸드폰은 아침 조회 시간에 냈다가 종례 시간에 돌려받는다. 천가예에게 확인해보았더니, 답사 나간다고 미리 핸드폰을 받는 일은 없다고 했다.

"그럼 핸드폰이 아니라 다른 거였나 봐. 손에 들고 있었으니 당연히 핸드폰이라고 생각한 거지."

핸드폰 케이스로 보일 만한 빨간 무엇. 너무 크지도, 작지도 않은, 손에 들어오는 정도. 손수건이나 과자 같은 거?

“핸드폰 조건은 빼고 머리와 안경으로만 보면 벽화 동아리에 둘 있어. 1반 김서현, 4반 박재이.”

내 말에 이하리가 고개를 갸웃거렸다.

“박재이가 벽화 동아리였네, 교지편집분 줄 알았어. 교지 인터뷰하러 다니는 거 봤는데. 아, 유은형 때문에 같이 다니나 보다. 유은형이랑 친한데, 걔가 교지 하거든.”

박재이는 모르지만 교지편집부의 유은형은 안다. 일진 현황을 취재한다고 설치다가 서유정하고 부딪친 적도 있고, 교장 교감 전격 인터뷰를 한다고 질문을 받다가 학교를 한번 뒤집어놓은 적도 있다. 어버이날 꽃 트럭 인터뷰한다고 사진 찍어대던 것도 유은형이었다.

“가서 둘한테 직접 물어보면 안 되나? 거기 사거리 갔었는지.”

이하리가 말했다.

“순순히 말하지 않을 거 같아. 보고서에도 안 썼잖아. 정말로 거기 안 갔거나, 갔는데 숨기고 있거나. 숨기는 거면 솔직히 말할 리가 없어.”

그렇다면 우회적인 방법을 써야 한다.

김서현은 1학년 1반의 배시영과 같은 조, 박재이는 1학년 2반의 홍하은과 같은 조.

둘 중 어딜 먼저 가보나 고민하고 있었는데 5교시 쉬는 시간에 작은 진전이 있었다. 천가예가 직접 반까지 찾아와서 정보를 준 것이다. 이하리가 화장실 가느라 없어서 나 혼자 만났다.

"서현이는 그날 안 나갔대. 체육관 뒤에서 숨어서 놀았다더라. 걔랑 다른 2학년 애 하나랑. 그 정도면 알리바이 충분하지?"

"알리바이라니, 뭐 범죄도 아닌데."

천가예는 내 말을 귓등으로 들었는지 한결 목소리를 낮추고 속삭였다.

"걔네한테는 내가 정보원이란 말은 하지 말아줘."

"야, 무슨 정보원……."

"이하리한테는 꼭 말해주고!"

천가예는 예의 재밌다는 듯한 웃음을 다시 짓고 가버렸다. 뭐야, 진짜.

어쨌거나 만나봐야 할 대상은 하나로 좁혀졌다. 박재이와 같은 조였던 1학년 홍하은.

"아니요, 재이 언니랑 같이 다녔는데요."

엄청 긴장하고 있는 게 눈으로 보였다. 월요일 동아리 답사 때 박재이와 따로 다니지 않았느냐고 물었더니 돌아온 대답이었다.

1학년 애들만 보면 찍어 누르려는 애들도 있지만 나는 1학년들이 부담스럽다. 어떻게 대해야 할지를 모르겠다. 진짜 어색하다, 고작 1년의 차이 때문에 원치도 않는 힘의 불균형이 생긴다는 거.

"그래? 어, 혹시 아닐 가능성은 없을까? 네가 착각했다거나?"

자포자기하는 심정으로 물었는데, 그걸 어떻게 받아들인 건지 홍하은의 입술이 떨리고 눈시울이 붉어졌다.

"사실은, 재이 언니가, 혼자 갈 데가 있다고 해서…… 제가 같이 다녀야 한다고 했는데요……."

말끝에 울음기가 섞였다. 누가 보면 오해하기 딱이다. 그리고 누가 보고, 오해를 했다.

"무슨 일이신데요."

1학년 하나가 홍하은을 보호하는 것처럼 막아섰다. 눈빛이 완전 원수 보듯 했다. 명찰을 읽었다. 이름이, 이진영?

"어, 얘, 걔네."

이하리가 아는 체를 했다. 음악실에 햄스터를 뒀던 그 1학년이었다.

"물어볼 게 있어서 그래, 괴롭히려는 거 아니고. 어쨌든, 너는 그때 박재이와 같이 안 다녔다는 거 아냐. 그것만 알면 돼. 네가 그때 뭐 했는지는 관심 없어."

수습을 하려고 했는데 수습이 안 되었다. 홍하은은 눈물을 쏟기 시작했다.

"근데, 재이 언니가 절대 말하지 말랬는데……."

"어, 알았어, 절대 네가 말했다고 안 할게. 아니, 아는 티도 안 낼게. 됐지? 어? 제발 울지 마라, 좀. 너는 말 안 한 거고, 우리는 안 들은 거고!"

겨우 달래고 교실로 돌아왔을 땐 정신을 쏙 빼놓고 온 느낌이었다.

"박재이가 어딜 가서 뭘 하긴 했네, 그치? 말하지 말라고 한 걸 보면."

이하리가 말했다.

혼자 가야 했고, 혼자 갔던 것을 숨겨야 했다. 서소하가 찾는 사람이 박재이가 아닐 수도 있지만 박재이에게 비밀이 있긴 한 것이다. 우리는 그 비밀에 닿은 거고.

"이건 아닌 거 같아."

마음이 불편했다. 아까의 울음소리 때문인가, '절대 말하지 말라고 한' 그 무엇 때문인가.

"우리한테 이럴 권리 없잖아. 박재이가 숨기고 싶다면 파헤치고 싶지 않아."

"서소하가 찾아달라고 했잖아."

"누군가 알고 싶어 한다는 이유로 다른 사람의 비밀을 캔다고?"

덧붙일 단어가 헷갈렸다. 비도덕적? 불공평? 어쨌든 그렇게 찜찜한 찌꺼기를 남기는 거.

"야, 그렇게 말하면 세상일이 다 그렇지."

책상 위에 지저분하게 쌓인 종이를 정리하며 이하리가 말했다.

세상일이 다 그렇기 때문에, 더 그렇게 하기 싫은 것이다.

학교가 끝나고 지난번 그 놀이터에서 서소하를 봤다. 이하리는 같이 안 왔다. 더 안 찾아볼 거면 같이 볼 필요도 없겠네, 라는 말을 남기고 무리 친구들과 먼저 가버렸다. 기분이 상한 것 같았는데 어떻게 풀어줘야 하는지를 모르겠다.

"여러 조건이 맞는 애를 하나 찾긴 했어. 근데 더 확인이 어려워. 걔가, 거기 갔던 걸 별로 알리고 싶어 하지 않는 거 같아서."

"왜 알리기 싫대?"

서소하는 초조한 표정으로 물었다.

"난 몰라. 밝히고 싶지 않은 이유가 있나 보지, 너처럼. 너도 왜 개를 찾는지 얘기 안 했잖아. 자기 패를 보여주지 않으면서 상대방 패를 읽을 순 없어. 아니, 나한테 얘기하라는 게 아니라. 남의 비밀을 건드리고 싶지 않다는 뜻이야."

서소하는 입을 꾹 다물었다. 아, 말이 길었나. 설교처럼 들렸겠다.

"이 정도면 내가 할 얘기는 다 한 거 같아. 더 못 도와줘서……."

미안, 하고 말하려다 안 했다. 딱히 미안한 건 아니니까.

집에 돌아오는 내내 마음이 썩 좋지 않았다.

만일 박재이가 먼저 마트 앞에서 본 어떤 남자애를 찾아달라고 부탁했다면 나는 기꺼이 찾아냈을 것이다. 그러다 서소하가 숨기고 싶어 한 어떤 상황에까지 닿았을지 모른다.

어느 쪽으로 추가 기울 것인가. 이런 일엔 선도, 악도 없다. 누가 선수를 치는지, 유리한 자리를 선점했는지만 중요할 뿐. 나 역시 그런 순서의 피해자가 될 수 있는 거다. 그래서 더 파고들지 않은 건데 어정쩡하게 이도 저도 아닌 상태로 멈춰버린 게 되었다.

언니라면 다른 선택을 했을까.

토요일엔 결국 청바지에 카디건을 입었다. 적당히 깔끔해 보였다. 진짜 교복 입을까 하다가 엄마 기준에 맞추기로 했다. 엄마에 딸린 부속품 노릇을 하러 가는 거니까.

"꽃도 찾아야 돼요. 저기 아래 꽃집에 예약해놨어요."

엄마는 아침부터 상당히 예민해 보였다.

"거기 은행 옆에 주차하면 내가 가져올게요."

조수석의 새아버지가 말했다.

있는 듯 없는 듯 조용하게 뒷좌석에서 핸드폰을 보는데 메시지가 왔다. 언니였다.

—숙모가 신경을 거슬리게 하면 이렇게 말해봐.

이어진 문장을 몇 번 반복해서 읽었다. 이게 무슨 뜻일까? 문장 자체는 지극히 평범했다. 안부를 묻는 말. 이걸로 그 숙모란 사람을 어떻게 막아낼 수 있다는 걸까?

기분이 더 묘해졌다. 나를 지킬 최소한의 무기가 생긴 것 같다가도 그런 무기가 필요한 자리란, 그런 관계란 과연 어떤 것일까 싶어서.

장소는 호텔 뷔페였다. 식당 안은 어둡고 반짝였다. 밖은 환한 낮인데 여기만 시간대가 다른 것 같았다. 입구부터 인사를 해야 할 사람이 있었고 엄마를 따라 꾸벅꾸벅 고개를 숙였다. 언니가 그렸던 가계도와 이어보다가 곧 포기했다.

뷔페 한쪽의 분리된 공간이 모임 장소였다. 가운데 자리에 할머니가 앉아 있었다. 보랏빛 니트 정장에 알알이 박힌 큐빅이 조명을 받아 우주처럼 빛났다.

"생신 축하드려요."

엄마가 들려준 꽃다발을 자리에 앉은 할머니에게 전달했

다. 그러고 보니 꽃다발도 온통 보랏빛이었다.

할머니는 웃으며 꽃다발을 받았지만 고맙다는 말은 하지 않았다. 내 얼굴을 보지도 않았다. 분주한 시선이 내 뒤쪽으로 향했다.

"그래, 식사 잘하거라."

당황스러웠다. 상견례와 결혼식 때는 이렇게 차갑고 먼 느낌이 아니었다. 그때가 특수 상황이었구나. 할머니가 중심인 이 상황에서는 나는 먼지에 불과하다.

그래서—마음이 편해졌다. 뭐 먹을지나 고민해볼까.

스파게티랑 새우구이에 치킨 윙. 양심상 방울토마토도 몇 개를 담아 엄마 옆자리에 앉았다. 아무도 내게 말을 걸지 않았고, 덕분에 편하게 먹어치우고 바로 일어났다.

여유롭게 음식 사이를 걷다가 보석처럼 예쁜 디저트 코너에 발이 묶였다. 언니가 왔으면 좋아했겠다. 아니, 언니가 왔으면 내가 좋았겠지. 여기 있는 디저트 다 가져다가 먹어봤을 텐데.

"왜, 살찔까 봐? 요즘 애들은 다이어트 신경 많이 쓰지?"

갑자기 누가 말을 걸었다. 할머니 옆자리를 차지한 중년의 여자였다.

"많이 먹어, 채경이 몫까지 먹고 가야지. 채경이는 잘 있지?"

"네."

언니 얘기가 나오자 조금 긴장이 되었다. 하지만 이 정도는 친척이라면 누구나 할 수 있는 질문이다.

"어유, 걔도 참 예민해, 그치? 자기 엄마 닮았어. 채경이 엄마 본 적 없지?"

머릿속 경고등이 번쩍거리기 시작했다.

현 부인의 아이에게 전 부인의 이야기를 하는 건 아무리 봐도 적절한 행동은 아니다. 멍청해서? 아니면 악의를 가지고 있어서? 이 사람이 언니가 말한 그 숙모인가?

"그래도 채경 엄마는 호주 가서 나아진 것 같더만. 역시 날씨랑 환경, 뭐 그런 게 중요한가 봐, 그치? 채경이도 그렇게 확 트이고 날씨 화창하고 그런 데 가 있으면……."

"무슨 얘기 하세요? 제수씨, 잘 지내셨죠?"

새아버지가 끼어들었다. 제수씨면 새아버지의 남동생의 부인. 그 숙모가 맞았다.

'숙모'는 환하게 웃으며 새우 샐러드의 맛에 대해 이야기를 했다. 밝은 톤 그대로. 한 발 떨어져서 보면 유쾌한 호감형 인간이었을 것이다.

나는 뒤로 돌아 초밥 코너 쪽으로 발을 옮겼다.

언니 엄마가 호주에 있다는 건 진작 알고 있었다. 언니 생일과 크리스마스에 소포가 왔으니까. 소포에 들어 있는 과자를 나눠 먹기도 했다. 하지만 아까 숙모의 말투는 꼭, 아픈 사람에 대해 말하는 것 같았다. 그런 건 모른다. 언니가 하지 않은 얘기를 제삼자에게서 듣고 싶진 않았다.

피해 다녀야겠다. 그때부턴 자리에서 일어나는 타이밍을 조절했다. 그 사람이 돌아오면 일어나고 일어나면 앉는 걸로. 별로 어려운 일은 아니었다.

스테이크가 나오길 기다려 접시에 올려놓는데, 옆에서 누가 말을 걸었다.

"소고기는 안 먹는 게 나을걸. 큰어머니가 싫어하시니까."

비교적 젊은 여자였다. 아까 뷔페로 들어오며 인사했던 사람들 중 하나. 눈썹이 하도 짙어서 얼굴을 무겁게 누르고 있는 것 같은 인상이었다. 그런데 큰어머니? 여자는 할머니 쪽을 턱짓으로 가리켰다. 아, 나보다 항렬이 위인가, 새아버지 사촌 같은 건가.

"할머니 드릴 거 아니고 내가 먹을 건데요."

"그렇다면, 뭐. 나는 말해줬다."

여자는 내 옆으로 몇 걸음 걸어가 튀김 몇 개를 자기 접시에 담았다. 어쩐지 언니 얘기를 물어볼 것 같은 타이밍이었는데 여자는 아무 말도 묻지 않았다.

"큰어머니 이거 좋아하시거든. 아, 나도 물론 내가 먹을 거지만."

여자는 눈썹을 쓱 올려 보이고는 자리로 돌아갔다. 할머니 바로 앞자리였다. 할머니가 여자의 접시를 건너다 봤다. 여자는 웃으며 뭐라 설명하는 것 같았고, 할머니가 고개를 끄덕였다. 뒤이어 그 숙모가 할머니 옆자리에 앉았다. 할머니는 이번에도 숙모의 접시를 들여다보았다. 고기는 없고 각종 튀김이 반 넘게 차지한 접시를.

괴상했다. 할머니는 모두를 보고 있고 사람들은 그 시선을 의식하고 있다. 사람들이 접시를 들고 자리에 앉는 것과 하나씩 집어 입에 넣는 것, 또 새로운 음식을 가져오기 위해 일어나는 모습들이 나름의 리듬과 맥락을 숨긴 연극처럼 보였다.

나는 튀김을 좋아하지 않는다. 싫어하지도 않지만, 이렇게 먹을 게 많은 장소에서 굳이 고를 음식은 아니었다. 그래도 보호 장치는 필요할까. 나는 고구마튀김을 하나 집어 스테이크 옆에 두었다. 플러스 마이너스 제로라도 되도록.

식사 시간은 길었다.

초를 촘촘히 꽂은 커다란 케이크도 등장했고, 할머니 동생의 손녀라는 초등학생들이 생일 축하 노래를 불렀다. 그러고 보니 할머니의 직계 손자손녀의 자격으로 이 자리에 온 건 내가 유일했다.

“이렇게 다들 건강하게 만날 수 있으니 그게 참 감사하다.

여기 없는 우리 후손들도 다들 잘 살고 있으리라 믿고……."

답례 인사가 끝나고 케이크 접시가 다 비워진 후, 할머니의 피곤하다는 말이 신호가 되어 사람들이 자리에서 일어났다. 엄마와 엘리베이터를 기다리는데 그때껏 피해 다녔던 숙모와 마주쳤다. 새아버지는 몇 미터 떨어져 할머니와 다른 사람들 쪽에 가 있었다. 눈썹 짙은 여자가 할머니 핸드백을 들고 옆에 딱 붙어 있었다.

숙모가 내게 오만 원짜리 지폐를 내밀었다. 아, 이런 거 안 주셔도 되는데, 하는 엄마를 향해 웃어 보이며 그 사람이 말했다.

"채경이는 안 왔으니 용돈 없지, 안 그러니? 이런 자리 애들이 참석하는 게 다 이런 콩고물 떨어지니까 참고 오는 건데. 그치? 그래, 채경이랑 친하게 잘 지내고, 채경이 잘 보살펴주고. 내가 부탁할게."

자기가 뭐라고 언니를 부탁하지? 저 '그치?'는 말버릇인가?

"이름이 뭐였더라? 지영이?"

"지후예요. 김지후요."

일부러 성을 붙여 말했다. 엄마의 표정이 흐려지는 걸 봤지만 나오는 대로 행동했다.

"어머, 성 안 바꿨어? 그래, 뭐 요즘은 자기들 하고 싶은 대로 한다더라. 그래도 그러면 가족 같지는 않겠다, 그치?"

그 순간 나는 의식 한구석에 맴돌고 있던 문장을 끄집어냈다. 언니가 알려준, 공격을 막아낼 방어의 문장을.

"서빈이 오빠는 잘 지내죠?"

주변의 공기가 급격하게 차가워지는 것을 느꼈다. 엄마가 내 팔을 잡고 힘을 주었다.

"네가 걜 어떻게 알아. 채경이니? 채경이가 말했니?"

숙모의 얼굴이 일그러졌다. 누가 목을 누르기라도 한 듯 쥐어짠 목소리로, 숙모가 소리쳤다. 무슨 의도야, 채경이가 뭐랬는데!

"그게 아니라……."

엄마가 뭐가 말하려 했지만 때마침 엘리베이터의 문이 열렸다. 사람들이 쏟아져 나오고, 엄마와 나는 엘리베이터를 탔다. 숙모는 그 자리에 선 채로, 메두사의 머리를 본 것처럼 딱딱하게 굳어 내 발치 어딘가를 보고 있었다.

차를 탈 때까지도 엄마는 내게 별다른 말을 하지 않았다. 새아버지는 피곤하지만 후련한 얼굴로 내게 수고했다고 말했고, 나는 아니라고 웅얼거렸다.

운전석에 앉은 엄마의 뒷모습. 돌아보지 않는 그 얼굴이 나를 비난하는 것처럼 느껴진다면 내가 오버하는 걸까.

내가 뭘 던진 걸까. 어느 정도로 넓게, 깊게 파장을 일으켰나. 방어가 아니라 공격이었다. 그 사람은 손톱을 내보였을 뿐인데 언니가 건네준 무기로 그 사람을 후려쳤던 것이다. 그 무기가 무언지, 얼마나 파괴력이 센지도 모르면서.

—언니 그런데

쓰다 만 문자만이 핸드폰 화면에서 맴돌았다. 내 행동의 의미를 언니에게 묻고 싶은 마음이 반, 모르는 척 넘어가고 싶은 마음이 반이었다.

드르르, 진동이 울려 깜짝 놀랐다. 어? 서소하에게 온 문자였다.

—얘기 좀 할 수 있을까.

"나는…… 내가 하고 싶은 말은……."

무슨 얘기를 하려고 저렇게 마음의 준비를 하고 또 하나. 아까 얘기 시작했으면 진작 끝냈겠다.

일요일 오전, 놀이터는 텅 비어 아무도 없었다. 흐린 날씨도 한몫했을 것이다. 이하리는 팔짱을 낀 채 미끄럼틀에 기대어 있었다. 이하리는 안 나오겠다고 했지만 내가 나와달라고 부탁했다.

서소하는 몇 번째인지 모를 심호흡을 하곤, 드디어 말을 시작했다.

"말할게, 그 대신 오해하지 마. 사실은, 할아버지가……."

"할아버지? 떡볶이 할아버지 말이야?"

"그래. 할아버지가, 형한테 가게 넘기고서 시간이 너무 많아지셨어. 쉬시면 편하고 좋을 줄 알았는데, 너무 답답해하시고, 자꾸 가게 와서 일 도와주시려고 하고. 근데 형이 너무 싫어해서 또 자주는 못 오시거든."

"형이 너무하네. 그 가게, 할아버지가 몇십 년 하신 거라며. 자리 다 잡아놓았더니 그걸 홀라당 뺏었냐."

이하리가 과장된 어조로 말했다. 서소하는 그 말을 간단히 무시했다.

"월요일에, 할아버지가 되게 신이 나셔서 어딜 같이 가자고 그러는 거야. 거기 도서관 쪽 식자재 마트였어. 유통기한 지난 어묵이 몇 개 있더라고. 가게에서 쓰는 큰 거, 딱 이틀 지난 거. 할아버지는 그거, 적당히 말 잘하면 공짜로 받아 갈 수 있다고 그러는 거야. 할아버지가 한동안 가게 간섭 안 하시고 외출 오래 하시길래 등산 다니시는 줄 알았는데…… 그렇게 마트 돌아다니며 유통기한 지난 거 찾아내셨다는 거야."

"떡볶이 할아버지 식파라치라도 되신 거야? 가게 주인한테 말해주는 거면 몰라도 공짜로 가져간다 그러면 삥 뜯는 건데."

이하리가 고개를 절레절레 저었다.

"아냐, 다른 데서는 말만 해주고 달랜 적 없댔어. 근데 그 마트 어묵이 좋은 거였나 봐. 할아버지가 쓰고 싶어 하던 거, 단가 때문에 못 쓰던 거. 그게 처음이자 마지막이었어."

서소하가 방어적으로 말했다.

떡볶이집 할아버지는 그걸 카운터에 들고 가서 신고 안 할 테니 그냥 달라고 했고, 식자재 마트 주인은 차라리 신고하라고 큰소리를 쳤다고 했다.

"실랑이가 길어졌어. 할아버지가 영업정지 먹고 싶냐고, 경찰 부르겠다니까 그쪽에서도 부르라고, 이러는 거 영업방해에다 금품 갈취 거 모르느냐고 그러고. 할아버지도 당황하셨어. 나 보기 창피하시니까 더 목소리가 커지고 윽박지르고. 밖에 나와서, 형한테 전화해야 하나 고민하고 있었는데, 걜 봤어."

서소하가 깊은 한숨을 내쉬었다.

"너희 학교 교복 보니까 정신이 확 들더라. 그 여자애가 우리 할아버지를 알아보면 어쩌나 싶어서. 싸우는 걸 듣고 오해했으면 어떻게 하나 싶고."

"걔가 가게 안에 있었던 건 아니지? 싸우는 걸 못 봤을 가능성은 없어?"

내가 물었다.

"카운터가 가게 입구 옆이고 유리문도 열려 있었어. 분명 들었을 거야. 유통기한 지난 어묵을 재료로 썼다는 소문이 퍼지기라도 하면 음식 장사에는 치명타야."

"그 정도 가지고 그럴까? 유통기한 며칠 지났다고 못 먹을 것도 아닌데."

위로처럼 말했지만 곧바로 작년 생각이 났다. 학교 근처 유명 떡집에서 쥐가 나왔다는 소문이 쫙 퍼졌던 것. 사실인지 아닌지 정확한 정보 하나 없이 손님이 뚝 끊겼다. 떡집 주인 아주머니가 교문에서 해명하는 스티커를 붙인 샘플 떡을 돌린 후에도 가게는 예전의 명성을 되찾지는 못했다.

"그래서 그 어묵은 가져왔냐?"

이하리가 묻자 서소하의 얼굴이 확 붉어졌다.

"정확하게 얘기할게. 할아버지가 결국 챙기시긴 했어. 네 팩. 근데, 형이 절대 못 쓴다고 해서 가게에서 형이랑 또 한참 싸웠고, 집에 뒀어. 덕분에 지금 매일 어묵 반찬 먹고 있다고."

서소하는 목격자일지도 모르는 그 애를 만나 그 어묵을 가게에서 쓰지 않았다는 걸 말하고 싶다고 했다.

"그것보단 식자재 마트 사람이 너희 할아버지랑 가게를 연결시키는 걸 걱정해야 하는 거 아냐? 그 사람이 소문을 퍼뜨리면 그게 더 강력할 거 같은데."

"그건 내가 어떻게 할 수가 없잖아. 이 동네 올 일은 없기만을 바라야지. 하지만 너희 학교 애들은 매일 오니까."

"근데 걔가 싸우는 소릴 들었다고 해도 너희 할아버지를 알아봤을까?"

"할아버지가 여기서 떡볶이집 한 지 몇 년인데……. 알아봤을 거야."

서소하는 침울하게 대답했다.

"걔가 떡볶이 싫어하면 모를 수도 있지. 요즘은 할아버지가 매일 가게 나오시는 것도 아니고."

"그래도 불확실한 거잖아. 그런 상태로 계속 있어야 하고."

그런 게 제일 괴롭긴 하다. 의심하고 걱정하며 시간을 보내는 거.

"걔가 알아차렸는지가 궁금하다는 거지? 오해한다면 그 오해를 풀고 싶은 거고?"

그렇다면 굳이 박재이를 불러오거나 만나게 하거나 할 필요도 없다. 박재이의 비밀을 파헤칠 필요도 없다. 그것만, 확인하면. 일단 박재이라는 것도 아직까지는 가설이다.

"다시 알아봐줄 수 있겠어?"

서소하가 간절한 얼굴로 나와 이하리를 바라보았다.

"일단 그 상황부터 다시 확인해보자. 걔를 본 순간부터 설명해봐. 빼놓지 말고."

서소하는 신중하게 이야기를 시작했다. 머리카락은 하나로 묶었고, 날이 더웠지만 춘추복의 조끼까지 챙겨 입고 있었고…….

"춘추복을 입고 있었다고?"

미끄럼틀 아래쪽에 앉아 발장난을 치던 이하리가 고개를 들었다.

"동아리 활동 때 생활복 입고 할 텐데, 벽화 동아리는? 거기 선배들이 얼마나 깐깐한데. 체육복 아니면 생활복 입어야 해. 분위기 바뀌었나? 지금 천가예한테 물어볼게."

이하리가 핸드폰을 들었다.

"저기, 박재이로 물어보지 말고, 좀 돌려서 물어봐. 전체적으로."

서소하의 시선이 느껴졌다. 아, 박재이라는 말을 해버렸다.

"알아, 알아, 두루뭉술하게 물어보면 되잖아."

천가예의 답은 이하리와 같았다.

—교복 입은 애 없었을걸. 처음에 동아리실에 모일 때 누가 교복 입고 있으면 3학년들이 뭐라 하거든. 그날은 그런 일 없었어.

"그럼 박재이 아니네. 2학년 아닌 거 아냐? 명찰 색깔 제대로 봤어? 너 눈 나쁘다며."

이하리가 퉁명스럽게 서소하에게 물었다. 서소하는 확실하다고, 형태는 잘 못 봐도 색깔을 틀릴 리는 없다고 말했다.

"순간이지만 분명히 봤어, 노란색."

어? 순간이라고 했지, 방금?

나는 지도 앱으로 도서관 앞 사거리를 찾고, 연습장을 꺼내 그 지도를 따라 그렸다.

"아잇, 김지후 너 진짜 못 그린다. 선도 못 긋냐."

이하리가 혀를 찼다.

"야, 못할 수도 있지."

내 항의에도 아랑곳하지 않고 이하리는 이리 줘보라며 펜을 받아 들고 슥슥 지도를 그렸다. 사거리와 모퉁이의 가게들이 형태를 드러냈다.

"여기가 마트고, 너는 어디에 있었다고?"

서소하에게 물었다. 서소하는 마트 앞 한 지점을 짚었다.

"그리고 그 애는 건널목 앞에 있었다고 했지. 여기쯤?"

"어. 이쪽으로 건넜어. 그 앞 버스 정류장에서 바로 버스 탔고."

서소하가 대답했다.

"걔 명찰을 잠깐만 봤다고 했지? 얘가 이쪽으로 건넌 거면 뒷모습이 아니라 왼쪽 옆모습을 봤어야 하지 않아? 그럼 명찰도 계속 보였을 텐데."

"어? 그러네. 뒷모습을 봤어. 나한테 등지고 있었어."

서소하가 어리둥절한 투로 대답했다.

"그럼 그 애는 신호를 기다리는 동안 신호등 건너편이 아니라 오른쪽을 향해 서 있었던 거지."

나는 그림에 두 개의 화살표를 그렸다.

"왜 이렇게 서 있었을까? 건널목에서 신호를 기다릴 때는

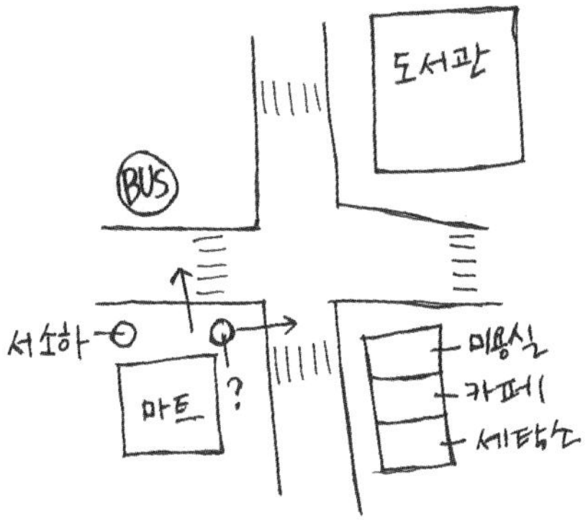

보통 건너갈 쪽을 보고 있지 않나?"

"무심코 다른 데를 보고 있을 수는 있지."

이하리가 말했다.

"눈을 돌릴 정도면 몰라도 아예 몸의 방향을 다르게 한다고?"

서소하는 기억을 더듬는 것처럼 눈을 가늘게 떴다.

"내가 마트에서 나왔을 때부터 그쪽을 보고 있었어. 계속 신경 쓰고 있었으니까 확실해."

뭘 보고 있었던 걸까. 이럴 땐 직접 가서 확인하는 게 낫다. 나와 이하리는 자리에서 일어났는데, 서소하는 앉은 채로 잠시 망설였다.

"야, 네 일이거든."

이하리가 쏘아붙였다.

"알았어. 가자."

서소하는 후드를 뒤집어썼다.

"여기야. 나는 이쪽에 서 있었고."

서소하는 후드로 얼굴을 가리고서, 마트를 등지고 서서 말했다.

"그 애는 몸을 저쪽으로 돌리고 서 있다가, 신호 바뀌니까 이쪽으로 건넜어."

그 애가 보고 있었다는 길 건너에는 작은 가게 셋이 나란히 자리 잡고 있었다. 미용실, 카페, 세탁소. 세탁소 앞에는 화분 몇 개 나와 있었는데, 시든 카네이션 화분도 하나 있었다.

이하리도 그걸 봤나 보다.

"저거 봐, 저기 카네이션. 일주일 만에 시들었잖아. 역시 꽃보단 먹을 게 낫지."

저쪽에 뭐 볼만한 게 있었나? 아는 사람이라도?

답답했다. 신발 속 돌멩이. 아프진 않은데 엄청 거슬렸다. 뭔가 손에 잡힐 거 같은데 잘 안 잡히는 기분이었다.

"계속 여기 있어야 해? 나 알아볼 거 같은데."

서소하가 초조하게 말했다. 우리는 일단 횡단보도를 건너 그 자리를 벗어났다.

여기까지 왔는데 소득이 없었다. 완벽한 해결책은 아니라도, 도움될 만한 뭐라도 하고 싶었다. 나는 가게 밖에서 떡볶이 할아버지를 봤을 때를 떠올렸다.

"그때 할아버지, 혹시 모자 쓰고 계셨어?"

"어. 요즘 쓰고 다니시는 등산 모자 있어."

서소하는 침울하게 대답했다. 딴생각으로 꽉 찬 얼굴이었다.

"그 모자 좀 어떻게 해봐."

사람을 얼굴로만 알아보는 건 아니다. 맥락 속에서 전체적인 분위기로 알아보기도 한다.

"가게 밖에서 할아버지 본 적 있는데, 처음엔 못 알아봤어. 가게 밖에서 앞치마 안 한 모습으로 보니까 몰랐거든. 그 애도 그럴지 몰라. 근데 할아버지가 떡볶이 가게에 등산 모자를 쓴 채로 나타나면 연결고리가 생기는 거야. 알아보게 될 가능성이 커지는 거지."

서소하는 내 말을 이리저리 굴려보는 듯하더니, 대답했다.

"알았어. 일단 모자부터 숨겨놓을게."

서소하는 우리와 함께 가는 게 불편했는지 뭐라 중얼거리며 옆길로 빠졌다. 이하리와 나는 학교 쪽으로 걸었다. 날이 더워서 아이스크림을 하나씩 샀다.

"동아리 시간에 혼자 빠져나올 만한 데로 찾아보자. 안 빡

센 데 있을걸. 자수 동아리나 발명 동아리."

이하리가 폴라포를 뜯으며 말했다. 나는 여전히 박재이 쪽에 마음이 기운 상태였다. 그 시간에 박재이는 어디론가 갔다 왔고 동아리 후배에게 입단속을 시키기까지 했다. 교복 하나 때문에 제쳐놓기에는 가능성이 컸다.

"7교시 시작할 때는 생활복이었어도 여기 왔을 때는 교복이었다면?"

"뭐? 갈아입었을 가능성까지 고려하는 거야? 여기까지 와서 뭘 했는지는 몰라도, 왔다 갔다 하기도 빠듯한 시간인데 옷까지 갈아입었겠냐. 돌아가서는 또 생활복으로 갈아입고? 아, 생각만 해도 피곤하다."

"돌아가서는 안 갈아입어도 돼. 답사 보고서는 교무실 가서 낸다고 했잖아. 모이지 않으니까 선배들하고도 안 마주칠 거고, 교복 입고 있어도 되지."

"근데 그걸 어떻게 확인하냐. 4반 애들에게 물어봐도 소용없을걸. 일주일 전에 같은 반 애가 종례 때 교복 입었는지 생활복 입었는지 기억할 애가 있을까."

일주일 전 월요일이면…… 어버이날이다.

"어버이날에 교지편집부에서 꽃 트럭 취재했잖아, 학교 끝나고. 유은형이랑 박재이 같이 다닌다며. 혹시 그때도 같이 있었으면 유은형이 찍은 사진에 찍혀 있지 않을까?"

"오, 가능성 있다. 애들이 교지 실리기 싫어서 다 사진 피하잖아. 박재이가 모델처럼 꽃 사는 포즈 취해줬을지 몰라."

이하리가 눈을 반짝였다.

"이게 뭐라고 일요일에 여기까지 오냐."

유은형은 심드렁한 태도로 아파트 현관을 걸어 나왔다.

"김지후, 이하리. 너희 뭐 탐정사무소라도 개업했어? 다음엔 너희 인터뷰해볼까. 그렇게 되면 협조 부탁해. 자, 여기 카메라. 뭘 찾는지는 모르겠다만 도움이 되면 좋겠네."

나는 박재이 얼굴을 잘 모른다. 이하리가 사진을 확인했다. 휙휙 이미지를 넘기던 이하리가 어느 사진 하나에서 멈췄다.

"이거 봐."

긴장하고 봤는데, 뭐야.

"나잖아."

"어. 너 웃기게 나왔다. 얼굴 가리려고 한 거냐?"

이하리는 큭큭 웃으며 다시 이미지를 넘겼다.

"나왔다!"

이하리는 액정 속, 꽃 트럭 주인 옆에 선 아이를 가리켰다. 안경을 쓰고 긴 머리카락을 뒤로 묶은 아이. 사진 속 박재이는 교복을 입고 있었다.

언니와의 약속 시간에 맞추기 위해 집까지 뛰었다. 대충 씻고 방에 들어가자 언니는 즐거운 기색으로 나를 맞았다.

"지후 네가 성공했나 봐. 숙모가 SNS에 아무것도 안 올린 걸 보니."

숙모? 아, 그 사람. 박재이 얘기를 준비했기 때문에, 잠깐 대화의 맥락을 잃었다.

"나쁜 사람 같지는 않았어. 먼저 말을 걸어줬고."

"할머니가 보고 있었을 거야. 친절한 모습으로 어필하고 싶었나 보지. 모두가 할머니 눈치를 보거든. 우리 아빠가 제일 안 볼걸. 아빤 이미 탈락했으니까."

언니는 하얀 종이 상자에서 작은 케이크들을 꺼냈다. 눈에 익었다. 할머니 생일날 호텔 뷔페에 있던 것과 같은 종류였다.

"찾아봤더니 거기 호텔 베이커리에서 온라인 판매도 하더라고. 여기 있는 거 다 먹어봤어?"

"이거 두 개만."

"나머지는 지금 먹어보면 되겠다."

한입에 쏙 들어갈 만큼 작은 치즈케이크를 입에 넣었다. 치즈는 별로 안 좋아하지만 맛있었다.

케이크랑 먹으니까 홍차도 마실 만했다. 오늘 언니가 꺼낸 찻잔은 푸른 새와 꽃이 그려진 하얀 사기 찻잔이었다. 주황빛과 잘 어울렸다.

케이크를 우물거리며 언니에게 눈썹 짙은 여자에 대해 물어봤다.

"아, 설윤 고모. 아빠 육촌 동생이야. 돌아가신 할아버지의 사촌동생의 막내딸. 할머니랑은 피 한 방울 안 섞인 사인데도 둘이 친해."

언니의 친척들이 대화의 소재가 되었다. 그러니 그 '서빈 오빠'란 사람에 대해서 물어볼 수도 있다. 맥락에서 어긋난 질문은 아니다. 그런데…… 물을 수가 없었다.

나는 조심스러워할 필요 없는, 언니와 나와 상관없는 이야깃거리를 택했다. 서소하와 박재이의 이야기.

"교복을 갈아입었다고? 흥미롭네."

언니가 말했다. 언니에게 어묵 이야기는 하지 않았다. 그 할아버지와 가게 주인이 말다툼을 한 걸로만 얘기했다. 속이는 것 같아 마음이 불편했지만 비밀은 지켜줘야 하니까.

"왜 교복을 입었을까?"

교복까지 맞아떨어진 지금 서소하가 찾는 그 애가 박재이일 가능성은 상당히 커졌다. 박재이는 자기가 나갔다는 사실을 숨기고 싶어 했다. 그 부분을 건드리지 않으면서 서소하가 알고 싶어 하는 정보를 알아낼 수 있을지, 그걸 언니와 의논해볼 참이었다.

"사진을 봤을 땐 교지에 실릴 사진 찍을 거라서 갈아입었나 했어. 생활복 입고 카네이션 들었다간 화훼농장 알바 같아 보일 테니깐. 근데 그럴 거면 동아리 활동 끝나고 나서 갈아입어도 되는 거잖아. 왜 미리 갈아입었을까? 또 거기서 뭘 하고 있었던 걸까?"

"교복은, 남에게 보이는 옷이지."

언니가 말했다.

"학생이라는 걸 증명해야 할 때 입는 옷. 성인들이 만우절에 교복 입는 퍼포먼스가 있는 것도 누구 보라고 그러는 거잖아. 걔도 자기가 학생이라는 걸 보여줘야 할 일이 있었나 보지. 학생이어야 가치가 높아지는 거라면 뭐, 조건만남, 그런 거?"

"설마."

박재이가 그 자리에 서서 뭘 보고 있었던 게 아니라, 누가 자기를 보고 있게 한 거였다면. 생활복은 운동복과 비슷해서 별 의미 부여가 안 되니까 교복으로.

"중간에 학교를 몰래 빠져나온 것도 그런 이유라면 말이 되지. 주변에 비슷한 옷 입은 애들이 없어야 했던 거야. 헷갈리지 않으려면. 상대가 길 건너편에 있거나, 차를 타고 지나가면서 확인했거나. 어때?"

언니의 얼굴이 너무 평온해서 말문이 막혔다.

"아니다, 그럼 학교로 돌아오지 않았겠다. 자기 보여주고 오케이 나면 그 사람 차 타고 어디 갔겠지. 장소도 애매하네. 그럴 거면 어디 학교에서 멀리 떨어진 곳에서 만나도 되는데."

선뜩한 느낌이 등 뒤를 타고 올라왔다. 케이크로 뻗던 포크가 공중에 멈췄다.

이런 얘기는 학교 애들도 많이 한다. 그런 꼬리표를 달고 다니는 애도 있다. 그러니 언니가 얘기를 꺼냈다고 해서 예민하게 굴 필요 없다.

하지만 언니는 다르다. 의도가 없다. 의도가 없기에 반박하거나 동의할 수도 없다.

예리하게 벼려놓은 칼로 쓱 긋고 칼의 기능에 감탄하는 사람. 그어진 쪽에는 무관심하다. 상처가 나는지, 피가 나는지, 얼마나 아픈지.

서빈이라는 사람에 대해서 묻지 못한 것도 마찬가지 이유였다. 물으면 언니는 답해줄 것이지만, 그 답을 내가 이해하고 받아들일 수 있는가는 다른 문제였다.

이럴까 봐서. 대꾸할 말을 찾지 못하고, 내 침묵이 언니를 향한 비난으로 해석될까 봐서.

언니의 표정이 흐려졌다.

"……내가 말을 잘못한 거지."

언니는 물음이 아닌 문장으로 말했다.

언니가 잔을 엎었다. '약속'이 끝났다는 신호. 이렇게 마무리되면 안 될 거 같은데, 이렇게 틈이 있는 채로.

그러나 나는 그 틈을 메울 방법을 모른다.

걸렸다. 생각 없이 걷다가 막다른 길에 온몸으로 부딪쳤다. 이런 가벼운 화제에서조차 지뢰를 밟게 된다.

내가 한 말들은 적당하지도, 정상적이지도, 온건하지도 못했다. 하지만, 무슨 기준에서?

아니. 반발하고 싶은 마음을 누른다. 스스로를 의심하고 재단하려 결심한 것은 나 자신이고, 지후를 판단의 기준으로 삼기로 한 것도 나다.

부엌에 나가 찻잔과 접시를 씻었다. 식탁에는 내 몫의 음식이 남아 있다. 내가 알아서 먹겠다고 말했지만, 지후의 엄마는 그 말을 곧이곧대로 받아들이지 못한다.

저 음식을 싱크대 안에 쏟으면 어떤 반응이 올까. 아빠가 나를 찾아오겠지, 지후의 엄마가 아니라.

랩을 꺼내 음식을 덮고 냉장고에 넣었다. 찻잔에 남은 물기를 닦았다. 오늘 쓴 찻잔은 엄마가 두 번째로 좋아했던 것이다. 첫 번째로 좋아했던 것은 깨졌다. 엄마가 깨뜨렸다. 나머지는 다 내가 가지고 왔다. 아빠는 집착으로 해석하고 있지만 나에겐 당연한 일이었다.

너에게 줄게.

엄마가 말했으니까. 연약하고, 깨지기 쉬운 것들을 모아 내게 주겠다고.

이미 받아버린 것은 취소할 수 없다. 내가 무엇을 받았든, 나는 깨뜨리지 않을 것이다.

"김지후가 누구야?"

이렇게 대놓고 앞문에서 사람 찾는 건 시비로 해석되기 마련이다. 다른 반 애가 저러는 건 찾아온 반 전체를 적으로 돌리는 일이나 다름없다. 그만큼 열 받았거나, 각오했거나.

"어, 재이야, 왜?"

강한나가 반가운 기색으로 말했다. 박재이는 살짝 누그러진 태도로 강한나와 인사를 했다. 집중되었던 시선들은 적당히 흩어졌고, 나는 자리에서 일어났다.

"지금 얘기할까, 아니면 나중에 조용한 데서 이야기할까?"

복도에 서서 물었다. 짧게 끝낼 건지 길게 파고들 건지. 박재이는 후자를 골랐다.

"점심시간에 얘기해. 밥 먹고 실과실로 와."

그래도 밥은 챙겨주네, 실없는 생각을 하며 자리로 돌아왔다.

점심을 먹고 이하리와 실과실로 향했다. 박재이는 이미 와 있었다.

"실과실이 벽화 동아리 동아리실이었구나."

이하리가 실과실을 돌아보며 말했다. 나도 그제야 알았다. 교실 구석에 왜 페인트 통이 쌓여 있나 했더니.

"너네 뭔데? 왜 사람 뒤를 캐고 다녀, 기분 나쁘게?"

박재이가 바짝 날이 선 목소리로 말했다. 단단히 준비를 해 왔나 보다. 거슬렸지만, 저런 소리 들을 만한 일을 한 건 사실이었다.

"음…… 널 캐고 다녔다기보다는, 뭘 좀 찾고 있었는데 그게 너에게 닿았다, 그런 느낌이지. 땅에 뭐가 있을지 모르고 삽질을 하고 있는데 거기 뭐가 있었던 거야. 그러니까, 딱히 너를 목표로 했던 건 아니라는 거지."

"무슨 헛소리야?"

"의도적인 건 아니었다는 뜻이야. 그리고, 더 뭘 하지도 않았어."

누굴까, 1학년 홍하은일까? 제풀에 겁먹고 미리 말해버렸나. 하긴 홍하은도 그 '불확실성'에 자기의 동아리 생활을 걸고 싶지는 않았을 테니까.

"어디서 널 본 거 같다는 사람이 있어. 아, 꼭 너라는 게 아니라."

"거기가 어딘데?"

망설였다. 때론 솔직해지는 게 도움이 될 수도 있다. 박재이에게 선택권을 줘보는 거다.

"저쪽 구립 도서관 알아? 지난주 월요일 오후에 거기 사거리에 있었던 사람을 찾고 있었어."

"……왜 찾는데?"

어떤 대답을 할까 고르는 그 짧은 사이가 박재이에게는 지나치게 길었나 보다.

"누군데? 거기서 날 봤다는 사람? 왜 찾는 건데? 난 거기 간 적도 없다고."

"간 적 없었다니, 그럼 됐어."

진심이었다. 숨은 진실 같은 건 관심 없다. 듣는 그대로 받아들이려 한 건데, 박재이는 내 말을 있는 그대로 받아들이지 않았다.

"장난하냐?"

"야, 너 아니라며. 그래서 알겠다고. 뭘 더 어쩌라는 거야?"

이때까지 가만히 있던 이하리가 나섰다. 박재이는 맞받아쳤다.

"너희가 먼저 사람 뒤를 캤잖아!"

"뭔 짓을 하긴 했나 보지? 안 그러면 이러겠냐? 아, 교복은 왜 갈아입었냐?"

"이하리, 그만해."

나는 이하리를 말렸다. 찾아낸 사실을 공격으로 사용할 마음은 없었다.

"남이야 뭘 입든 어디를 가든 니들이 무슨 상관이야!"

유은형의 사진 속, 교복을 입고 카네이션을 고르던 박재이와 지금의 박재이는 딴사람 같다. 사진에선 단정하고 모범생 같아 보였는데 지금 생활복을 입고 있는 박재이는…….

카네이션? 탁, 집게 전선이 연결되고 꼬마전구에 불이 켜지듯 머릿속 한구석이 밝아졌다. 손에 들고 있던 핸드폰 아닌 붉은 무엇. 트럭에서 팔고 있던 카네이션.

"월요일이 어버이날이었구나, 8일."

생활복 말고 교복, 단정해 보여야 할 상대. 카네이션을 주러 거기까지 갔나. 순간 마음이 편해졌다. 언니가 추측한 그런 일이 아니었다. 겨우, 부모의 일.

박재이는 파르르 떨며 내 코앞에 삿대질을 했다.

"야! 너 뭘 아는 거야? 누구한테 들었어?"

"모르는데."

"어버이날 어쩌고 했잖아!"

"그때, 카네이션 들고 있었던 거 같아서. 그래서 말한 거야."

"카네이션?"

이하리가 되물었다.

박재이는 나를 노려보았다. 너무 빨리 마음을 놓았나, '가족'이 그렇게 모든 걸 해결하는 만능열쇠가 아니라는 거 잘 알면서.

골치가 지끈지끈 아파왔다. 박재이의 말이 맞다. 내게는 이럴 권리가 없다. 빨리 상황을 정리하고 싶었다.

"네가 거기 왜 갔든, 몰래 나갔든 말든 관심 없어. 그냥 확인하고 싶은 게 있어서 그래. 네가 거기 갔을 때 마트에서 있었던 싸움 얘기야."

"싸움? 마트?"

박재이는 인상을 찌푸렸다.

"몰랐어?"

박재이는 대답은 안 하고 나에게 되물었다.

"몰랐으면? 알면?"

"야, 지금 뭐 하냐?"

이하리가 한 발 앞으로 나섰다. 박재이는 밀리지 않겠다는 듯 턱을 들었다.

"몰랐으면, 끝이야. 더 뭐 안 해."

나는 순순히 대답했다. 이하리는 수그리고 싶어 하지 않는 게 분명했지만 나는 이쯤에서 접고 싶었다. 자꾸 속이 울렁거렸다.

할머니와 숙모, 내가 던진 질문. 잔상처럼 맴도는 장면. 나는 그렇게 되고 싶지 않다. 떠보는 사람. 상대의 약점을 쥐고 흔들고 칼을 꽂으려는 사람.

“내 얘기 캐고 다니지 마. 묻고 다니지 말고, 나에 대해 말하지도 말라고.”

박재이가 말했다.

“알았어.”

그 자리를 빨리 벗어나고픈 마음에 선뜻 대답했다.

그렇게 맺음이 된 줄 알았는데 박재이에겐 그렇지 않았다. 박재이는 깊게 숨을 들이마시더니, 내뱉었다.

“아빠 보러 간 거야. 아빠가 거기 헤어숍에서 일해.”

길 건너에 있던 세 개의 가게 중 하나. 딱 맞아떨어졌다. 시선의 방향. 손에 든 것.

“아빠에게 카네이션 주러 갔다고? 거짓말 하는 거 아냐? 아무 데도 안 들어가고 버스 탔다던데.”

“야, 이하리.”

그렇게 따질 일이 아닌 거 같은데. 박재이는 일그러진 얼굴로 이하리와 나를 쏘아보다가 말했다.

“못 줬어. 아빠 안 만나기로 엄마랑 약속해서.”

더 복잡한 사정까지 나와버렸다. 이하리도 곤란한 표정으로 뺨을 긁었다. 그러더니 툭 말했다.

“엄마가 못 만나게 해도 만나는 건 네 권리야. 아빠한테도

면접교섭권 있을 텐데."

"이혼 안 했거든."

박재이가 쏘아붙였다.

"아빠가 가게 나가서 살고 있어. 만나지는 않아도 보는 건 되잖아. 아빠도 나를 볼 수 있고. 교복은…… 아빠가 생활복 싫어해서. 교복 같지도 않고 학생 같지도 않다고."

그래서 박재이는 교복으로 갈아입었다. 깔끔한 모습을 보여주고 싶어서. 어디까지나, 어버이날이었으니까.

"왜 그때 나왔어? 학교 끝나고 가도 됐을걸."

"동생이 우리 학교 1학년이야. 걔가 아빠한테 카네이션 주고 싶다고 하는 걸 절대 안 된다고 했어. 걔는 입단속 못 하니까, 엄마한테 말할 거 뻔하니까. 걔 몰래 나왔어야 했어. 어차피 꽃은 주지도 못하고 버렸어. 주고 싶었는데…… 주면 안 될 거 같아서."

박재이는 숨을 골랐다.

"아빠가 얼굴 보여줘서 고맙다고 문자 했었어. 엄마나 동생이 볼까 봐 지우긴 했지만."

결국 말하게 되는 건, 말하면 그만큼의 무게를 덜어낼 수 있어서인가. 기분이 나아진다면 그걸로 됐다.

아니, 된 것이 아니었다. 박재이는 예상치 못한 한 방을 날렸다.

"그럼, 싸움 얘기가 뭔지 말해줘."

"어?"

"난 내 얘기 했잖아. 마트 싸움이 뭐였는지 말해달라고."

"야, 우리가 말해달라고 하지도 않았는데 네가 얘기한 거잖아!"

이하리가 발끈했다.

눈에는 눈, 이에는 이, 비밀에는 비밀. 언니라면 무시하라고 할 것이다. 더 꽁꽁 숨기지 못한, 드러내버린 그쪽의 문제라고 할 것이다.

내 동생이라는 거 말하지 마.

같은 중학교에 다니게 되었을 때 언니가 했던 말. 그때는 서운했어도 언니 말을 들었다. 지금은 달랐다. 혼자 엄폐물 뒤에 숨고 싶지 않았다. 언니라면 섣부르다고 했을까.

나는 내가 말해야 한다고 생각한 것을 말했다.

"나는 아빠가 돌아가셨어. 지금 같이 사는 아빠는 새아버지. 이 정도면 됐냐?"

박재이는 무심코 입을 벌렸다가 닫았다. 바로 후회했다. 이런 식으로 입을 막는 건 옳지 못하다.

"……미안."

박재이가 중얼거렸다.

"네가 미안할 일은 아닌데. 됐어. 캐고 다닌 내 잘못이다."

더이상 이런 대화는 하고 싶지 않다. 불행 배틀은 질색이다.

이하리가 어정쩡하게 입을 열었다.

"어, 나도 뭐 말해주고 싶은데, 우리 엄마가 필리핀 사람이라는 건 이미 알 거고."

"얘기 안 할게."

박재이가 가라앉은 목소리로 말했다.

"모르겠어. 굳이 얘기하면 안 되는 거라곤 생각 안 해. 그냥 귀찮을 뿐이잖아. 귀찮은 게 싫어서 그런 거라고."

"그렇지."

이하리가 내 말에 동의했다. 얘기하지 않는 정도로는 귀찮은 일을 피해 갈 수도 없는 이하리가.

가족은 약점. 결코 벗을 수 없는 옷. 말하면 뭐 가벼워지나? 돌고 돌아 감당할 수 없이 무거워져 등에 얹히기나 한다.

"매점 갈래? 초코 우유?"

이하리가 물었다. 박재이는 먼저 돌아갔고, 우리도 교실로 향하는 길이었다.

"아니, 괜찮아. 서소하한테는 네가 말 좀 해줘. 당사자는 마트에서 있었던 일 모르는 거 같다고."

이하리는 즉각 알겠다고 대답했다. 아니 뭐, 그렇게까지 조심스럽게 대할 필요는 없는데. 내가 자초한 일이다.

교실 앞에서 이하리가 멈췄다.

"난 잠깐 천가예한테 들려야 해서. 귀찮게 자꾸 얽히네. 무슨 일인지 듣고 싶어?"

약간 당황했다. 이하리가 어디 가서 뭘 하든 나한테 말할 필요는 없다. 무슨 일인지, 내가 듣고 싶은가? 됐다고 대답하려다 말을 붙들었다. 대충 말하고 싶지 않은 순간이었다.

"네가 말하고 싶을 때 말해. 내가 듣고 싶어 해서 말하는 거 말고, 네가 분명하게 말하고 싶을 때."

이하리는 픽 웃고는 복도를 걸어갔다.

점심시간을 오 분 남긴 교실 안은 지옥처럼 시끄러웠다. 그래서 그 소음 속에 고요히 잠겨 있을 수 있었다.

말하고 싶을 때 말하라는 거, 떠넘기는 것처럼 들렸을까. 하지만 결국 우리는 우리의 이야기를 한다. 박재이도, 나도 그랬다.

약점인데. 그래서 숨기려고 하는 건데. 그래도 감당하고 그토록 움직이게 하는 무엇.

꽃을 쥐고 건너편 미용실 안의 아빠를 보고 있었을 박재이. 그 옆에 선, 할아버지 때문에 마음 졸이던 서소하. 되게 다른데 또 되게 비슷했다. 숙모의 그 곤두세운 가시조차도 약점을 감싸려는 몸부림이었나. 내가 그 말을 던진 것이 내 약점을 보호하려는 의도에서 비롯되었듯이.

딩—동. 5교시 종이 울리고 마지막 발악처럼 교실 안 소음이 치솟았다. 5교시 선생이 문을 여는 순간 단두대 날이 떨어진 것처럼 뚝 멈출 것이다. 그 찰나의 순간을 기다리며 언니 생각을 했다.

언니와 다시 약속을 잡자. 아무렇지 않게 이야기를 걸자. 언니는 늘 그랬듯 받아줄 것이다. 모든 것을 말하지 않아도, 숨기는 것이 있어도 괜찮다.

우리는, 서로의 약점이니까.

답장을 보내다

“과학 수행평가 내일 12시 30분까지 교탁에 둬. 바로 제출하러 갈 거야. 시간 지나면 나도 몰라.”

반장은 팍 쉰 목소리로 겨우 말을 마쳤다.

“아, 씨. 김지후, 수행 다 했어?”

옆에서 이하리가 물었다. 시험 끝났으니 자유라며 만화책을 책상 위에 쌓아놓더니 수행은 깜박했나 보다.

“아니. 아까 체육 시간에 하려고 했지, 자습할 줄 알고.”

체육 선생은 기말고사 기간 동안 굳은 근육을 풀어야 한다면서 이 더운 날 굳이 밖에서 수업을 했다. 아프단 애들이 줄줄이 나왔지만 딱 반장 하나만 교실에 있도록 허락받았다. 반장의 특권, 이라기엔 진짜 아파 보이긴 한다.

눈 밑엔 다크서클, 입가는 양쪽 다 터서 딱지가 앉았다. 하지만 반장은 아무리 아파도 결석은 하지 않는다. 출결 점수 때문이다. 반장은 자사고인지 특목고인지 어렵게 가는 고등학교를 지망하고 있고, 그러려면 내신 관리는 필수다.

“그리고 가정통신문 잘 챙기래. 집에 가서 버려. 교실 쓰레기통 확인한다니까.”

에―가벼운 야유가 나왔다. 가정통신문은 보통 앱으로 전달되지만 가끔 교장은 시와 사족을 곁들인 종이 가정통신문을 만들어 전교생에게 돌리곤 한다. 오늘 아침 것도 그랬다. 여름이 오면 친구야, 어쩌고 하는 다소 감상적인 시였다.

“과학 수행 딱 질색이야. 원소기호 정리하는 건 쌩 노가다 아니야?”

이하리가 투덜댔다.

“다른 건 안 그렇겠냐.”

기말 전엔 수행평가 하나라도 나중에 내는 게 낫다 싶었는데 막상 기말이 끝나니 아무것도 하기 싫다. 언니가 해놓은 거 없을까? 언니 때랑 과학 선생이 똑같긴 하다. 물어나 볼까…….

“김지후, 지후야. 이거 봐. 이상하지 않아?”

박예서가 내 책상 위에 뭘 들이밀었다. 지그재그로 접힌 손바닥 반만 한 종이쪽지였다.

"누가 이거 한나 책상에 넣어놨대. 한나야, 언제 발견했어?"

"아…… 어제."

강한나는 팔짱을 낀 채 대답했다.

"이거 봐, 안에 내용은 없고 한나 이름만 딱 써서 넣어놓은 거야. 이거, 누가 해코지하려는 거 아닐까?"

박예서의 말에 같은 무리인 나머지 두 명이 추임새를 넣었다. 이상해! 소름 끼쳐!

여름방학 직전이라고 화장도 거의 안 잡는 요즘, 강한나네 무리 넷은 전부 풀메이크업을 하고 왔다. 틴트 색깔에 앞머리 상태까지 비슷해서 분신술이라도 쓰고 있는 것 같다.

"그냥 이름일 뿐인데."

"그러니까 이상한 거지, 의도가 수상하잖아!"

이게 다 음악실 고양이 사건 때문이다. 뭐 하나 작은 꼬투리만 있어도 확대해석을 하는데, 이미 끝난 시리즈에 별 재미도 없는 외전을 자꾸 덧붙이는 느낌이다. 사건의 전말을 아는 나로서는 더더욱 재미없다.

"누가 이랬는지 지후 네가 밝혀줘. 맞다, 한나야, 우리 이걸로 브이로그 찍을까? 완전 소름! 지후야, 네가 추리하는 거 찍어도 돼?"

"되겠냐."

남의 영상에 찍히는 건 질색이다. 불특정 다수에게 뿌려지는 영상이면 더더욱 싫다.

"초코 우유 사줄게! 매점에 민트초코 새로 나왔더라. 그거 어때?"

"……됐거든."

잠깐 머뭇거린 거 티 안 났겠지.

박예서는 그 쪽지를 기어코 내 책상에 두고 갔다. 두고 간 김에 살펴봤다. 강, 한, 나. 세 글자뿐이지만 'ㅎ'의 모양에 개성이 있었다. 반 애들 글씨를 살펴보면 용의자를 골라낼 수 있을 것이다.

찾아볼 거야? 그거?

이하리가 자기 연습장에 질문을 썼다. 어쩐지 신난 거 같은데.

과학 수행 해야 돼. 시간 없어.

4교시 영어 선생은 수업 시간 동안 다 보지도 못할 영화를 틀어줬다. 시간이 났으니 과학 수행을 해야 하는데 자꾸 생각이 쪽지로 간다. 왜 내용이 없지? 비밀 잉크로 썼나? 촛불에 대보거나 물을 뿌리면 내용이 나타날까? 몇 가지 가능성을 정리해봤다. 이런 게 과학 아니던가, 써먹지도 못할 원소 줄 세우기보다야 낫다.

"김지후, 잠깐 나 좀 봐."

제대로 계획을 세우지도 않았는데 쉬는 시간에 강한나가

화장실로 따라와 말을 걸었다. 강한나네 무리는 화장실도 꼭 같이 간다. 강한나가 혼자 화장실에 온 건 그 무리에선 도원결의를 깨는 것만큼 충격적인 일일 거다. 그런 위험을 감수하고서 내게 한다는 소리가,

"그거 쪽지 말인데, 그거, 안 하면 안 돼?"

"뭘?"

짐작했지만 되물었다. 강한나는 미간을 찌푸렸다.

"예서가 말한 거. 누가 보냈는지 찾는다고 했잖아. 그거 하지 말라고."

"안 궁금해?"

아니면…….

"누군지 알아?"

강한나는 뷰러로 올린 속눈썹을 깜박거렸다. 꽤 흥미로웠다. 이름뿐인 쪽지, 그걸 누가 보냈는지 안단 말이지. 누굴까? 어떻게 알았을까?

"당사자가 싫으면 안 하는 거지. 박예서한텐 네가 말해, 누군지 아니까 찾을 필요 없다고."

강한나는 매끈하게 틴트를 바른 입술을 안으로 말아 물었다. 망설이는 표정이었다.

"걔들이 몰랐으면 하는구나."

추측을 입 밖으로 내뱉는 건 꽤나 무모한 일이다. 잘못 짚

으면 그보다 쪽팔린 게 없으니까. 이번엔 맞아떨어졌다. 강한나가 입을 열었다.

"혹시 초코 우유 필요하면……."

"됐다고."

내가 무슨 초콜릿 중독인줄 아나. 초코 우유 정도면 됐다고 한 거지 초코 우유를 받아야 뭘 하겠다는 건 아니었는데, 어디서부터 와전된 건지 알 수가 없다.

"어떤 앤데? 그 강한나라는 애?"

언니가 물었다.

오늘 무슨 날인가, 언니가 준비한 간식도 초코였다. 초코 필링이 들어간 둥근 과자와 우유. 흰 우유를 좋아하지 않지만 달콤한 걸 먹을 땐 괜찮다. 우유는 방금 냉장고에서 꺼내 왔는지 차가웠다. 어차피 이 방에선 곧 미지근해지겠지만.

"그 무리 넷이 다 비슷해. 꾸미기 좋아하고, 셀카 계속 찍는 애들."

취향도 태도도 비슷하다. 머리 길이와 교복 치마 길이, 핸드폰 장식과 가방 스타일까지 맞춰서 뒷모습만 보면 구분이 안 갈 정도다.

"인스타랑 페북 열심히 하고, 넷이서 같이 브이로그 한다고 셀카봉 들고 다녀. 핸드폰도 내는 건 공기계로 내고, 몰래 가지고 있더라. 박에서, 그 알아봐달라고 부탁한 애는 떡볶이 가게에서도 찍다가 걸렸대. 사장이 찍지 말라고 했다고 엄청 투덜거렸어."

"나랑 같은 반 애 중에도 그런 애 있었는데. 지금 되게 유명하던데? 인스타 팔로워 엄청 많고."

언니의 말에서 새로운 정보를 얻었다. 언니가 친하지 않은 주변인 인스타도 보고 있다는 것—학교와 관련된 인물인데도.

엄마의 재혼으로 가족이 된, 피 한 방울 안 섞인 언니지만 언니와는 말이 잘 통한다. 언니가 집에 머물게 되기 전부터 그랬고 지금도 일주일에 두 번은 '약속'을 잡아 만난다. 다만 만나는 장소가 문제다.

내 약속 장소는 언니 방. 5월부터 슬슬 더워지더니 7월이 된 지금 언니 방은 찜통이다. 창문을 열고 선풍기를 틀어놓았어도 남향 방의 열기를 몰아내기엔 역부족이다. 문이라도 열어 놓으면 거실 에어컨 바람이 들어올 텐데 언니는 늘 문을 꽉 닫는다.

언니, 안 더워? 문 조금만 열어놓으면 안 돼?

일상적인 질문이지만 하기 힘들다. 이미 새아버지가 문을 열어놓으라고 말한 바 있고, 언니는 닫고 있을 거라고 대답했다. 이제 와서 더위와 문에 대해 언급하는 건 언니의 결정에

토를 다는 일이 될 것이다.

언니는 언니 방 에어컨 때문에 엄마와 새아버지가 대립하고 있는 걸 알고 있을까. 대립, 이라는 표현을 쓰기에는 너무나 미묘하며 조심스러운 의견 교환 상태지만.

지난주부터 조금씩 말이 나왔다. 먼저 엄마가, 언니 방에 에어컨을 따로 달아야 하지 않겠느냐고 물었다. 새아버지는 그 자리에서는 대답이 없더니 다음 날 저녁 식사 때 그래선 안 될 것 같다고, 더우면 방문을 열어두면 되는 게 아니냐고 말했다. 언제나처럼 차분한 태도였다. 엄마는 아무래도, 하고 운을 띄웠다가 아니에요, 하고 덮었다.

엄마는 에어컨을 달자고 강하게 주장할 수 없다. 언니가 방에 머물도록 부추기고 방치하는 것처럼 보이게 될 테니까. 새아버지의 마음도 이해한다. 불편한 상황을 만들어야 언니가 굽히고 나올 거라고 생각하는 거다.

하지만 언니는 그 정도로 생각을 바꿀 사람이 아니다.

"쪽지는 지금 없어?"

"어, 도로 가져갔어, 받은 애가."

언니가 건네준 종이와 가위로 비슷한 쪽지를 만들었다. 꼬아서 접는 흔한 형태가 아니었다. 점점 넓어지는 병풍 같은 느낌이랄까. 지그재그로 접었는데 처음 두 칸은 좁고, 그다음 두 칸은 두 배쯤 넓고, 마지막 한 칸은 더 넓었다. 모으면 비슷한 간격의 세 줄이 생긴다. 각각의 줄마다 한 글자씩, 강, 한, 나.

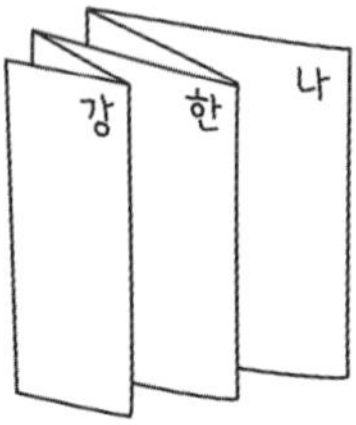

“가정통신문이었어, 귀퉁이에 여백 많은 부분.”

“아직도 종이에 시 써서 나눠주니?”

언니는 입꼬리를 올렸다. 우러나온 웃음이라기보다는 웃을 만한 타이밍이라 웃는 느낌이었다.

“이름 말고 다른 건 없었어?”

“어. 비밀 글자를 쓴 걸 수도 있는데 거기까진 확인을 못 했어. 쓸 자리가 넓진 않았고.”

“아무것도 없다는 자체가 의미일 수 있지.”

언니가 말했다. 그렇다면 강한나는 ‘아무것도 없다’는 것에서 보낸 이와 의미를 찾아낸 것이 된다. 도대체 어떻게? 무리 안에서라면 별별 규칙을 세워 그런 쪽지를 보낼 만하지만 박예서가 몰랐으니 그런 것도 아니다. 강한나가 무리 밖의 누구와 특별히 친하게 지내는 건 못 본 거 같은데. 다른 반 애일까?

"더 먹을래?"

언니가 과자 상자에서 개별 포장된 봉지를 몇 개 더 꺼냈다.

"이거 맛있다. 어느 나라 거야?"

포장지를 보니 외국 거다. 언니는 '약속'의 다과를 준비하는 데 꽤 신경을 쓴다. 우유는 다이아몬드처럼 빛나는 크리스털 잔에, 과자는 가장자리가 레이스 모양인 하늘색 사기 접시에.

"호주 껀가 봐. 나도 처음 먹어봐."

헉, 잘못 삼켜서 사레들릴 뻔했다. 호주, 언니의 엄마가 산다는 나라. 엊그제 식탁 위에 있었던 보라색 택배 상자가 언니네 엄마가 보낸 거구나. 생각도 못 했다. 원래 언니네 엄마는 크리스마스와 언니 생일에만 소포를 보내기 때문이다.

이럴 때 말문이 막히면 안 된다. 빨리, 원래의 주제로 돌아가자.

"강한나는, 자기가 찾지 말라고 한 걸 자기 친구들에겐 말하지 말라는 거야. 쪽지 발견한 애, 박예서한테도."

"왜? 편하게 말 못 하는 관계야?"

박예서가 무리의 중심인 건 분명하지만 여왕벌 타입은 아니다. 하고 싶은 게 제일 많고 목소리도 제일 큰 애라 나머지가 묻어가는 것처럼 보이긴 해도.

"개 친구들이 자꾸 와서 알아냈느냐고 물어봐. 개네가 먼저 포기하게 만들 방법 없을까."

"미루다 보면 방학할 거고, 그럼 다들 잊겠지."

"그렇긴 한데."

저절로 묻히도록 둬도 되지만 그러기는 싫다. 작정하고 시간을 들이면 누구인지 찾을 수 있을 거라 확신한다. 강한나가 하지 말래서 안 하는 거지 내가 못 하는 게 아니란 말이다.

"알리바바와 40인의 도둑."

언니가 뜬금없이 말했다. 물론 언니에게는 분명히 뜬금이 있는 말일 테다.

"도둑들이 알리바바를 쫓아와서 집 문에 분필로 표시를 남기잖아. 나중에 와서 공격하려고. 그걸 보고 알리바바의 하인이 다른 집들 문마다 똑같은 표시를 해놓지. 어느 게 진짜인지 헷갈리도록."

딱 감이 왔다.

지금은 강한나만 이런 쪽지를 받았으니까 관심이 쏠리고 있지만 다른 애들도 비슷한 쪽지를 받게 되면? 강한나의 쪽지는 많은 것 중 하나가 되어 관심이 분산될 것이다.

완벽한 아이디어처럼 느껴졌다.

하지만 언니는 그 말을 꺼낸 걸 후회하는 것 같았다. 거의 표정이 변하지 않는 언니의 얼굴이 흐려졌다.

"그래도 괜찮겠어? 개입하는 건데."

언니 자신의 얘기였다. 개입, 혹은 방관.

우리는 잠시 다른 얘기를 했다. 새로 시작한 드라마와 여름 방학에 대해, 유연하게 지뢰를 피해 가면서.

"남은 거 가져가서 먹어."

언니가 과자 상자를 내밀었다.

방문을 열자 거실의 시원한 바람이 쏟아져 들어왔다.

"언니, 혹시 2학년 때 과학 수행평가로 원소 정리한 적 있어?"

일부러 방문을 잡고 말했다. 시원한 바람 좀 느껴보라고 그런 거다. 문을 열어두면 얻게 될 편안함에 대해 알려주려고. 절대, 수행 받아내려 한 거 아니다.

"아니. 태양복사 에너지랑 지구 온난화, 정전기, 그런 거였어. 그건 왜?"

"……아니야."

절대, 실망한 것도 아니다.

빈 과자 봉지를 쪽지처럼 접는다. 풀리지 않도록, 단단하게.

엄마는 편지나 메모는 넣지 않았다. 상자에 들어 있는 물건만으로 엄마의 의도를 짐작해야 한다.

초콜릿 과자와 머리끈. 이 정도는 무난하다. 하지만 컬러링 북이라니. 아빠가 지금의 나를 어떻게 설명했는지가 읽힌다. 넘치는 시간과 좁은 행동반경, 벽에 붙은 '만다라'로?

그리고 선크림. 그야말로 실소가 터진다.

알아서, 아니면 몰라서? 내게 이것이 필요하다고 생각해서, 아니면 필요하도록 강제하거나 강제하고 싶은 심경을 나타내기 위해서.

머리끈마저 평범하게 보이지 않는다.

엄마는 최근 내 모습을 본 적이 없다. 그건 아빠와 나의 계약이었다. 내가 내 사진을 엄마에게 보내지 말라고 했을 때 아빠는 안심했다. 엄마는, 내가 계속 머리를 기르고 있는 줄 아나, 아니면 기르라고 요구하는 걸까.

나는 답장을 보내야 할까. 편지를, 아니면 물건을? 내가 무엇을 하든 엄마는 그걸 통해 나를 읽어낼 것이다. 판단하고, 평가하고, 결론 낼 것이다.

일견 무해해 보이는 소포조차도 이런 파장을 만들어낸다. 지후가 하려는 것은 더한 결과를 낳을 수도 있다. 지후를 더 적극적으로 말려야 하나?

그조차 내가 관여할 수 있는 일인가.

질문이 많아지는 건 위험하다. 나는 아빠가 만다라라고

인식하고 있는 그림, 나의 미로 앞에 섰다. 이 공간 밖의 무엇이든 내가 관여할 일이 아니라는 것을 다시 한번 스스로에게 당부하면서.

언니의 생각은 충분히 전달되었다. 언니는, 걱정하고 있다. 하지만 포기하기엔 너무 끌리는 아이디어였다. 실행하면 어떤 결과가 나올지 궁금해서 손이 막 간지러운 느낌이 들 정도였다. 다만 혼자서 준비하기에는 벅찼다.

이럴 때면 부르게 되는 사람, 이하리.

"집에 아무도 없어?"

이하리는 어색하기 그지없는 태도로 신발을 벗었다. 덥고 화창한 토요일 오후였다.

"어, 결혼식 뭐 그런 거. 언닌 방에 있는데, 뭐 하나 봐."

나도 어색하게 대답했다. 친구라 부를 만한 누군가가 집에 오는 건 처음이었다. 나뿐 아니라 언니와 엄마와 새아버지의 친구도 우리 집엔 온 적이 없다.

방은 적당히 치워놨다. 정리엔 소질이 없어서 서랍과 침대 밑과 옷장 안에 최대한 밀어 넣었다.

"야, 너 얘네 좋아했어?"

책장에 꽂아놨는데 그걸 봤네. 예전에 정소윤이 줬던 앨범이었다. 좋아하는 건 아니다, 그냥 둔 거지.

"얘, 진짜 걔 닮긴 했네."

이하리는 앨범 속지를 꺼내더니, 화사하게 웃고 있는 남자애들 중 하나를 가리켰다. '걔'가 누구냐고 물어볼 것도 없다.

학교 앞 떡볶이집의 서소하. 서소하의 형인 떡볶이집 젊은 사장이 어느 배우 닮았다며 유명세를 탄 것에 이어 서소하까지 아이돌 닮은꼴로 알려지고 있다. 떡볶이집 남자애, 하면 우리 학교에선 모르는 사람이 없을 거다.

"전혀 아닌데."

이 아이돌이 뾰족뾰족하게 생겼다면 서소하는 동글동글한 느낌이다. 그리고 이렇게 환하게 웃지도 않는다. 언제나 뚱한 표정에 말투도 딱딱하다.

"왜, 닮았는데. 맞다, 걔 김지후 너한테 은근 친한 척하지 않냐? 내가 보기엔……."

"야, 그 강한나 쪽지 말인데."

재빨리 본론으로 들어갔다. 서소하는 뭐, 지난봄 이후로 마주치면 인사하는 정도다. 친한 건 절대 아니다.

어쩌다 이 어색한 자리를 마련했는지에 대해 설명하자 이하리는 눈을 빛냈다.

"강한나의 쪽지를 숨긴다는 거지? 가짜 쪽지들로? 재밌네."

"우리 반만 하지 말고 다른 반도 하려고. 한 열다섯 명쯤? 전 학년 다 하는 건 무리니까 2학년 중에서만."

모르는 사람 없는 이하리가 적당한 애들을 골랐다. 조용한 애, 공부만 하는 애, 튀는 애, 종잡을 수 없도록 섞었다. 종이도 여러 가지로 썼다. 연습장, 공책, 가정통신문, A4 용지. 강한나 것처럼 지그재그로 접었고, 넣는 장소는 다 다르게 골랐다. 신발장, 책상 서랍, 사물함. 다른 반에 넣는 건 이하리가 맡기로 했다.

동일성과 연결고리를 적당히 유지하면서 동시에 추적할 수 없도록 흩는 것. 내가 가질 법한 의문들과 따라갈 단서들을 미리 차단하는 것.

"너도 받는 걸로 하자."

나는 쪽지 하나에 이하리 이름을 썼다.

"나 말고 지후 네 이름으로 해야 하는 거 아냐? 범인이 피해자인 척하는 거, 그렇게 속이는 거 많던데."

"내가 받으면 찾는 시늉이라도 해야 하잖아."

이하리는 자기 이름이 적힌 쪽지를 이리저리 돌려 보았다.

"이거, 좀 묘하긴 하네."

박예서가 왜 소름끼친다고 했는지 이해가 갔다. 의도를 짐작할 수 없어서 그렇다. 이름을 불러 돌아보았을 때 나타날 것이 날선 칼인지, 친근한 악수인지 파악할 수가 없어서.

월요일에 쪽지를 뿌렸다. 어떤 반응이 올지 엄청 기대했는데—.

"이게 뭐냐. 자기 서랍도 안 보냐."

이하리가 작게 말했다. 하루 종일 지켜본 게 무색하도록 우리 반에 넣은 쪽지 두 개는 하루를 넘겼다. 이하리는 다른 사람이 발견한 다음에 나도 있어! 이렇게 꺼낼 계획이었기 때문에 타이밍만 노리고 있었다.

"내가 먼저 꺼낼까? 그럼 다른 애들도 찾아보지 않을까?"

"튈 거 같은데. 조금만 더 기다려보자."

화요일 아침에 드디어 한 애가 쪽지를 발견했다. 그 앤 이거 뭐야, 하고 대뜸 쪽지를 구겨 쓰레기통으로 던졌다.

저 무신경함이 현실이고 나랑 이하리가 오버하는 건가. 현타가 온 건 잠깐, 박예서에게 보낸 쪽지는 효과를 냈다. 화요일 3교시 쉬는 시간이었다.

"김지후, 이것 봐! 나한테도 왔어! 사물함에!"

구석에 갈색 얼룩이 진 오래된 대학노트 종이, 박예서 세 글자도 일부러 번지게 썼다. 박예서는 소름이 돋는다며 난리였다. 딱 맞춰 이하리도 서랍에서 쪽지를 꺼냈다. 꼬깃꼬깃해진 걸 보니 계속 만지작거리고 있었던 모양이다.

"어! 나도 받았어! 이거 뭐냐, 1반에서도 비슷한 쪽지 나왔다던데, 무슨 이런 장난을 치냐. 안 그래, 김지후?"

이하리는 연기는 안 되겠다.

박예서는 당장에 그 쪽지를 영상으로 찍었다. 여러분, 이상한 일이 일어났습니다! 한 톤 높인 목소리로 멘트도 한다.

"제 친구도 며칠 전에 비슷한 쪽지를 받았는데요. 한나 쪽지 어딨지? 지후야, 네가 가지고 있어?"

"아니, 돌려줬는데. 야, 찍지 마."

핸드폰 카메라를 피하며 대답했다.

"어, 난 버렸는데?"

강한나는 당황한 기색이었다.

"버리면 어떻게 해, 증거로 가지고 있어야지! 지후야, 이거 진짜 심각한 거 아니야? 우리가 범인을 잡자! 대박 콘텐츠 될 수 있어!"

박예서가 졸랐지만 난 다른 반 쪽지까지 살필 시간이 없으며 영상 출연은 절대 못 한다는 이유를 대서 거절했다.

"좀 도와주지. 너무한다."

박예서는 투덜대다가 목소리를 싹 바꿔 다시 영상을 찍었다.

"불길하지 않습니까, 여러분? 여기 보시면 글자가 막 번졌어요. 그리고 이게 어디 있었느냐면……."

"진짜 웃기다."

이하리가 속삭였다. 따라 웃긴 했는데, 기분이 묘했다. 재밌다기보다는 불편했다. 이래서 언니가 말렸던 건가. 내가 돌을 던졌으니 파장이 이는 것은 당연한데, 그게 다가 아닌 것 같았다.

물속에 잠들어 있던 뭔가를 깨워버린 기분. 그리고 마침내 수면에 올라온 것은—.

"박예서, 어제 너 무슨 쪽지 받았다고 하지 않았어? 내 동생도 받았다던데?"

수요일 아침, 우리 반 애가 박예서에게 묻는 걸 들었다.

"네 동생? 1학년?"

나와 이하리가 쪽지를 보내지도 않은 애들이 받았다고 나서기 시작한 것이다.

이하리는 전교를 돌며 쪽지를 받았다는 아이들의 목록을 만들었다. 1학년부터 3학년까지, 심지어 강한나가 받기 전에 받았다는 애까지 나왔다.

"우린 2학년 열다섯 명한테만 보냈잖아. 지금 뭐, 스무 명이 넘었는데?"

"진짜로 받고 있는 거야, 아니면 지어낸 거야?"

"허언증도 있는 것 같긴 한데, 천가예 친구가 받은 건 내가 봤어. 우리가 만든 거랑 달라. 꼬아서 접는 그런 쪽지였어. 이름만 쓰인 건 똑같고. 교지 애들도 찾아다니더라, 유은형이. 시험도 끝났겠다, 남은 건 방학뿐이겠다, 넘치는 시간을 이런 데 쓰는 애들이 있는 거지. 재밌는데?"

"재미없어."

이하리는 눈치가 빨랐다. 나 말고 자기네 무리와 쪽지 이야기를 시작했다. 딱 이하리네 무리 취향의 일이기도 했다. 평소엔 묵언수행하듯 말없는 김은서가 그렇게 말 많이 하는 거 처음 봤다.

"이름 없이 내용만 쓴 쪽지도 있대. 고마워, 짜증 나, 그런 말이 있었대."

"마니또네, 마니또."

"화단에서 주웠다더라. 이따 우리도 학교 한번 돌아보자."

박예서는 도리어 흥미를 잃은 것 같았다. 이하리네와 똑같은 취급받기는 싫을 거다. 뭘 해도 이하리 무리의 전문성과 열정을 앞서갈 수 없을 거고. 그러니 강한나의 쪽지는 계획대로 묻힌 셈이지만 초조함은 가라앉지 않았다. 조금 화까지 났다.

내가 너무 쉽게 생각했던 거다. 엑스트라로 쓰려 했던 이름 없는 캐릭터들이 살아나 각자의 목소리를 높이고 있었다. 아니, 애초에 그들 모두 이름을 가지고 있었다.

"저기, 이게 뭔지 알아?"

떡볶이집에서 서소하가 쪽지를 내밀며 물었을 땐 진짜 탈탈 털리는 기분이었다.

"아까 다 먹고 간 그릇 치우는데 그릇 밑에 있었어. 쓰레기인 줄 알았는데 내 이름 있어서. 안에 다른 말은 없고."

서소하가 보여준 건 연한 민트색 종이 쪽지였다. 초록색 펜으로 정성껏 적힌 서, 소, 하.

"우와, 이건 완전 고백이지. 우리 학교 애야?"

이하리의 말에 서소하는 얼굴을 찡그리더니 쪽지를 구겨 쓰레기통에 던져 넣었다.

"무슨 고백이야. 됐어."

"와, 막 버리네? 이런 거 하루에 수십 통 받아서 아무 느낌 없는 건가?"

이하리가 놀리는 톤으로 말하자 서소하는 찡그린 채 말없이 이하리를 쳐다봤다. 한심과 경멸을 반반 섞은 표정. 이하리는 어쩔 건데, 하는 식으로 눈썹을 올렸다. 왜 또 이렇게 되냐. 이하리와 서소하는 상극이 틀림없다. 뭘 해도 꼭 긴장감을 조성한다.

"그만해, 남의 일에 뭐 그렇게 관심이 많냐."

중재하려고 한 건데 이하리는 배신이라도 당한 듯한 얼굴로 날 봤다.

"아니, 얘가 물어봤잖아. 그래서 대답하고 있는 거잖아. 내가 뭘 잘못했냐? 김지후 네가 봐도 딱 고백 쪽지 같지 않아?"

이번엔 서소하가 날 보았다. 찡그린 표정은 그대로였지만 담긴 감정은 달랐다. 굳이 말하자면 억울함이랄까.

"그게……."

나더러 어쩌라고, 누굴 편들라고. 이 둘이랑 있다 보면 자주 이렇게 된다.

"아, 씨. 비 온다!"

다행히도 이하리의 관심이 창밖으로 쏠렸다.

"우산 없는데. 김지후 우산 있어?"

"아니."

"여기 남는 우산 몇 개 있어. 빌려 가."

서소하가 가게 안쪽에서 우산을 두 개 찾아왔다. 인상 팍 쓴 채로 우산을 건네는 서소하에게 이하리가 말했다.

"누가 보면 우리가 우산 뺏는 줄 알겠…… 아니야, 고맙다."

옆구리 찌른 보람이 있다. 이하리는 하고 싶은 말 대신 해야 할 말을 했다.

이하리가 먼저 우산을 펴고 나가는 그 짧은 시간에, 나는 가방 앞주머니에서 고양이 간식을 꺼내 서소하에게 내밀었다.

"이거, 참새 꺼."

어제 편의점 갔다가 있기에 샀다. 딱히 고양이를 좋아하는 건 아니지만 떡볶이집 까만 고양이 참새와는 인연이 된 셈이라 종종 간식이나 장난감을 챙기게 된다.

"어…… 고마워."

서소하는 간식을 받았다. 강매당하는 것 같은 표정이긴 했지만.

이번 주말에는 언니와 만나지 않았다. 쪽지 때문이었다. 학교에서 벌어지고 있는 쪽지 이야기를 할 수도 없고 안 할 수도 없으니 아예 말할 기회를 안 만드는 게 나았다.

일요일에 언니가 새아버지와 거실에서 만나는 걸 보긴 했다. 소파에 나란히 앉아 텔레비전으로 외국 여행 다큐 같은 걸 보면서 몇 마디 주고받는 게 두 사람의 대화 스타일이었다. 이틀 내내 비가 와서 그리 덥지도 않은데 새아버지는 굳이 에어컨을 틀어놓았다. 일종의 시위랄까. 나는 두 사람을 방해하지 않기 위해 조용히 냉장고에서 초코 우유를 챙겨 내 방으로 돌아왔다.

월요일엔 교문에서부터 긴장하면서 들어갔다. 쪽지가 무더기로 운동장에 흩어져 있는 꿈을 꿨단 말이다. 다행히 하나도 못 봤다. 학교 한 바퀴 돌고 온 이하리도 못 찾았다며 시들한 어조로 말했다.

"뭐가 이렇게 빨리 식었냐, 시시하게."

거의 안심할 뻔했다. 점심시간에 유주현이 찾아오기 전까지는.

"잠깐 얘기 좀 할 수 있어?"

고양이의 제단을 만들었던 2학년 3반 애. 그 뒤로 마주치면 인사하는 사이가 되었다. 떡볶이집 고양이 얘기도 가끔 한다. 유주현은 아직도 고양이 이름이 참새라는 것이 마음에 들지 않는지 혼자서 조니라고 부르고 있다. 딱히 더 나은 이름 같지는 않다.

"내 친구가, 이상한 편지를 받았어."

"이름 적힌 쪽지 말하는 거야? 그건 관심 없는데."

유주현은 찍어 온 사진을 보기만 해달라고 했고 호기심이 꺼림칙함을 이겼다.

연습장 종이에 왼손으로 쓴 것 같은 삐뚤빼뚤한 글씨. 맨 윗줄의 받는 사람 이름과 내용의 고유명사는 사진 어플 스티커로 가려놓았다.

내용은 짧았다.

■에게. 너 ■에서 ■■ 거 다 봤어.

종이 오른쪽 구석의 숫자가 눈에 들어왔다. 2/10, 이건 뭐지, 2월 10일? 그때 봤다는 건가? 이건 왜 안 지웠지?

"이거, 사실이 아니야. 누가 다 거짓말로 쓴 거야."

유주현이 말했다.

유주현의 친구는 이런 쪽지를 세 개나 받았는데, 내용은 똑같고 보낸 사람의 이름은 없다고 했다. 친구의 쪽지를 가지고 온 박예서와 유주현. 오지랖 아니면 우정.

"그래서 뭘 어떻게 하라는 거야? 이거 받은 애는 뭐라는데?"

"갠 무서워하고만 있어. 선생님한테는 말 못 하겠다길래 너한테 온 거야."

"내용은 몰라야 하는 거야? 애가 누군지도 몰라야 하고?"

"그게, 아무래도."

지난번 서소하의 의뢰보다 심하다. 팔다리 묶어놓고 찾으라는 건가.

"그럼 쪽지를 발견한 장소와 정확한 시간을 알려줘. 세 개다."

"친구한테 물어볼게. 내용 말해도 되는지도 다시 물어보고. 지후 넌 믿을 수 있으니까."

부담스러운데. 하지만 오래 부담스러워할 것도 없었다. 유주현은 바로 다음 쉬는 시간에 찾아와 사건 의뢰를 철회했다.

"미안한데 없던 일로 해줘. 이거 받은 애가 조용히 지나가고 싶대."

완전 데자뷔다. 강한나 때랑 똑같지 않은가.

"어, 난 상관없어."

관심 없다고 말한 주제에 김이 샜다. 한마디를 덧붙인 건 그래서였다.

"걔한테 증거 잘 모아놓으라고 해. 언제 필요하게 될지 모르니까."

유주현은 애매한 표정으로 고개를 끄덕였다.

"이번에도 쪽지야."

언니와의 대화 소재를 얻긴 했다. 새로운 얘깃거리가 생겨서 언니와 약속을 잡을 수 있었다.

"쪽지 보여준 애 말로는 내용은 사실이 아니래. 근데 뭐, 내용이 뭔지 알아야 아닌 줄도 알지."

설명을 하면서 부지런히 아이스크림을 떠서 입에 넣었다. 오늘의 다과는 아이스크림을 얹은 브라우니. 언니는 접시 밑에 아이스팩을 깔았다. 언니도 이 방이 덥다는 걸 인식하고는 있다는 거다.

"본인 얘기를 남 얘기처럼 한 거 아냐?"

언니가 물었다. 그 생각은 못 했다. 유주현이 받은 쪽지라고?

"그렇게 꼬인 느낌은 아닌데, 걔는."

"그럼 다른 애가 받은 거라고 치고, 내용이 사실이 아니라고 했단 말이지. 왜 거짓말 편지를 보냈을까? 어차피 받는 당사자는 그게 진실인지 아닌지 아는데."

"그러게. 혹시, 내용이 진짜일까?"

유주현도 속고 있는 거라면? 선생님에게 말하지 않으려 한 것도, 의뢰를 취소한 것도 그 내용이 사실이기 때문이라면. 만나서는 안 될 사람과, 가서는 안 될 장소. 몇 가지 떠오르는 상상들이 있다.

언니가 뭐라고 할지 살짝 긴장했는데, 언니는 다른 걸 물었다.

"쪽지 겉면에 받은 애 이름이 있었는지 알 수 있을까?"

"받는 사람 이름은 왜?"

"겉에 수신인이 표시된 편지라면 일종의 경고겠지. 하지만 지정된 수신인이 없다면 의미가 달라져."

특정한 수신인이 없다면, 그래서 누구나 볼 수 있다면.

"……다른 애들에게 읽히는 게 목적이라는 거야?"

"내용이 가짜인 것도 그렇게 보면 말이 되지. 애초에 가짜 정보를 퍼뜨리는 게 목적이었다면."

"말로 해도 되잖아. 아니면 익명으로 게시판 같은 데 써도 되고. 온라인이든 오프라인이든."

"그렇게 공개적인 형식이 되면 누군가 개입할 거야. 정보의 진위를 따질 기회도 생기고, 당사자가 나서서 자신을 변호할 수도 있어. 하지만 이런 식이면 그런 상황을 피해 갈 수 있어. 게다가 읽은 사람도 의심 안 할 거야. 남의 편지를 어쩌다 봤다고 생각할 테니까."

루머를 만드는 조용하고도 효과적인 방식. 쪽지가 유행하는 지금의 학교라면 관심을 가지고 열어볼 아이들이 꽤 있다. 읽고, 믿고, 퍼뜨릴 것이다. 사람들은 나와 관련되지 않은 일은 쉽게 믿어버리니까.

"이게 알려준 애한테 물어볼게. 겉면에 이름이 있었는지랑 다른 애들도 볼 만한 장소에 있었는지도."

언니는 쪽지 구석의 숫자, 2/10을 가리켰다.

"이게 뭔지는 들었어?"

"아니. 날짜 같지 않아? 영화에서 봤어. 영어로 날짜 쓸 때 그렇게 줄을 긋던데. 2월 10일 아님 10월 2일? 아, 외국에서 살다 온 애가 썼을지도 몰라!"

외국에 살았던 애들 목록쯤은 이하리에게 물어보면 하루면 나올 거다. 언니는 별 반응이 없었다.

"날짜도 정보인데 안 지웠다는 건, 받는 애 입장에서 그다지 신경 쓰이는 숫자가 아니라는 건데."

이 두 개의 숫자가 의미하는 건 뭐란 말인가. 2층 10호? 2에서 10까지? 10분의 2?

"10분의 2."

나도 모르게 말이 입 밖으로 나왔다. 그냥 해본 말이야, 하고 수습하려는데 언니가 더 빨랐다.

"10분의 2? 맞아, 열 개 중에 둘! 판화나 리미티드 에디션 같은 걸 이렇게 표시하잖아."

언니에게서는 거의 들어본 적 없는 큰 목소리였다. 얼떨떨했다. 언니는 목소리를 크게 낸 것을 후회하듯 몸을 뒤로 물렸다.

"어, 나도 그런 거 봤어. 그럼 열 번째 중에 두 번째? 이런 쪽지가 모두 열 개 있다는 거네?"

언니는 대답이 없고, 나는 침묵을 메울 말들을 이었다.

"모두 세 개 받았다고 했거든. 나머지 쪽지에도 이런 숫자가 있었는지 물어볼게. 1/10, 3/10이면 딱인데. 근데 쪽지가 남아 있을지 모르겠어."

똑똑, 문 두드리는 소리가 났다. 긴장감이 느슨해졌다.

"아버지가 팥빙수 사 오셨는데, 넣어줄까?"

엄마가 문밖에서 말했다. 팥빙수! 저절로 몸이 들썩였다.

"난 팥 별로야. 지후 넌 나가서 먹어."

"그래도……."

"여기서 먹으면 너무 빨리 녹을걸. 나가서 먹어."

언니는 벽 쪽을 보며 말했다. 나는 그 숫자에 대해 알아보겠다는 말을 남기고 자리에서 일어났다.

팥빙수. 에어컨. 아빠가 모종의 신호를 보내고 있다는 건 알겠지만 와닿지 않는다. 방금은 위험했다. 너무 몰입할 뻔했다.

엄마가 보낸 신호로 생각을 돌렸다.

지후가 전한 이야기는 새로운 관점을 제시했다.

전시된 정보, 목표 수신인은 누구인가.

엄마는 내가 소포를 혼자 확인하리라 예상했을까, 아니면 아빠와 새 가족들과 공유했을 거라 생각했을까?

엄마가 메시지를 보내고자 한 대상은 누구일까? 나 또는 아빠, 아니면.

그에 따라 소포의 의미는 달라진다. 그걸 판단하는 것은 내 몫이다.

나 혼자 나오자 새아버지는 약간 실망한 것처럼 보였다. 언니는 팥 싫대요, 말하려다 말았다. 그것도 몰랐느냐고 비난하는 것처럼 들릴까 봐.

팥빙수를 먹으며 유주현에게 문자를 보냈다.

—아까 보여준 쪽지, 나머지 두 개 사진도 있어?

대답은 금방 왔다.

—아니. 내용이 똑같아서 안 찍었어. 걔가 버린다고 했고.

똑같았다고 인식했다면 숫자가 똑같았거나 숫자의 차이를 알아보지 못한 거다. 그러면 두 번째 질문으로.

—쪽지 겉면에 받은 애 이름이 적혀 있었어?

—왜?

—그게 끝이 아닌 거 같아서. 일곱 개는 더 있을지 몰라.

한동안 답이 없었다. 당사자에게 전하는 건가.

—또 발견하게 되면 말해주겠대. 근데 왜 그렇게 생각해?

쪽지에 있는 숫자의 의미를 설명했다. 열 개 중 두 번째를 말하는 것 같다고.

—걔한테 잘 살펴보라고 해. 다른 애들이 보게 되면 오해의 소지가 있잖아.

유주현은 화요일 점심시간에 급식실로 나를 찾아왔다. 오늘 아침에 새로 찾았다는 쪽지는 빨간 색종이로 만든 것이었다. 받는 사람의 이름은 없었다.

"내용은 똑같거든. 안 봤으면 좋겠는데."

"안 봐. 숫자만 확인할게."

꼬인 걸 펴서 오른쪽 아래 귀퉁이를 살짝 들었다. 4/10. 맞잖아! 소름이 돋았다.

어디서 나타났는지 이하리가 내 옆에 와서 섰다. 유주현도 이하리는 경계를 안 한다. 이젠 아예 한 팀으로 보이나 보다.

"복도 그림 액자 아래 끼어 있었대. 1반 앞에 걸린 그림인데, 사물함 확인하러 가다가…… 아."

유주현이 말을 멈췄다. 힌트를 준 셈이었다. 1반 애로구나.

"혹시 찾으면 지후 네가 버려줄 수 있어? 귀찮게 하는 거 같다고, 내 친구도 미안해하고 있어."

"괜찮아, 그건."

미미하나마 책임감을 느꼈다. 이 쪽지도 내가 만든 파장의 일부일 수 있으니까.

유주현은 반으로 돌아가고 나와 이하리는 쪽지가 있었다는 그림 앞에 섰다. 제목은 〈붉은 방〉. 빨간 벽지와 테이블보를 배경으로 검은 옷을 입은 여자가 과일 접시를 만지고 있는, 강렬한 느낌의 그림이었다.

"나 이 그림 좋아해. 마티스."

이하리가 말했다.

"이거 액자들 5월에 바꿨던가? 원래는 졸업생들 그림이었지?"

"어. 몇십 년 전 것도 있었어. 귀신의 집 같고 분위기 좋았는데, 아깝더라. 뭐, 얘들도 괜찮아. 요즘은 디지털 프린트가 워낙 잘 나와서 가짜 티도 덜 나고."

복도와 계단마다 걸려 있던 칙칙한 그림들이 반짝반짝한 세계 명화 액자로 바뀐 데에는 음악실 고양이 사건이 어느 정도 영향을 끼쳤을 것이다. 그림을 바꾸고 학교 분위기가 가벼워지긴 했다. 다만 그림을 고른 사람의 취향이 평범한 쪽은 아니었던지 특이한 그림들이 꽤 있다.

나는 그림 주변을 살폈다. 여섯 개의 쪽지가 분명 어딘가 있을 것이다. 다른 애가 발견하기 전에 찾아야 한다.

"빨강에 빨강이네."

이하리가 무심코 말했다. 어? 붉은 색조의 그림. 그리고 빨간 색종이 편지. 설마.

"혹시, 주황색 그림 있어? 학교 액자 중에?"

"있지. 2층 교무실 앞에, 황소 그림."

이하리가 곧바로 대답하더니, 안 그래도 큰 눈을 더 크게 떴다. 나와 똑같은 생각을 한 모양이었다. 우리는 2층으로 뛰었다.

"있어!"

액자 아래쪽에 주황색 색종이. 쪽지 아래만 열어서 숫자를 확인했다. 5/10. 맞다, 다섯 번째다.

"뭐 그렇게 조심하냐, 확 펴서 보지."

이하리는 답답해했다. 그래도, 알리고 싶지 않다는 건 나도 알기 싫단 말이다. 결벽이라 해도 어쩔 수 없다.

노란 쪽지는 쉽게 찾았다. 1층 현관 옆, 고흐의 〈해바라기〉였다.

"다음은 초록이네? 4층에 있어, 완전 초록인 거."

이하리가 자신만만하게 말했다.

비바람이 부는 숲속에 웅크리고 있는 호랑이 그림이었다.

하지만 그 액자엔 쪽지가 없었다. 3층과 2층에서 다른 초록 그림들도 살펴봤지만 쪽지는 찾지 못했다.

무지개가 아니었나. 그럴 리가. 빨, 주, 노, 그다음은? 유치원생에게 물어봐도 초파남보가 나올 거다. 설마, 누가 가져간 건가. 제발 아니길 바랐다.

"다시 4층 가보자. 우리가 놓쳤을지도 몰라."

앞서 계단을 올라간 이하리가 먼저 초록 쪽지를 발견했다.

"저기 있네! 아깐 없었는데?"

호랑이 그림 액자 옆에 꽂힌 선명한 초록색 쪽지. 이게 말해주는 건.

"실시간으로 꽂고 있나 봐, 지금! 파랑, 파랑은 어디야? 아니, 남색…… 아니, 보라색!"

파랑은 이미 지나갔을 수도 있다. 따라잡으려면 앞서가야 한다.

"1층 급식실 복도에 보라 그림 있어. 완전 보라 톤은 그거 하나야."

이하리가 서둘러 말했다.

"내가 그쪽 갈게, 넌 파랑이랑 남색 찾아줘. 대놓고 확인하진 마. 아직 안 꽂았을 수도 있으니까."

자꾸 빨라지는 발걸음을 늦췄다. 너무 앞질러도 안 되고 너무 늦어도 안 된다. 평범하게, 튀지 않게 접근해야 한다.

1층으로 내려가는 계단참을 돌자 급식실 입구가 보였다. 닫힌 급식실 유리문에 반대쪽 복도가 비쳤다. 복도에 걸린 큰 그림, 그리고 그 앞에 쭈그리고 있는 사람의 뒷모습.

그때 누군가 급식실 문을 열고 나왔다. 유리문에 비춘 이미지가 흔들렸고, 다시 문이 닫혔을 땐 그림만 남고 사람은 없었다.

안 돼! 벌점을 각오하고 뛰었다. 액자 아래 꽂힌 보라색 쪽지를 언뜻 봤지만 사람 쪽을 택했다. 복도 모퉁이로 사람 그림자가 휙 돌았고, 뒤따라 모퉁이를 돌았을 때—.

"아야!"

누군가와 세게 부딪쳤다. 우당탕, 바닥에 뭔가 떨어지는 소리가 났지만 돌아볼 틈이 없었다.

"미안!"

복도 끝, 운동장으로 나가는 무거운 문을 밀쳐 열었다. 눈부신 햇살, 모래 먼지와 시끌벅적한 소리, 걷고 뛰는 아이들. 저 많은 아이들 중에 누구? 코앞에서 놓쳐버렸다.

복도로 돌아오니 아까 나와 부딪친 애가 쭈그리고 앉아 뭘 줍고 있었다. 작은 색깔 조각들, 물감이었다.

"미안해. 아깐 내가 너무 급해서."

황급히 물감을 마저 주워 건네는데, 아는 얼굴이었다. 1반의 조수아. 저주 걸렸다던 소문이 돌았던 그 아이. 지나간 애를 봤을지도 모른다. 미술부니까 눈썰미도 좋을 거고.

"아까 여기 뛰어간 애 있었잖아. 얼굴 봤어?"

희망을 품고 물었다.

"스쳐 지나가서…… 잘 못 봤어. 아는 애는 아니었는데."

"어땠어? 머리 모양이라든지, 기억나는 거 있어?"

"어…… 이 정도로 길었던 거 같아. 묶지 않았고. 위에 생활복 입고, 아래는 교복 치마."

조수아는 자기 머리끝을 만졌다. 어깨에 안 닿는 단발머리, 제일 흔한 스타일이다. 옷도 반은 그렇게 입고 있다.

"김지후! 보라색 있던데 왜 안 빼고……."

헐떡이며 나타난 이하리는 조수아를 보고 손을 뒤로 감췄다. 조수아는 별다른 말없이 자리를 떴고, 이하리와 나는 사이를 두고 급식실 앞으로 돌아갔다. 보라색 쪽지는 다행히 그대로였다. 10/10. 모두 찾아냈다는 성취감과 범인을 놓쳤다는 실망감이 비슷한 무게로 다가왔다.

이하리가 찾은 파랑과 남색까지, 일곱 색깔 쪽지들은 모아두니 예뻤다. 안에 누군가를 모함하는 내용이 씌어 있다고는 상상하기 어려웠다.

"다 버려야 해."

종 치기 십 분 전, 처리할 시간이 짧았다. 구겨서 버릴 순 없다. 잘게 찢어서? 누가 찾아서 맞춰보면? 태우는 게 제일 깔끔하지만 학교에선 불가능하다.

“김지후, 진짜 안 볼 거야? 안 궁금해? 말만 안 하면 되는 거잖아.”

“안 보기로 했잖아.”

“너무하네, 진짜.”

이하리는 투덜댔다. 하지만 한번 읽으면 잊히지 않을 거다. 믿지 않더라도 머릿속에 콕 박혀서 당사자를 볼 때마다 떠오르게 될 거다. 쪽지를 만든 범인이 원했던 바대로. 그러니, 안 볼 거다.

운동장 수돗가에서 편지를 물에 적셔 뭉갰다. 색종이 일곱 장은 뭉치니 한 손에 들어왔다. 그걸 가뿐하게 운동장 쓰레기통에 던져 넣고, 유주현에게 상황이 일단락되었음을 알리는 문자를 보냈다.

“야, 매점 가자. 덥고 목말라.”

이하리가 지친 어조로 말했다. 종치기 오 분 전. 대답할 것도 없이 매점으로 뛰었다.

민트초코 우유로 범인을 잡지 못한 아쉬움을 달래며 교실에 돌아왔는데, 분위기가 심각했다.

“다 블러 처리한다니깐?”

박예서가 셀카봉 끝의 핸드폰을 흔들며 말했다. 반장은 털끝 하나 흔들리지 않는 태도로 대꾸했다.

"블러든 뭐든 일단 찍히는 거잖아, 원본도 남고."

"사람 안 나오게 찍는다고!"

"공간이 나오잖아. 여기가 네 사적인 공간이야? 여러 사람 함께 쓰는 공적인 공간인데 왜 네 멋대로 촬영을 한다 만다 결정해!"

반장은 팍 쉰 목소리로 목에 핏대를 올리며 소리쳤다.

"그래, 예서야. 학교에선 찍지 말지, 뭐."

무리 중 하나가 반장 눈치를 보며 말했다. 박예서는 잔뜩 억울한 표정으로 씩씩댔다.

"야, 우리가 학생인데 학교 얘기 빼면 콘텐츠가 뭐가 있어?"

반장은 입 다물고 있는 남은 두 사람, 강한나와 다른 애를 향해 물었다.

"너흰 너희 생각이 없어? 박예서가 하자 그러면 하는 거고 아니면 안 하는 거야?"

두 사람은 가만히 있다가 돌 맞은 개구리처럼 눈만 껌뻑였고, 학교의 일이 그러하듯 수업 종이 상황을 일단락시켰다.

반장 말이 맞긴 하다. 공간과 교복이 노출되면 얼굴이 등장하지 않아도 모두 영향을 받는 거다. 근데 저렇게 예민하게 쳐낼 일인가. 살살 달래는 것도 잘하는 앤데, 아파서 그럴 에너지가 없나.

"오늘은 B세트로 할게요."

이하리가 주문을 했다. 떡볶이 1인분에 순대 1인분, 튀김 2개에 삶은 계란 하나. 떡볶이집 사장은 오늘도 새하얀 리넨 셔츠를 입었다. 떡볶이 국물이 튀는지 안 튀는지 스스로와 내기라도 하는 것 같다. 서소하는 없었다. 딱히 기대했던 건 아니다.

"너 그림 많이 알더라."

이하리의 지식이 아니었다면 그렇게 빨리 찾아내지 못했을 것이다.

"그런 만화 꽤 많아. 뭐 그림 복제품 찾아서 해결하는 것도 있고, 미대생들이 주인공인 것도 있고."

이하리는 멋쩍은 듯 딴소리를 하다가 말했다.

"가끔 복도 그림 보러 다녀. 내가 원래 좋아하던 것도 몇 개 들어왔거든. 책에서 작게만 보다가 크게 보니까 좋더라고. 뭐, 웃기겠지만……."

"안 웃긴데."

이하리는 내가 진심을 말하는지 알고 싶은 것처럼 표정을 살폈다. 그러더니 툭 내려놓듯 말했다.

"원래는 미술부 들어가고 싶었어. 실력이 안 돼서 지원도 못 했지만."

이하리네 무리가 들으면 배신자라 할 법한 고백이다. 우리 학교 미술부는 동경의 대상이기도 하지만 잘난 척하는 애들만 모였다고 비웃음거리가 되곤 한다. 군기도 세서 선배들에겐 절대 복종해야 한다는데, 이하리 같은 자유로운 영혼과 썩 어울리진 않는다.

"범인은 너처럼 그림 잘 아는 애겠지?"

"그림 몰라도 작정하고 돌아다니면 색깔은 알 수 있지. 근데 뭐 하러 그렇게 복잡하게 했다냐, 같이 놀자는 것처럼."

이하리가 지나가는 말투로 말했다.

"그러게……."

같이, 놀자는 것처럼.

가게 문이 열리고 서소하가 걸어 들어왔다. 서로 아는 척은 안 했다. 지금은 저쪽에 다른 학교 애들이 앉아 있으니깐.

"그건 그렇고, 요즘 반장 왜 그러지. 아까도 진짜 싸우는 줄. 언제더라, 강한나한테 엄청 화내는 것도 봤는데."

이하리가 말했다.

"뭐? 반장이 강한나한테?"

"아…… 강한나가 말하지 말랬는데."

"그럼 됐어."

엄청나게 궁금하지만 꾹 참았다.

"그래도 지후 넌 괜찮지 않을까? 네가 뭐, 딴 데다 말할 애도 아니고."

"안 듣는다고."

……하지만 듣고 말았다.

기말고사 전에 있었던 일이라고 했다. 이하리는 좋아하는 그림을 보러—바로 그 보라색 그림이었다—1층 급식실 앞 복도에 갔다가 반장과 강한나가 둘이서만 말하고 있는 걸 봤다고 했다.

"아까 조수아 있던 데 말이야. 거기, 점심시간 말고는 애들이 안 다니잖아. 둘이 심각한 얘기 하는 것처럼 그러고 있어서, 나도 뻘쭘해서 조용히 돌아가려고 했거든. 근데 반장이 강한나한테 소리를 지르더니 뭘 바닥에 집어 던지는 거야. 그러곤 가더라? 강한나만 남아서 그걸 줍다가 날 봤어. 모르는 척할 수도 없고, 뭐냐고 했지. 강한나는 당황해서는, 자기 수행평가라고 하더라."

"반장이 강한나 수행평가를 버리고 갔다고? 왜?"

"그거야 모르지. 강한나 말로는 자기가 실수를 해서 고쳐서 내야 한다나? 근데 그걸 왜 집어 던져? 그리고 남이야 실수를 하든 말든 지가 왜 화를 내. 이상하지, 확실히? 반장, 요즘 약간 성격파탄 같아. 얘기 들었어? 급식 먹고 토한다는 거."

"야, 그건 그만."

이거는 정말로 듣고 싶지 않다. 없는 자리에서 말하는 것만으로도 공격이 되는 이야기. 무지개 쪽지들과 다를 게 뭔가.

서소하가 접시 하나를 들고 이쪽으로 걸어왔다. 어, 아까 있던 애들 갔네. 접시엔 김말이 세 개. 서소하는 자연스럽게 우리 탁자에 앉았다.

"형이 저거 떼겠다는데, 어떻게 생각해?"

몇 년 치 포스트잇이 가득 붙은 메모 보드 얘기였다. 하긴 떡볶이집 전체를 뒤집어엎는데 저건 왜 안 떼나 싶었다. 서소하의 형은 봄에 가게를 맡은 뒤로 결벽증 수준으로 가게를 바꾸고 있다. 벽과 천장의 페인트칠은 진작에 끝났고 최근엔 조명까지 바뀌었다.

"할아버지는 그냥 두고 싶어 하시거든. 그것도 가게의 역사라고."

"가게의 역사 맞지. 내가 6학년 때 붙여놓은 것도 아직 있어. 저기, 왼쪽 구석 연두색 포스트잇. 그때 좋아하던 작품 주인공 그린 거야. 볼 때마다 마음이 아파, 아직도 완결이 안 나서."

이하리가 가볍게 말했다. 서소하는 버릇처럼 얼굴을 찌푸렸다.

"뭐, 그래. 그걸 붙인 사람에겐 중요한 의미일 수도 있지."

이름과 날짜만 쓰인 포스트잇도 있었다. 보는 사람은 몰라도 붙인 사람은 그게 무슨 뜻인지 안다.

강한나가 받은 쪽지는 장난이었을까, 아니면 분명한 이유가 있었을까? 편지를, 쪽지를 보내는 이유는 뭘까. 상대에게 어떤 감정을—기쁨이든 두려움이든—불러일으키기 위해.

"저기, 이거."

서소하가 신상 민트초코 우유를 내미는 바람에 생각이 흩어졌다. 이하리가 화장실 가느라 자리를 비운 사이였다.

"어?"

"아니, 고양이 간식 줬잖아. 보답인데."

여전히 찌푸린 표정. 우유는 방금 냉장고에서 꺼냈는지 차가웠다. 화장실 문이 열리는 바람에 아무 말도 못 하고 가방에 우유갑을 쑤셔 넣었다.

이하리는 자리로 돌아오다 보드 앞에 멈춰 메모를 가리키며 말했다.

"야, 이것 봐, 얜 성적표 위에다 그림 그렸어. 부모님 사인 받아 오라고 했던 거 아니냐. 대범하네."

성적표라. 강한나가 받은 쪽지는 가정통신문이었지…….

어? 뭐가 떠오르려고 했다. 가정통신문. 교장이 고른 시가 인쇄된, 곧장 쓰레기통에 버려지곤 하는 종이.

가정통신문은 아직 책상 서랍 속에 있었다. 좀 치우고 살라는 엄마 말을 듣지 않은 보람이 있다.

구겨진 종이 위의 시. 이해인. 「여름이 오면」.

'……작은 바다가 되자고 했지?' 맞다. 이 구절이 강한나가 받은 쪽지 아랫부분에 남아 있었다.

내가 놓쳤던, 흘려들었던 것.

강한나는 쪽지를 '어제' 받았다고 했다. 절대 그럴 수 없다. 이 가정통신문은 그날 아침에 나눠준 것이니까.

7월 4일, 시험 끝난 다음 날이었다. 오전 조회 시간에 담임이 나눠줬다. 박예서가 강한나의 쪽지를 가지고 온 게 3교시 끝난 쉬는 시간이니 쪽지가 만들어진 건 1, 2, 3교시 사이일 것이다.

그런데 어제 받았다니, 왜 강한나는 그런 거짓말을 했을까?

내가 알고 있는 강한나의 동기는 하나다. 강한나는 누가 쪽지를 보냈는지 감추고 싶어 했다. 즉, 거짓말을 하지 않으면 그 사람이 밝혀질 수도 있다고 생각했던 거다.

그 짧은 순간에 강한나가 판단할 수 있을 만큼 명백한 증거가 뭘까.

그날의 시간표를 확인했다. 1교시 수학, 2교시가 체육. 체육 시간은 눈에 띄지 않게 쪽지를 넣을 수 있는 기회였을 것이다. 주번이 교실을 잠그고 마지막으로 나가니까, 그날 주번이 누구였지를 확인하면…….

아니다. 갑자기 생각났다. 몸이 아파서 체육 시간에 나가지 않은, 단 한 사람.

급식실에 앉아 있는 것까진 봤는데 잠깐 눈을 뗀 사이에 사라졌다. 교실에도 없었다. 화장실에 가보려다 말았다. 소문을 정면으로 마주칠까 봐서.

혹시나 해서 가본 학습실에서 반장을 찾아냈다.

학년별 상위권 애들만 쓰는 특별 독서실. 시험이 끝난 게 지난주인데 학습실 자리는 반 넘게 차 있었다.

아무나 못 들어가는 데라 앞에서 얼쩡거리는데, 학습실에서 나오던 1학년 애와 눈이 마주쳤다. 본 적 있는 얼굴이었다. 아, 음악실 그림 앞에 햄스터 놨던, 1학년 이진영.

이진영도 날 알아봤는지 긴장한 얼굴로 멈춰 섰다. 공부 잘하나 보네.

"저기, 2학년 2반 황보은이라고 알아? 잠깐 나와달라고 할 수 있어?"

이진영은 나를 똑바로 바라보곤 학습실 안으로 들어갔다.

햄스터를 바치고 이진영은 소원을 이뤘을까.

음악실 제물은 아직도 주에 한 번 정도는 나온다. 죽은 동물은 아니었다. 종이로 접은 학 같은 것. 동물 모양으로 하기로 합의가 이뤄졌는지, 심지어 개구리나 코끼리도 있다고 이하리가 전했다.

종이 제물이라. 누굴 소스라치게 만들지는 않지만, 누군가

'소원'을 가진 사람이 이 학교에 있다는 걸 상기시킨다.

"무슨 일인데?"

반장은 두꺼운 겨울 카디건을 입고 있었다. 학습실 에어컨은 최신식이라는 말이 사실인가 보다.

"너지? 강한나한테 이름 쪽지 보낸 거."

스몰토크를 섞을걸, 너무 본론부터 말했나.

"그 얘기 하려고 왔어?"

반장은 손으로 얼굴을 쓸었다. 아니라곤 하지 않았다.

"이쪽, 조용해."

복도 끝에 비상문이 있었다. '나가지 마시오' 표시는 아무 힘 없이 밀려났다. 비상계단 난간은 감옥 창살처럼 높았다. 나란히 앉기엔 계단 폭이 좁아서 반장보다 두 칸 위에 앉았다. 반장의 묶은 머리카락 반은 그늘에, 반은 햇볕에.

"뭐 물어보려고 한 거 아니었어?"

반장은 벽에 기대어 내게 물었다. 아직도 목이 쉬어 있다.

"강한나가 뭐 잘못했냐?"

앤 이유 없이 화내고 그럴 애가 아니다. 그럴 만한 이유가 있었을 거다. 반장과 강한나. 짝 했었던 거 말고 다른 접점이 있었던가.

반장이 픽 웃었다.

"강한나가, 뭘 봤어."

"뭘?"

"내 치부."

역시 그런 거였나. 그래서 쪽지를? 입 다물라는 경고의 의미로? 긴장감을 누그러뜨리려 쓸데없는 말을 했다.

"걔는 치부가 무슨 뜻인지도 모를걸."

"그럼 뭐, 모르면 뭐? 그 애는 나보다……."

정색해서 말하던 반장은 마지막 단어를 흐렸다. 뭐라고? 되물을 틈 없이 반장이 말을 이었다.

"6월일 거야. 토요일에 롯데몰 갔었어. 가족 외식. 밥 먹고 화장실 갔었는데."

몇 초간의 망설임, 아무렇지 않으려는 노력.

"속이 안 좋아서 토하고 나오려는데 밖에서 누가 묻더라고."

—강한나, 너 지금 토해?

그리고 반장 옆 칸이 열리며, 익숙한 목소리가 대신 대답했다.

—어, 체했나 봐.

"상황 판단이 안 됐어. 내가 아는 애들이 맞는지, 왜 거짓말을 한 건지. 나중에 엘리베이터에서 걔네를 봤어. 박예서랑 애들이 인사하더라? 근데 강한나는…… 내 얼굴을 못 보더라고. 나중에 물어봤어. 내가 화장실 들어가는 걸 봤대. 걔는, 자기가 날 도와준 거라고 생각하더라?"

만일 반장이 무심코 나왔다가 박예서네 무리와 마주쳤다면, 토한 게 반장이었다는 걸 그 애들이 알게 되었다면 소문에 확인 도장을 찍는 꼴이 되었을 것이다. 반장 자신은 모르고 있을까? 카디건 소매 밖으로 나온 손등의 상처가 얼마나 눈에 띄는지. 습관적으로 목에 손가락을 넣어 토하는 사람에게 생긴다는 상처.

"그래서 강한나에게 화난 거야?"

"내가? 강한나에게?"

"네가 강한나 수행평가 던졌다며."

"누가 또 그걸 봤대? 이하리지? 그거, 사회 수행평가."

반장은 갑자기 소리 내어 웃었다. 까칠한 웃음소리가 계단참에 울려 퍼졌다.

"내가, 수행평가 안 내려고 했거든. 반쯤 하다가 때려치웠어. 거기에 목숨 걸고 있는 게 지긋지긋해져서. 그깟 숙제 몇 줄, 문제 몇 개 더 틀리는 게 뭐 대수라고."

"너한테는 대수지."

출결 점수 0.7점 챙기려 결석도 못 하는 애가 수행평가 하나를 날린다는 게 가능한 얘긴가. 그 정도로 몰려 있었나.

"그래서 안 내려고 한 거야. 안 내면 어떻게 되나 보고 싶었어."

강한나가 그때 주번이었다고 했다. 사회 선생이 주번더러 수행평가 걷는 걸 도우라고 했고, 강한나는 반장이 혼자 하겠다는데도 굳이 끼어들어선 반장 것이 빠졌다는 걸 발견했던 것이다.

"네 꺼 왜 없냐고, 흘렸냐고 걱정을 하더라고. 안 했으니 안 낼 거라고 했어. 나도 웃기지, 왜 걔한테 그렇게 말했는지. 그니까 걔가 뭐래는지 알아? 자기 껄 내라는 거야. 자기는 0점 받으나 만점 받으나 차이가 없다면서. 내가 됐다고 했는데도 자기 꺼에 내 이름 써서 끼워 넣었더라고. 어이없게 시리."

강한나가 수행을 잘해 왔을 리가 없다. 그렇게 엉망으로 내느니 차라리 안 내는 게…… 아닌가. 빵점보단 나은가.

"그깟 수행 따위. 검색 몇 번 하면 다 나오는 거, 똥개 훈련 같은 거."

운동장으로부터 먼지 섞인 뜨거운 바람이 불어왔다. 반장은 카디건 앞섶을 여미며 몸을 움츠렸다.

"어떻게 됐는지 알아? 사회가 불러서, 시간 더 줄 테니 내라고 하더라. 점수 안 깎을 테니 애들한텐 비밀로 하라고. 어때, 김지후? 너는 정의롭고 그런 거 좋아하잖아. 가만두면 안 되는 일 같지 않아?"

"……난 그런 거 별로 안 좋아하는데."

정의 구현 같은 건 관심 없다. 선생들이야 반장이 특목고

가서 학교의 자랑이 되어줘야겠지. 그럼 반장은? 반장은 무얼 원했던 걸까.

"해서 냈어."

한숨 섞어 반장이 말했다.

"강한나에게 짜증낸 건 내 잘못이야. 근데 그렇게 되더라. 걔한텐 필터를 안 거치게 돼."

"너랑은 좀 안 맞긴 하겠다."

"맞고 안 맞고의 기준이 뭐야?"

반장은 웃음기 없는 얼굴로 나를 보았다. 말문이 막혔다. 누가 봐도 그런데. 무리가 다른 정도가 아니라 아예 구성 요소가 다른 것 같아 보이는데.

굳이 대답을 듣자고 한 질문은 아니었나 보다. 반장은 다시 시선을 운동장에 두었다.

"걔는 상관없대. 애들이, 선생이 자길 어떻게 보든. 그게 진짜가? 나한텐 진짜처럼 보이긴 했어. 그런 애들이 나중에 더 잘 살 거 같지 않냐? 나 같은 애보다?"

자조 섞인 말을 들으며 생각했다. 우리는 인간의 한쪽 면밖에 보지 못한다. 내가 보는 강한나와 반장이 보는 강한나는 다른 사람 같다. 하지만 그건 강한나 때문은 아니다. 안경의 색깔을 고르는 건 안경을 쓰는 쪽일 테니까.

"4월에 짝이었을 때, 강한나가 자기 유튜브 채널 만들 거라고 하면서 얘기한 적 있어. 처음엔 웃겼는데, 진짜 웃겨서 웃기다고 생각한 게 아니라…… 내가 못 하는 걸 다 웃기는 걸로 쳐버렸던 거 아닌가 싶더라."

반장은 길게 한숨을 내쉬었다.

"근데 걔가 그걸 까먹고 있는 거 같아서, 휘둘리고 있는 게 보기 싫어서 보낸 거야. 어쩌면 나에게 하고 싶었던 말일 수도 있고."

"그래서, 그 쪽지가 무슨 뜻인데? 강한나가 뭘 까먹었다고? 채널 만들겠다고 한 거?"

"……알고 물어본 줄 알았는데."

반장, 황보은의 얼굴에 약간의 생기가 돌아왔다. 아, 예감 안 좋다.

"맞혀봐. 김지후, 너 그런 거 좋아하잖아."

종례 시간까지 내내 머릿속이 복잡했다. 쪽지에 이름 세 글자 말고 뭐가 더 있었던 게 분명하다. 강한나는 쪽지를 버렸다고 했으니 차라리 반장한테 똑같은 거 만들어달라고, 알아내겠다고 할까.

"1학기 동안 은이가 너무 수고가 많았다. 모두 수고한 반장에게 박수 한번!"

잡다한 말 끝에, 담임은 반장 얘기를 꺼냈다. 막판까지 수행평가 건느라 고생을 하긴 했지. 그래도 은이라니.

"웬 은이? 소름끼치게."

박수 소리에 묻히도록 작게 말했다.

"뭐 가끔 성 떼고 부를 수도 있잖아. 넌 지후야, 그럼 소름 돋냐?"

이하리가 대꾸했다. 쪽지 소동이 시들해진 후 이하리네 무리는 방학 때 무슨 애니 관련 행사에 나간다며 인쇄소 스티커를 잔뜩 만들어 오리고 있었다. 지금도 이하리는 책상 밑으로 부지런히 가위질을 하는 중이었다.

"그거랑은 다르지. 은이는 애칭이잖아, 보은이라고 하는 것도 아니고."

이하리는 어이없다는 듯 날 봤다.

"야, 김지후. 반장 성이 황보야, 황씨가 아니라. 지금 1학기가 다 끝나는데 아직도 몰랐냐?"

"그랬냐."

반장 앞에서 티 안 내길 천만다행이다. 그때 생각이 났다.

쪽지의 접힌 형태. 점점 간격이 벌어지는 지그재그 접기, 그래서 펼쳤을 때 이름 세 글자 사이 간격이 맞지 않았다. '강'과 '한'이 붙어 있고 '나'는 멀리 떨어져 있도록.

황 보은. 황보 은. 강 한나. 강한…… 나.

반장이 흐렸던 말끝의 단어. '그 애는 나보다…… 강해.' 뜬

금없는 말이어서 잘못 들은 줄 알았는데. 그게 메시지였나.

종례 끝나고 나가는 강한나를 잡았다. 박예서와 다른 애들은 핸드폰으로 영상을 보면서 걸어가다가 같이 멈춰 섰다. 너희에게는 할 말 없는데. 하지만 이 무리는 서로 떨어질 마음이 없어 보였다.

"이제 와서 좀 그런데, 그 이름만 적혀 있던 쪽지 있잖아."

강한나는 얼굴을 찌푸렸고 박예서는 불만스럽다는 듯 볼을 부풀렸다. 박예서와 다른 애들은 다시 영상을 보며 걷기 시작했다. 강한나는 잠깐 머뭇거렸다. 몇 발짝의 간격, 무리와 떨어진 강한나에게 물었다.

"어땠어, 그 쪽지 받고."

의외의 질문이었나 보다. 강한나의 얼굴이 부드럽게 풀렸다.

"……고마웠어."

결국 그건 분명한 내용을 가진 편지였다. 수신자와 발신자에게는 헷갈리지 않았던, 뚜렷한 의도와 의미를 제대로 전달한 메시지.

"너 고양이 키워?"

편의점에 잠깐 들렀다가 유주현과 마주쳤다. 유주현은 내 손에 들린 고양이 간식을 보고 반색하며 물었다.

"아니, 떡볶이집 고양이 줄 건데."

오늘은 떡볶이 먹을 시간은 없고, 참새 간식만 주고 갈 거였다. 의문을 풀어낸 기념이랄까.

"아……. 근데, 안 받을걸."

"어?"

"고양이 간식이나 선물 가져다주는 애들이 꽤 있대. 고양이보단 서소하나 그 사장님한테 관심 있어서 그런 거겠지. 그걸 알아서 그러는지, 절대 안 받는다던데. 우리 고양이는 우리가 알아서 잘 챙기고 있으니 신경 끄라고 말한 적도 있다던걸."

내가 준 건 받았는데. 그 말은 못 하고 고양이 간식을 도로 자리에 놓았다. 유주현이 보는 앞에서는 절대 못 살 거다.

"그때 고맙다는 말도 못 했네. 친구도 고맙다고 전해달래. 한시름 놓은 거 같아. 그런 비슷한 일을 자주 겪는 애라서……."

유주현의 얘기는 한쪽 귀로 들어왔다가 다른 쪽 귀로 흘러나갔다. 내가 준 고양이 간식. 보답으로 받은 초코 우유. 뭐지, 그건?

"……그러니까 뭐 하나 골라. 내가 사줄게. 역시 초코 우유? 김지후?"

"어? 뭐라고?"

"뭐 사준다고. 쪽지 해결해준 거, 고마우니까."

"됐어, 별일도 아니었어. 어, 그러니깐, 나 일이 있어서. 먼저 갈게."

빨리 그 자리를 떠나고 싶은 마음뿐이었다. 떡볶이집 앞을 지나가는데, 도저히 그쪽을 못 보겠어서 앞만 보고 걸었다. 난 생처음 걷는 것처럼 팔과 다리의 움직임이 하나하나 의식되었다. 지금 내 모습이 엄청 웃겨 보이지 않을까? 골목을 지나 큰길로 나왔을 때에야 참았던 숨을 몰아쉬었다.

집까지 어떻게 왔는지 모르겠다. 음악도 듣지 않고 딴생각을 한 것도 아닌데 정신 차려보니 집 앞이었다.

"저거 뭐야? 미니 냉풍기?"

거실 구석에 못 보던 택배 상자. 뭔지 알아차리자 붕 뜬 기분이 가라앉았다. 에어컨처럼 설치가 복잡하진 않고 선풍기보단 냉방이 잘된다는 미니 냉풍기였다. 엄마가 주문을 강행한 모양이었다. 포장은 아직 뜯지 않은 채였다.

"공기 청정 기능이 좋대."

엄마는 내게 변명하듯 말했다. 나를 설득할 필요는 전혀 없다. 새아버지와 언니가 어떻게 받아들일지가 문제인걸.

"반품해야 하는 거 아냐?"

"일단 뒀다가……."

엄마가 말끝을 흐렸다.

엄마는 내가 언니를 설득해주길 바랄까. 엄마가 냉풍기를 사놨더라고, 방에 두면 되겠다고 대수롭지 않게 말하면 될 일일까. 마침, 언니를 만나기로 약속한 날이었다.

"어떻게 됐어, 그 숫자 쪽지?"

언니가 물었다.

"어? 아, 그거. 무지개였어."

내 이야기를 들은 언니는 어떤 그림들이었는지 궁금해했다. 언니가 학교를 다니던 작년에는 없던 거니까. 이하리가 그림 제목 정리한 걸 찍어두길 잘했다. 마티스의 〈붉은 방〉, 이중섭의 〈황소〉, 고흐의 〈해바라기〉, 루소의 〈열대림의 태풍〉, 프란츠의 〈푸른 말들의 탑〉, 또 고흐의 〈별이 빛나는 밤〉, 마지막으로 시냐크의 〈마르세유에서 본 풍경〉.

"처음이 마티스? 그 쪽지 받은 애는 어떻게 일곱 색깔 중에 빨강부터 찾은 거야?"

"걔네 반 앞 복도에 걸린 그림인데, 사물함 확인하러 나왔다가……."

말을 하다 말았다. 그러게. 가방이나 책상, 뭐 소지품 속에 들어 있던 거면 알겠는데, 복도 그림에 있던 걸 어떻게 본인이 딱 찾지?

"예전 종이는 연습장 뜯은 거였지. 그런데 나머지 일곱 개는 색종이? 색깔도 무지개로 맞춰서?"

언니 말이 맞다. 앞의 세 개와 뒤의 일곱 개가, 서로 다른 사람이 만든 것처럼 다르다.

"필체 확인했어?"

"아니."

언니라면 하지 않을 실수를 했다.

"괜찮아, 어차피 예고된 숫자가 10이었으니 사람이 바뀐 건 아닐 거야. 뭐가 바뀐 걸까? 셋과 일곱 사이 하루, 그사이에…… 무슨 일 있어?"

언니가 내 표정을 살폈다. 집중하지 못하는 게 티가 났나 보다. 강한나 쪽지에 냉풍기에 고양이 간식까지, 마음을 차지하고 있는 게 많았다.

반장과 강한나. 엄마와 새아버지. 서소하와…… 나. 한마디로 말할 수 없는 관계들.

언니와 나도 그렇다. 의외로 잘 지내는, 부모의 재혼으로 가족이 된 성이 다른 자매. 그것만으로는 충분한 설명이 못 된다. 관계보다 중요한 건 관점일까. 서로가 서로를 어떻게 보고 있는지가 더 큰 힘을 발휘할까.

반장과 강한나처럼. 아무 관계도, 연결 고리도 '보이지' 않는 두 사람이지만, 반장이 강한나를 보는 관점은 반장을 행동하게 만들었다.

"그, 처음에 내가 말한 쪽지 있잖아, 지그재그로 접는 거."

불쑥 말했다.

"이런 거였어. 펼쳤을 때, 강한, 나. 그게 메시지였어."

"강한 나? 내가 강하다고?"

강하다는 것. 힘이 세고, 말을 잘하고, 윽박지를 수 있고. 아니면 속이 강해서 흔들리지 않고.

그런 것과 상관없는 강함이 있다. 딱 한 사람을 움직이게 하는, 달라지게 하는 강함.

언니에게 문을 열어두라고 말할 수 없는 건, 냉풍기라도 들여놓으라고 제안하지 못하는 건 내가 충분히 강하지 못해서일까.

"언니는, 강하다는 게 뭐라고 생각해?"

의도하지 않은 말이 나왔다. 아마도 마음에 가장 가까웠을 말이.

지후의 질문이 자꾸 맴돈다.

그 질문은 마치 나 자신에 대해 어떻게 생각하느냐고 묻는 것처럼 들렸다.

나는, 강하다. 그렇게 생각해왔던 것을 새삼스레 깨닫는다. 내가 강하지 않다면 이렇게 있을 이유도 없다. 지금껏 아무에게도 설명하지 않았던 것도, 그럴 필요를 느끼지 못한 것도 나의 강함을 믿기 때문이었다.

내가 그토록 강하다면, 내가 못 할 일이 무엇이 있겠는가.

강함을 증명하기 위해 숙여야 한다면.

엄마에게 보낼 답장이 떠올랐다. 내가 취하는 행동으로, 답장을.

자꾸 반장과 강한나를 관찰하게 되었다. 밖으론 전혀 티가 안 난다. 멀리 앉은 둘은 서로를 쳐다보지도 않는다.

방학식 전날, 체육 선생은 자습하라고 말만 전하고 심지어 교실에 나타나지도 않았다. 다들 무리끼리 모여 앉아 나름의 할 일을 한다. 내 옆에도 이하리네 무리가 모였다. 스티커 오리기는 끝났는지 이젠 그걸 비닐에 나눠 담고 있다.

"……괜찮아?"

"어? 뭐라고?"

"안 시끄럽냐고, 괜찮냐고."

이하리가 다시 말했다.

"아, 응."

지금 내 관심은 다른 곳에 있다. 박예서 자리에 모인 강한나와 걔네 무리들. 심각한 분위기였다.

박예서가 강한나를 향해 목소리를 높였다.

"내가 하던 스타일이 있잖아. 갑자기 다른 걸 하자 그러면 어떻게 해. 그럼 통일성이 떨어지지. 일부러 썸네일도 다 같은 톤으로 맞춰놨는데."

강한나가 박예서를 똑바로 마주 보았다. 결심한 듯 단호한 목소리로 강한나가 말했다.

"나, 채널 만들었어. 앞으로 내 건 그쪽에 따로 올릴게. 나도 하고 싶은 게 있으니까."

박예서는 입을 떡 벌리고 강한나를 보았다. 그러더니 얼굴이 빨개졌다.

"야, 강한나, 너, 진짜 웃긴다, 그래서 뭐, 아예 갈라지자고? 미쳤어?"

박예서는 거의 울려고 하고, 무리 애들은 박예서를 달랬다. 이하리가 그 소란에 반응했다.

"왜 저래? 무슨 일인데?"

"브이로그, 걔네 하던 거, 강한나가 따로 하겠대서 저러는 거야."

강한나는 몸을 돌려 바로 앉았다. 무리에서 빠지겠다고 선언하는 거나 마찬가지의 행동이었다.

"브이로그가 뭐라고……. 솔직히 지네가 무슨 콘텐츠가 있어. 거기서 또 나누면 뭐가 되겠냐. 하여간 웃겨, 고만고만한 애들끼리. 합쳐서 하나로 하지."

이하리가 말했다.

"그게 뭐가 웃겨? 자기가 자기 꺼 한다는 게?"

옆 분단에서 반장이 훽 끼어들었다. 이하리는 표정 관리 못

하고 입을 벌렸다. 한 방 맞은 것 같겠지. 이하리는 받아치지 않고 내 쪽을 힐끔 보았다. 나는 어깨를 으쓱 올렸다.

"적당히 하자, 너무 시끄럽지 않게."

반장은 박예서 쪽을 향해서도 한마디했다.

애들은 각자의 핸드폰 속으로 빨려들어가고, 나는 강한나가 만들었다는 채널을 찾아봤다. 직접 찾은 건 아니고, 강한나에게 페메로 물어봤더니 가르쳐줬다. 아직 영상이 하나밖에 없다는 말과 함께.

구독자 0의 채널 이름. 강한_나.

"왜 웃어?"

이하리가 손을 분주히 움직이며 내게 물었다. 상자에 가득했던 스티커는 어느새 바닥을 보이고 있었다.

"아니야."

이건 반장의 쪽지에 대한 강한나의 답장일까.

"나중에 말할게."

반장에게 링크를 보냈다. 뭐, 씨앗을 뿌렸으면 어떻게 열매를 맺나 보는 게 좋겠지.

문제집을 풀고 있던 반장이 주머니에서 핸드폰을 꺼내 확인하는 걸 봤다. 어떤 얼굴일까. 피식 웃고 있으려나.

현관 앞에 냉풍기 택배 상자가 나와 있었다. 역시 반품하기로 했구나. 씁쓸한 기분으로 번호 키를 누르고 현관으로 들어가는데, 어, 분위기가 달라졌다.

엄마는 내 얼굴을 보곤 함박웃음을 지었다. 엄마의 눈길이 향한 곳은.

언니 방 문이, 십 센티 정도 열려 있었다.

나는 오늘 약속이 없어서 언니를 못 만났다. 대신 저녁에 거실에서 새아버지와 언니가 만날 때, 괜히 부엌에 남아 냉장고 안을 뒤적였다.

"문은 계속 열어둘 거니?"

새아버지가 물었다. 기대감과 의혹이 반반 섞인 목소리였다.

"열어둘게요."

언니가 순순히 말했다.

묘하게 마음이 일렁였다. 아주 작은 변화가 올까. 종이 한 장 움직이는 만큼의 가벼운 바람 같은 변화가. 우리는 얇은 종이처럼 그 바람에 밀려갈 수 있을까. 그게 어디로 우리를 데려갈지는 모르겠다.

다만, 좋은 곳이기를 바란다.

등 뒤의 메시지

"진짜 우리 맘대로 해도 되는 거야?"

이하리가 반장에게 물었다. 반장은 문제집에서 눈을 떼지 않고 대답했다.

"어, 충분히 시간도 줬고."

이하리는 뭐가 불만인지 책상 위에 놓인 종이를 노려보았다. 10월에 있을 체육대회용 반티를 정하려 교실 게시판에 붙여놓았던 종이였다. 최종 후보 세 개를 프린트해서 그 밑에 투표를 받았는데, 고작 열 명만 투표를 했다. "4번 아무거나"라고 적고 간 애도 있다. 그럴 시간에 셋 중 하나 골라 선 하나 긋고 가는 게 빠를 거 같은데.

다른 반은 반티를 가지고 하루가 멀다 하고 싸운다는데 우리 반 애들은 될 대로 되라 하는 식이다. 그나마 의욕이 있는 게 이하리와 그 무리였다.

"그래도 네가 한 번 더 확인해봐, 나중에 말 나오면 또 복잡해진다고."

이하리가 반장에게 말했다. 반장은 자리에서 일어나 교실을 향해 외쳤다.

"반티 2번으로 한다! 다들 불만 없지?"

웅얼웅얼, 긍정의 답이 돌아왔다. 반장은 됐냐는 듯 이하리를 향해 눈썹을 올려 보였다.

우리 반은 뭐랄까, 그냥 적당한 반이다. 되게 튀는 애도 없고, 되게 안 하려는 애도 없고, 딱히 문제아도 없다. 그렇다고 뭘 잘하지도 않는다. 굳이 힘내서 칭찬받을 생각조차 없다는 게 또 하나의 특징이다.

체육대회 2학년 종목인 에어로빅 연습도 그럭저럭 해냈다. 춤 좋아하는 애들이 두어 명 있어 걔네가 곡과 안무와 대형을 다 정했다. 적당히 연습해서 적당히 망하지 않을 수준으로만 맞췄다.

"등 뒤 문구, 우리가 만든 거 싫다면 어떻게 해?"

이하리 친구 송예인이 반장에게 물었다. 티셔츠 뒤판에 문구를 새길 수 있다고 했는데, 이 역시 반 아이들의 관심을 끌기에는 역부족이라 이하리 무리가 공장 가동하듯 문구를 뽑아냈다.

"싫다는 애는 무조건 본명이라고 예고해놨으니까 본명으로 할게. 거기 표시만 해줘."

"본명 재미없는데."

송예인은 연습장을 들여다보았다. 저렇게까지 고민할 일인가. 얘네도 참 대단하다. 그건 그렇고 내 건 뭘로 했나 싶어 연습장을 슬쩍 봤다. 뭐야, 저건.

"김지후, 맘에 들지? 내가 심혈을 기울였다."

이하리가 당당하게 말했다.

"야, 이건 좀."

'의뢰는이쪽'. 지나치게 노골적인 다섯 글자였다.

"왜, 너도 좋아하잖아."

부인은 못 하겠다. 애들이 '의뢰'라면서 이런저런 부탁을 할 때 기분이 좋은 건 사실이니까. 언니랑 얘기할 거리가 생기는 건 덤이다.

"우리 때도 반티에 글자 넣었는데, 1학년 때."

언니가 말했다. 오늘 약속의 간식은 인절미와 수정과였다. 가을 느낌이 물씬 났다.

"언니는 뭐였어?"

"속이 까맣단가, 꼬였다던가. 대충 그런 식이었어."

"오, 나보다 심한데."

이 정도는 농담으로 받아도 되겠지. 언니는 흐릿한 웃음을 짓고 말했다.

"아빠가 또 뭐라 그러겠다. 너한테 쓸데없는 소리 한다고."

요즘 집 분위기가, 별로 좋지는 않다.

여름방학까지는 좋았다. 언니는 문을 열고 지냈고, 새아버지와 둘이 거실 텔레비전으로 영화를 보기도 했다. 새아버지와 언니의 '약속'이었으니 나랑 엄마는 둘을 방해하지 않기 위해 살금살금 걸어 다녔다.

분위기가 바뀐 건 9월의 이른 추석 이후였다. 언니의 할머니 댁에 다녀온 새아버지는 언니가 정해놓은 규칙을 깼다. 약속도 없이 언니 방문을 열고 들어가, "네가 어떻게 그럴 수 있느냐"는 말을 쏟아붓기 시작했던 것이다. 엄마가 재빨리 나를 내 방으로 들여보냈다. 나 또한 그렇게 오가는 말은 전혀 듣고 싶지 않았기 때문에, 이어폰을 귀에 꽂고 웃긴 영상을 찾았다.

알아들은 건 딱 하나였다. 서빈이, 그 이름.

언니의 숙모가 새아버지에게 말을 전한 건가. 내가, '서빈이 오빠'의 안부를 물었다고. 안부를 물은 것만으로 이렇게 크게 문제가 될 사람이었나.

나도 같이 책임을 져야 한다고 생각했다. 언니가 가르쳐줬다 한들 실행에 옮긴 것은 나니까. 하지만 엄마는 가만히 있으라고, 내가 낄 일이 아니라고 했다.

"이거 맛있다."

인절미를 집어 들자 고물이 우수수 떨어졌다. 언니가 책상 위의 휴지를 향해 손을 뻗는데, 오른손 새끼손가락 옆에 묻은 검은 얼룩이 보였다.

저걸 그리느라 그랬겠구나.

방 벽에 붙은 네 장의 종이와 네 개의 원. 세 동그라미는 꽉 찼고 네 번째는 시작한 지 얼마 되지 않은 듯 반 이상이 비었다. 연필로 그은 선은 군데군데 번져 있었다.

"저 그림, 뭐야?"

묻는 순간 후회했다. 물어도 되나?

"미로야."

언니는 망설임 없이 대답했고 나는 안심했다.

"미노타우로스라고 알아? 크레타의 미궁."

"어, 그리스 로마 신화? 들어는 봤어."

언니는 미궁에 갇힌 황소 머리의 괴물과 그를 죽이러 들어간 테세우스, 미궁을 빠져나올 수 있게 실타래를 건네준 아리아드네에 대해 이야기했다.

"붉은 실뭉치였어. 그걸 풀면서 미궁 안에 들어가서 미노타우로스를 죽이고 실을 따라 돌아 나오라고 한 거지."

"누가 중간에 실을 끊어놓으면 어떻게 해? 혼자 들어가면 괜찮으려나. 바깥에다 실을 잘 묶어두고 출발해야 했겠다. 안에서 잡아당겼다가 실이 딸려 들어오면 끝이잖아."

언니가 방으로 들어가기 전엔 자주 이런 대화를 했었다. 책과 영화와 만화 속 사건과 인물들에 대해. 예전으로 돌아간 것 같아서 들떴다.

"맞아, 문에 실을 묶고 출발했다고 했어."

언니가 대답했다.

"아, 그럼 미노타우로스가 나올 수도 있었던 거였네. 테세우스랑 싸워서 이기고 그 실 따라갔으면 바깥으로 나올 수 있었을 텐데. 안됐다."

"안됐다고?"

"거기 오래 갇혀 있었을 거 아냐. 바깥도 못 보고."

"거기가 편했을 수도 있지. 밖에 나와봤자 사람들이 다 소름 끼쳐 하고 피했을 텐데. 나오자마자 죽임당했을 수도 있어, 괴물이니까."

"불쌍하다. 괴물로 태어나고 싶어서 태어난 것도 아닌데."

무심코 말했다.

"불쌍해?"

언니가 물었다. 삐—머릿속으로 경고음이 울리고, 나는 말을 빙 돌렸다.

"아니 뭐…… 그 입장이 되어보지 않았으니 모르지. 밖에서 봤을 때는 답답할 거 같은데, 그 미궁이란 데가 막 음침하고 그러지 않았을 수도 있겠네. 미노타우로스에게 딱 맞게 잘 갖춰 있으면 바깥보다 나았으려나. 맞다, 언니 그거 봤어? 영상인데……."

어설펐다. 그러나 언니는 내가 바꾼 대화의 주제로 너그럽게 넘어와주었다.

"이거 재밌다."

내 핸드폰을 내려다보는 언니의 뒤로 미로들이 보였다. 언니 스스로 만들어낸 미로가.

"뭐가 문제인 거지?"

아빠는 분노했다.

"지후한테 무슨 얘길 한 거야? 서빈이 얘기를 했어? 네가 어떻게……. 그쪽 가족들이 얼마나 힘든지 알면서! 작은엄마가 얼마나 상심했겠어? 할머니 귀에 들어가면 어쩌려고 그래?"

흥미로웠다. 아빠가 진짜 걱정하는 것은 무엇일까. 누군가의 마음이 다칠까 봐? 누군가의 신뢰를 잃게 될까 봐? 아빠가, 아님 내가?

"하나도 변하지 않았어."

변한다니, 어디에서—어디로?

"이럴 거면 호주 가거라."

그리고 오늘, 아빠는 이메일로 호주 학교들에 대한 정보를 보냈다. 온라인 카탈로그를 열자 화사한 이미지가 떴다. 파란 하늘, 초록 풀밭, 웃고 있는 얼굴들. 따라서 입꼬리를 올려본다.

아빠의 생각은 단순하여 짐작하기 쉽다. 그게 내게 아빠 쪽에 남아 있기를 택한 이유이기도 하다. 거듭 짐작하고 유추하여 판단하지 않아도 되니까. 편하니까.

서빈이에 대해 악감정은 없다. 책임 또한 느끼지 않는다. 그 애는 자기 몫의 인생을 살고 있다.

말하지 않는다고 해서 없어지는 일도 아니다. 나를 비난하는 것보다 유전을 탓하는 게 보다 합리적일 텐데. 같은 집안, 같은 나이의 두 아이가 그렇게나 '잘못'되어 있다면.

자기혐오와 결벽과 완벽주의가 뒤섞이면 무엇이 나올까. 피가 섞인다는 것. 서로를 밀어내는 극과 극이 섞였다는 것.

숨이 가빠질 것 같은 느낌이 든다. 자리에 일어나서 미로를 그리면 되지만—선뜻 몸이 움직여지지 않는다.

대신 메일함을 연다. 오늘은 새 메일이 없다. 읽지 않은 메일 목록을 커서로 훑자 흔들렸던 숨이 가라앉았다. 아직 읽지 않았기 때문이다. 읽어버리면 그런 효과가 나지 않는다.

풀어낸 미로, 답이 나온 문제. 그런 것들로는 안정을 얻을 수가 없다. 알아버리면.

몰라야 하는 것이구나. 새삼스럽다. 미로를 그리는 것도 '모르는' 것으로 나를 에워싸고 싶어서인가.

그렇다면 이 메일들에 대해 고마워해야 할지도 모르겠다. 읽지 않는다는 선택을 제공해주는 것에 대해.

체육대회는 무난하게 시작되었다. 놋다리밟기, 줄다리기 예선, 교직원 학부모 경기, 계주 예선에 몸 풀기 게임 몇 개를 하고 나니 점심시간이었다. 역시나 어영부영, 우리 반은 전패를 기록했다. 그나마 체육 계열 애가 서너 명 있고, 반장이 청소 2주 면제를 건 덕에 출전자가 모자라지는 않았다. 이하리는 계주에 참가했고, 예선에서 떨어졌다.

날씨는 꽤 좋았다. 며칠간 기승을 부리던 미세먼지도 덜했다. 들뜬 분위기, 음악과 응원 소리. 나쁘지 않았다. 작년보다야 훨씬 나았다. 체육대회 날에도 핸드폰을 걷나며, 미쳤다고 투덜대던 애들도 다들 즐거워 보였다.

반티의 문구가 마음에 걸리긴 했는데, 지나가는 애들 보니까 나보다 어처구니없는 문구가 많았다. 자의식이 과잉되다 못해 화산처럼 분출하는 느낌이랄까.

"나도 의뢰하면 들어주나?"

뒤에서 누가 불쑥 물었다.

"아씨, 깜짝이야!"

교지편집부의 유은형이었다. 카메라를 들고, 팔엔 "취재"라고 적힌 노란 완장까지 찼다.

"이하리가 쓴 거야, 내가 고른 거 아니고."

"그래도 싫진 않으니까 입은 거 아닌가."

유은형이 심드렁하게 말하더니 내게 차가운 초코 우유를 건넸다.

"이건 박재이가 주는 거."

"박재이가? 나한테 왜?"

"내가 말했거든, 김지후한테 고마워해야 하는 거 아니냐고."

"고마울 일이 뭐가 있어?"

그 이후로는 서로 투명인간 취급하는데. 어쩌다 마주쳐도 서로 모르는 척하고 지나간다.

"네 덕분에 재은이가, 어, 박재이 동생이고, 1학년. 걔가 그 재수 없는 국어 수행평가 안 하게 됐잖아. 작년에 네가 그렇게 안 했으면 재은이도 가족 얘기 써야 했겠지."

상상도 못 한 이유였다. 유은형이 슬쩍 내 눈치를 보았다. 나는 아무 말도 하지 않았다.

"나는 그럼 이만 가볼게. 어디 재밌는 거 없나? 반티 취재나 해볼까."

유은형이 한가로운 말투로 말하곤 운동장 쪽으로 걸어갔다.

내 등 뒤에 붙어 있을 의뢰 어쩌고 하는 말을 잡아 뜯어내고 싶어졌다. 작년의 국어 수행평가도 이런 이미지를 형성하는 데 큰 영향을 끼쳤다. 누군가에는 고마울 만한 일, 그러나 내게는 떠올리고 싶지 않은 일이었다.

초코 우유조차 마시기 싫어졌다. 누구 줄 만한 애 없나 두리번거리는데, 1반 애들 몇 명이 팔짱을 끼고 걸어가는 게 보였다. 무심코 등의 글자들을 읽었다. 우리와 달리 글자 색깔이 두 가지, 검정과 빨강이었다. 글자체도 신경 썼나 보다. 반 애들 하나하나 다 특징이 있었다.

어? 뭔가 보였다가 사라졌다. 의미 있는 글자의 조합이었다.

나도 모르게 자리에서 일어나 앞으로 갔다. 글자들은 흩어지고—모여들었다.

다섯 명 아이들. 조디와춤을, 이정수여친, 돌아보지마, 선죽빵후수습, 레몬어피치.

등의 글자들 중 붉은 것만 모아 읽으면—

조 수 아 죽 어

잘못 본 게 아니었다. 우연히 저렇게 된 거라면 재네는 로또를 사도 1등 할 거다.

조수아가 1반 그늘막 아래 앉은 게 보였다. 재는 저걸 봤을까? 저 반의 다른 아이들은 저 메시지를 알아차렸을까? 알고도 모르는 척하는 건가?

아이들이 움직였다. 문장이 흐트러지고 있었다.

"유은형!"

카메라를 든 유은형을 데리고 왔을 때에는 이미 그 문장은 흩어져 사라진 뒤였다.

"왜, 뭐가 있었는데?"

"……아니야."

눈에는 눈, 이에는 이. 마침 우리 반도 글자를 박은 반티를 입지 않았던가.

그늘에서 음료수를 세고 있던 반장에게 뛰어갔다.

"혹시, 우리 반 애들 반티 문구 모아둔 거 있어?"

반장은 메고 다니던 가방에서 두 번 접은 종이를 꺼냈다. 반 애들 이름과 출전 종목을 정리한 명단이었다. 반티 문구까지 꼼꼼하게 적어둔 게 반장다웠다.

어떤 말을 만들지 궁리하며 도움이 될 만한 글자를 찾았다.

찾았다, 네 명.

"반장, 마스킹 테이프 있어? 색깔 있는 거면 더 좋은데."

반장은 눈살을 찌푸리며 가방에서 초록색 마스킹 테이프를 꺼냈다.

"뭐 하려는 건데?"

"그냥. 궁금한 게 있어서."

골라낸 네 명을 세우고 등에 마스킹 테이프를 붙였다.

"뭐 하냐? 김지후 진짜 왜 그러냐?"

아이들은 뭐 하는 거냐고 물으면서도 내 말을 들었다. 나의 이미지가 도움이 되었다. 남들이 모르는 걸 알고, 자기가 하는 행동의 의미를 아는 것 같은 이미지.

우리 반 반티는 노란색, 문구 글자는 검은색. 고른 글자 위에는 초록색 마스킹 테이프를 덧붙이니 눈에 확 띄었다. 이하리는 어느새 내 옆에 와서 테이프를 자르는 걸 도왔다. 기대하는 눈치였다.

"여기, 이쪽에 서봐."

우리 반과 1반 그늘막 사이에 네 명을 순서대로 나란히 세웠다. 등을 1반의 그 애들 쪽으로 돌리고서.

내가 만든 것은, 너. 나. 죽. 어. 죽이 없는 대신 '축'의 윗점에 테이프를 덧붙여서 지읒처럼 보이게 만들었다. '조수아 죽어'에 대한 대답이었다.

보통의 아이들이라면 눈치 못 챌 수도 있다. 하지만 자기들이 지금 그런 짓을 하고 있으니 뭐 눈에는 뭐만 보인다고, 읽어낼 것이다.

"야, 니네 뭐야?"

예상한 반응이 왔다. 성공이었다.

"뭐?"

김세영이 돌아봤다. 등에 '죽'을 새긴 1반 아이가 인상을 팍 쓰고 걸어왔다.

"왜 남의 반 앞에서 똥폼 잡고 섰냐고."

"무슨 헛소리야. 운동장 전세 냈냐?"

김세영은 밀리지 않는다. 이게 여러 개의 '나' 중에서 김세영을 택한 이유이기도 하다.

"별 미친년들이……."

'죽'이 내뱉었다.

"뭐? 이게 미쳤나!"

김세영이 폭발했다. 둘은 당장 멱살이라도 잡을 것처럼 붙어 섰다. 아차, 이런 건 계산에 없었다.

"얘들아, 간식 시간이야!"

반장이 조금의 머뭇거림도 없이 아이들 사이로 끼어들었다.

"김세영, 너 간식 담당 아니야? 김지후, 너도 도와줘."

어차피 정말 싸울 마음까지는 없었던, 센 척을 언제 그만둬야 할지 속으로 재고 있던 아이들은 흩어졌다.

"뭐야, 저것들."

씩씩대는 김세영 뒤에 서서 테이프를 떼어냈다. 잠깐, 아무래도 별로 안 이쁘다, 말하면서.

어쨌거나 성공했다. 조수아에 대한 공격을 눈치챘다는 걸 알리고, 그게 걔네만 할 수 있는 일이 아니라는 걸 보여줬다.

"뭘 한 거야. 문제 만들지 말라고, 제발."

반장은 한숨을 내쉬곤 내 손에서 마스킹 테이프를 받아 돌아갔다.

"뭐 한 건데? 어? 야, 좀 알려줘."

이하리는 발까지 구르며 날 재촉했다.

"저기 1반 애들 반티 글자 봐봐."

흩어진 1반 아이들을 하나씩 찾아 이하리에게 알려주었다. 이하리는 감탄사 섞인 욕을 내뱉었다.

"되게 머리 써서 괴롭히네. 걔네 담임한테 말해야 하는 거 아냐?"

선생을 끌어들이는 건 다른 차원의 문제다. 무엇보다 당사자가 원하지 않을 수도 있다.

조수아를 살폈다. 조용히 앉아 응원 도구를 만지작거리기만 했다. 옆에 앉은 애가 말을 걸 때만 잠깐 표정이 풀어졌다가 도로 무표정해졌다. 조수아는 내가 만든 글자들을 봤을까?

"조수아도 희한하게 뭐가 자꾸 꼬이네. 서유정도 그렇고."

이하리가 말했다.

"같은 초등학교였어. 같은 반인 적은 없었는데, 서유정이 그때도 유명했거든? 서유정이 조수아 싫어하는 티를 많이 냈어. 그래서 조수아도 알게 됐지. 서유정이 대놓고 싫어한다는 애가 누군가 싶어서. 근데 그때는 서유정 말고 조수아 욕하는 애 없었는데."

조수아. 겉으로 보기엔 무난하고 튀지 않는다. 미술부 소속이라는 것과 서유정과 얽혀 있다는 것 빼면. 다른 뭐가 있을까?

"알아볼까?"

이하리가 내게 물었다.

"아니. 따로 부탁받은 것도 없잖아."

"아, 의뢰?"

이하리가 내 등을 툭 쳤다. 에이, 그 단어 쓰기 싫어서 부탁이라고 말한 건데.

이런 건 조수아가 직접 의뢰를 한다 해도 골치 아파진다. 학폭에 얽히고 공식적인 자리에 불려가고 싶은 마음은 손톱만큼도 없다. 다만 이렇게 소소하게 도울 수는 있을 것이다.

"그래도 지후 네가 한 방 먹였네. 뜨끔했겠는데?"

이하리 말에 우쭐했다.

그 작은 성공에 취해서, '약속'의 자리에서 이 이야기를 꺼냈던 것이다.

"왜 네가 나서는 건데?"

언니가 물었다. 여느 때와 같은 약속의 시간. 얼음을 넣은 아이스티와 호두가 들어간 파운드케이크를 앞에 두고 말문이 막혔다. 잘한 일 아닌가. 나쁜 짓하는 애들에게 복수한 건데.

"그 애가 지후 너한테 도와달라고 부탁한 것도 아니잖아."

맞다. 자발적인 행동이었다. 조수아가 그걸 봤는지 안 봤는지도 모른다. 정의감 같은 건 아니었다. 내가 눈치챘다는 걸 알리고 싶다는 기분에 가까웠다.

"걔네가 그 애한테 왜 그러는 건지 생각해봤어?"

조수아는 어떤 아이일까. 조수아가 저렇게 당하는 데에는 이유가 있나. 이유가 있다면, 다른 사람에게 저렇게 해도 되는 건가? 보고도 못 본 척하는 게 나았을까, 아님 지금이라도 선생님에게 말해야 하나.

모르겠다. 갑자기 밀려온 물음표에 질식할 지경이었다.

"이유가 중요해? 이유가 어떻든 그런 식으로 사람을 괴롭히면 안 되는 거잖아."

"그런가."

언니는 갑작스레 수그러들었다. 한 수 접어주는 것처럼. 그게, 마음에 들지 않았다.

"그래서, 언니는!"

말은 이어지지 않았다. 언니에 대해 내가 짐작하고 있는 것. 말하지 않는 것. 그런 것들이 갑자기 차올라 목을 막아버렸다. 그래서 그런 거야? 당할 만한 이유가 있어서?

진분홍의 화려한 꽃. 화단에서 뽑혀 버려졌기 때문에 찾아볼 수 없는 그 꽃.

꽃잎이 흩어진 책상. 하얀 크림 케이크. 당황한 3학년 선배들. 그리고, 그 옆에 서 있던 한 사람.

묻지 못했던 질문을 이제는 묻고 싶다. 언니, 그때, 알면서도 내버려뒀던 거야?

그러나 내 입에서 나온 질문은 다른 것이었다.

"서빈이 오빠라는 사람, 어떤 사람이야?"

언니는 의아한 눈빛을 내게 보냈다.

"아파, 여기가. 아니, 여긴가. "

언니는 머리를 가리켰다가 가슴을 가리켰다.

"병원에 있어. 가끔 나오는데, 한 달 못 채우고 다시 들어가지. 그게 본인이나 주변 사람들에게도 편할 거고. 숙모는 모르는 척하고 싶어 해. 애초에 그런 아이는 낳은 적 없고 키운 적 없다는 듯이. 완벽한 인생에 흠집이 났다고 생각하는 거겠지.

그래서 예민하게 반응한 거야. 별일 아냐."

언니는 내가 건넨 그 인사가 물 한 방울밖에 되지 않는다고 말했다. 물이 흘러넘치듯 격한 반응이 나온 것은 물이 가득 차 있었기 때문이라고. 내 탓이 아니라고.

별일 아니야—정말? 그 말을 믿고 잊고 안심하면 되는 건가? 그러나 내게는 질문이 더 있다. 일 년 넘게, 마음 깊은 곳에 눌러둔 질문이.

"물어볼 게 하나 더 있어."

나는 숨을 골랐다.

"작년 여름에, 그 꽃 얘기야."

버릇처럼 메일을 확인한다. 오늘은 메일이 없다. 읽지 않은 메일의 목록을 훑는다. 메일의 제목은 언제나 보낸 날짜라서, 숫자 암호처럼 보이기도 한다.

읽지 않은 데서 오는 안정감에 다시 기댄다.

답을 기다리고 있을까. 문득 안 해본 생각이 든다. 나는 이미 답을 하고 있다. 읽지 않는 것이 내가 보내는 답이다. 그걸 알까. 모른다면 실망이다.

실망이라니, 기대라도 한 것처럼.

지후는…… 내게 실망했을까. 그러나 그렇다면 그 실망은 오래전에 시작된 것일 테고, 시간을 거슬러 올라가 바꿀 수 없기에, 이대로 둔다. 감당한다. 혹은 포기한다.

보건실은 서늘했다.

아침 내내 머리가 아팠고, 1교시를 겨우 버티다 보건실에 왔다. 어제 거의 자지 못한 탓인 것 같았다.

타이레놀을 먹고 누워 있어도 지끈거리는 두통은 여전했다. 잠이라도 오면 좋을 것 같은데 눈을 감고 있어도 정신은 또렷했다. 어제 언니와 나눈 대화가 번쩍이는 네온사인처럼 눈앞을 어지럽게 했다. 언니는, 끝내 대답하지 않았다.

시작은 작년, 중학교에 입학하면서부터였다.

언니랑 같은 중학교에 오게 되어 마냥 좋았다. 아는 애 하나 없는 낯선 동네의 낯선 학교였지만 언니가 있어서 든든했다. 그러나 학기 초 환경조사서 앞에서 그 기대가 박살났다.

이 학교에 다니는 언니나 동생이 있나요? 있다면 몇 학년 몇 반인가요?

언니는 서로를 쓰지 말자고 단호하게 말했다. 나는 엄마의 재혼 이후에도 성을 바꾸지 않았으니 이름을 썼다가는 '정상' 가족이 아니라는 게 티가 날 터였다. 언니는 보호자도 각자 한 명씩 나눠 쓰자고 했고, 엄마와 새아버지는 언니의 말을 들어주었다.

서운했다. 우리 사이의 특별함이 깨진 기분, 밖에서 짐작하는 대로의 관계가 된 기분.

언니는 학교에서는 나를 아는 척하지 않았다. 두 학년 위니까 마주칠 일도 없었다. 나도 언니를 피했다. 학교도 따로 가고, 같이 노는 일도 없어졌다.

그런데 3월이 끝날 즈음 언니가 학교에서 나를 불러냈다. 체육관 뒤쪽 화단으로 데리고 가서 내게 말했다.

"이 나무 만지지 마. 독이 있어."

그게 끝이었다. 매점이라도 같이 가주지, 허무했다. 그래도 그 일을 계기로 관계는 회복되었다. 적어도 집에서는 예전처럼 가까이 지내게 되었다.

언니가 내 학교생활에 처음으로 개입한 것은 1학기 첫 국어 수행평가 때였다.

국어 선생은 가족에 대해 쓰라고 했다. 평범한 글쓰기 주제였지만 국어 선생이 예문으로 제시한 글은 그렇지가 않았다. 아빠와 엄마가 어떻게 자랐고, 어떻게 만나서 결혼을 했는지, 나와 형제들이 몇 년도에 태어나 어떤 어린 시절을 보냈고 지금에 이르렀는지, 가족끼리 어디로 여행을 갔고 명절에는 어디 가며 주말은 어떻게 보내는지, 과다한 정보가 들어찬 보고서였다.

국어는 최대한 자세히 써야 한다고 강조했다.

"콤플렉스를 드러내는 걸 두려워하면 안 돼. 글쓰기의 생명은 솔직함이야."

국어가 입버릇처럼 하는 말은 꼭 콤플렉스를 드러내야 한다는 것처럼 들렸다.

아이들은 선배들을 통해 정보를 얻어 왔다. 국어 선생은 타인의 사생활에 지독히 관심이 많아서 자기가 만족할 때까지 꼬치꼬치 캐묻는 것으로 악명이 높았다. 글의 내용이 너무 평범하면, 그러니까 자기가 원하는 '솔직함'이 부족하면 거듭 고쳐 써 오게 한다고 했다.

나는 적당하게 썼다. 새아버지와 언니가 생기기 전에 초점을 맞춰 아빠의 죽음과 엄마의 고통에 대해.

내 글은 아무 평도 받지 않고 넘어갔지만 국어의 기준에 부족해 몇 번이고 고쳐 쓰고 발표까지 해야 했던 아이들도 있었다. 성에 차지 않으면 국어는 곤란한 질문을 퍼부어댔다. 그래서 아버지는 무슨 대학 나오셨니? 집에 방이 몇 개인데 할머니랑 같은 방을 쓰니? 할아버지는 언제부터 치매셨지?

이 일을 계기로 국어 선생은 공공의 적이 되었다. 국어가 수업 시간마다 다트처럼 던지는 말들은 아이들을 찔러 소스라치게 했다. 어쩌면 그 선생은 아이들에게 미움받는 걸 즐겼을지도 모른다.

그리고 다음 수행평가가 돌아왔다.

가족보다 더 악명 높은 수행평가였다. '가장 친한 친구에 대해 쓰시오.' 꼭 한 명을 골라야 하며, 그게 누구인지 이름을 밝혀야 했다. 대충 썼다가는 다시 쓰게 할 거라는 선생의 말은 허투루 들리지가 않았다.

"2반 얘기 들었어? 다른 반 애에 대해 썼는데, 국어가 걔는 너 안 썼는데 너는 왜 썼냐, 진짜 친한 거 맞냐, 이렇게 막 따졌대."

어떤 관계는 애매하기 때문에 유지되고, 그런 식으로 명명백백하게 드러나면 썩은 음식물 쓰레기처럼 손대기 싫은 것이 되어버린다. 그걸 몰라서, 아니면 알아서.

나는 아예 다른 글을 썼다. 가장 친한 친구 하나를 고른다는 게 왜 가능하지 않은가에 대해, 친구의 정의가 무엇인지에 대해, 결국 이런 글은 쓸 수 없다는 것에 대해 장황하게 늘어놓은 긴 글이었다.

당연히 국어 선생은 나를 몰아세웠다.

"김지후, 반항해? 다시 써 와! 다음 시간에 너 발표시킬 거야."

나처럼 새로 써서 발표해야 하는 애들이 두어 명 더 있었다. 그중 하나가 애니메이션 캐릭터를 친구로 고른 이하리였다.

잔뜩 열이 올라 화를 내던 내게 언니가 제안했다.

"게임에서 만난 친구에 대해 써봐."

"난 게임 안 하는데."

"창작을 하는 거지. 어차피 진짜 친구에 대해 쓸 건 아니잖아. 요즘 내가 하는 게임이 있는데, 거기서 친해진 사람이 있어. 어떤 사람인지 알려줄게. 취미나 가족관계, 활동하는 커뮤니티 같은 거 알거든."

괜찮은 아이디어였다. 선생의 룰을 돌려 까는 것 같아 마음에 들었다. 이하리처럼 허구의 인물에 대해 쓴 게 아니니까 버틸 수도 있었다.

국어 시간, 내가 제일 먼저 발표를 했다. 떨리는 목소리를 다잡고 입을 열었다.

"……그 친구의 아이디는 과일에 숫자를 더한 것이다. 파인애플일사땡땡. 우리는 비밀도 공유한다. 그 친구가 나를 몇 살로 생각하는지는 모른다. 중학생이라는 걸 알면 깜짝 놀랄 수도 있다. 나도 그 친구가 궁금하다. 어른인 것 같기도 하다. 직장인일까? 사실 부모님은 내가 게임에서 만난 사람들과 대화하는 것을 좋아하지 않는다……."

읽느라 몰랐다. 이하리의 말로는, 국어의 얼굴이 그야말로 하얗게 질렸다고 했다.

"그만. 거기까지."

국어는 무척 당황한 것처럼 보였다. 내 손에서 종이를 빼앗아 들여다보는데, 입가가 파르르 떨렸다.

"김지후, 잠깐 나와봐."

국어는 남은 아이들에게 어쩌라는 말도 하지 않고 먼저 교실을 떠났다. 나는 반쯤은 어리둥절하고 반쯤은 겁에 질려, 그리고 그 겁을 어떤 식으로든 삼키려고 애쓰며 선생의 뒤를 따라 복도로 나왔다.

"김지후, 너, 이 게임…… 너 중학생이 무슨!"

"이거 만 12세 이상인데요."

언니가 알려줬던 것들을 방어막으로 내세웠다.

"그래도 그러는 거 아니야!"

뭐라고 할 줄은 알았다. 게임하는 걸 좋아하는 선생은 없으니까. 하지만 이런 반응은 뭔가…….

"마음에 안 드시면 더 자세히 쓸게요."

적절한 대답이라고 생각했다. 지금껏 국어 선생이 해왔던 말이 그런 거니까.

"아니, 그러라는 게 아니라."

국어 선생은 침을 삼켰다.

뭐지, 국어도 이 게임 하나. 설마, 설마.

옆 반에서 누가 고개를 내밀었다.

"이 선생님, 무슨 일이에요?"

"아니, 아니에요."

수학 선생은 나를 한 번 쏘아보고는 교실 안으로 들어갔다.

복도는 적막했다. 어느 반에선가 우렁찬 대답이 들려왔다. 그 시간이 얼마나 길었을까? 일 분? 오 분? 국어는 결국 아무 말 없이 나를 교실로 들여보냈다.

국어는 나 말고도 글을 발표하기로 했던 다른 아이들에 대해서는 까맣게 잊은 것 같았다. 수행평가 피드백은 그걸로 끝이었다. 다른 반에서도 아예 발표를 시키지 않았다고 했다.

애들은 나와 국어 선생 사이에 오간 이야기를 맘대로 짐작했다.

"김지후가 국어한테 따지고 들었다면서? 국어가 두 손 들 정도로."

"지난 시간에 그러지 그랬냐. 괜히 또 썼네."

하교 시간까지가 너무 멀었다. 언니에게 물어볼 것이 많았다. 언니, 그 게임 친구 말이야, 언니가 가짜로 만들어낸 거 아니야? 선생님이 왜 그렇게 놀랐지? 설마…….

"맞아."

언니는 순순히 말했다. 그 아이디가, 정말로 국어 선생의 것이라고. 내가 묘사한 인물이 바로 국어 선생이라고.

"어떻게 알아냈어?"

마냥 놀라웠다. 동시에 언니라면 가능하다고 생각했다.

"미리 말해주지 그랬어. 느긋하게 발표할걸. 반응도 보고 재밌었을 텐데."

"알았으면 그렇게 못 했을걸, 너는."

알쏭달쏭한 말이었다. 그건 나에 대한 판단이 아니라 언니 자신에 대한 판단에 더 가까웠음을, 그땐 몰랐다.

그리고 여름이 왔다. 꽃이, 피었다.

언니가 말한 나무가 늘 신경 쓰였다. 체육관만 보면 그 뒤에서 자라고 있을 나무가 떠올랐다.

옻나무 같은 건 줄 알았다. 건드리면 피부가 간지러워지고 빨갛게 부어오르는 정도의 문제를 일으키는 것이라 짐작했다.

그 나무에 대해 찾아본 것은 진분홍 꽃이 피고 난 후였다. 7월, 방학이 되기 전이었다.

협죽도. 청산가리의 육천 배나 되는 독성을 가진 나무. 수학여행을 간 학생이 협죽도 나뭇가지를 꺾어 젓가락으로 사용했다가 사망한 사건도 있고 말린 잎과 진액을 이용한 살인 사건도 있었다.

따뜻한 지역에는 간혹 공원에도 있다지만 다른 곳도 아니고 우리 학교 화단에 그런 나무가 있다는 게 비현실적이었다.

선생들은 모르나? 알면서 그대로 두는 걸까? 누구에게 말해야 하나? 언니는 어디까지 알고 있는 걸까? 언니가 가만히 있으니까 나도 가만히 있으면 되나? 판단하지 못한 채로 여름 방학식 날이 되었다.

쓰레기통을 비우고 교실로 돌아가다가 몇몇 애들이 그 꽃을 따는 것을 보았다. 3학년 선배들이었다. 평소라면 절대 말 걸지 않는다. 하지만 그건 협죽도였다.

"저, 그 꽃엔 독이 있다는데요……."

3학년들은 들은 척도 않고 꽃과 잎을 따서 수돗가에서 씻었다. 내버려둘 수가 없어서 교실까지 따라 올라갔다.

3학년 어느 반. 방학식 파티 같은 걸 하는 모양이었다.

"이거 먹어도 되는 거야?"

교실 문 밖에서 누가 말하는 소리를 들었다.

"올려놓기만 하고 안 먹으면 되지. 이쁘지 않냐? 플라워 데코가 이런 거다."

선생을 부를까, 아니면 언니를? 하지만 그 몇 분 동안에 무슨 일이 생긴다면? 나는 교실문 안으로 박차고 들어갔다.

하얀 케이크 위의 빨간 꽃과 초록 잎사귀. 내가 막 흥분해서 말하던 것이 기억난다. 미쳤냐고 화내는 3학년들. 진짜야? 하고 묻는 사람들. 누가 날 밀었고, 난 안 나가려고 버텼다.

한바탕 소동은 선생들이 올라와 협죽도를 검색해보면서 일단락이 되었다. 아니, 더 커졌다고 해야 하나. 선생들은 3학년들보다는 더 경계심이 있었다. 꽃 만진 사람 다 가서 빨리 비누로 씻어! 보건 선생님 불러와! 아니, 병원에 가야겠다…….

꽃 때문인지 아니면 그 신경증적인 분위기 때문인지 몇몇은 토하거나 온몸을 긁어댔다. 실제로 심각한 상태에 이른 사람은 없었지만, 몇몇은 선생님 차를 타고 병원에 갔다.

교무실로 따로 불려 가서 칭찬도 받았고, 왜 미리 말 안 했느냐는 꾸중도 들었다. 선생들은 그 이야기가 학교 밖으로 새어 나갈까 봐 노심초사했다. 그리고 안에서 막았기에 이야기는 더욱 크게 부풀려졌다.

누가 누구를 미워하고, 누가 어떤 계획을 세우고, 그걸 김지후가 막아냈고……. 추리소설에 나올 것 같은 이야기들이 학교 안을 떠돌았다.

꽃을 딴 선배들은 독에 대해서는 몰랐다고 주장했다. 플라워 데코 영상을 보고 따라 하려 했을 뿐이고 먹을 생각은 없었다고 했다.

선생들은 내 의견을 물었다. 나는 아무 말도 할 수 없었다. 그 반에서, 내가 본 것 때문에.

그 반에 들어갔을 때, 선배들이 날 밀어내려 했을 때 언니와 눈이 마주쳤다. 처음엔 상황 판단이 안 되었다. 언니가 왜 여기 있지? 난리가 나서 보러 온 건가? 아니, 그게 아니구나.

여기, 언니네 반이구나.

방학식 파티를 하던 반은 바로 언니네 반이었다. 눈앞에서 반 아이들이 그 꽃을 음식에 장식하는 동안, 먹을까 말까 하는 동안 언니는 말리지 않았다. 내가 반으로 들어가지 않았다면 어떤 일이 벌어졌을까. 언니는, 끝까지 방관했을까?

설마, 누가 정말로 그 꽃을 먹었겠어.

하지만 장난으로라도, 한 명이라도 입에 넣었으면.

그거 의외로 흔한 식물이래. 그런데 사고는 별로 없었잖아. 그리 쉽게 일어나는 사고가 아닌 거야.

하지만 99%가 괜찮았어도 1%가 그렇지 않다면.

미친 듯이 검색하고 찾아봤다. 어떤 증거를, 안심할 만한 무엇을 찾으려 했다.

그러면서 언니를 이해하려고 애썼다. 방금 들어왔나 보지. 이미 내가 말했으니까 안 나선 거겠지. 그러나 내 마음이, 감각이 또렷이 말하고 있었다. 그게 아니라고. 내게는 조심하라고 경고했던 언니가 반 아이들에게는 아무 말 하지 않았던 이유는 무엇인가.

나는 물어볼 기회를 놓치고 말았다.

다음 날 저녁, 언니가 선수를 쳤기 때문이다.

"이제 학교는 안 가려고 해요."

담백한 목소리였다. 밥을 안 먹겠다든가, 주말엔 집에 있겠다든가, 하는 그런 말투. 언니는 차근히 이후의 과정에 대해 이야기했다.

중학교는 자퇴 절차가 따로 없다는 것도 그때 알았다. 그냥 안 가면 정원 외 관리 대상이 되고, 그럼 내년 4월에 검정고시를 볼 수 있다는 것도.

언니는 방을 치웠다. 책과 DVD를 버리고, 옷도 버렸다. 나더러 가지고 싶은 것은 알아서 가져가라고 했지만 나는 단 하나도 챙길 수 없었다.

"언니 그때, 그 꽃, 왜 그냥 둔 거야?"

지후가 물었다.

언젠가 듣게 되리라 예상한 질문이다. 다만 왜 지금인지는 알 수가 없다.

서빈이 얘기가 문제였나?

지후가 서빈이에 대해 물었을 때. 그게 질문거리가 되리라 전혀 예상 못 했다. 협죽도 때는 내가 무엇을 잘못했는지 인식했다. 그러나 서빈이는? 그게 같은 비중인가? 지후가 그렇게 물어볼 정도라면, 아빠가 그토록 문제 삼았던 것도 납득할 만했나.

이번에도 또, 나만 몰랐나.

깜박 잠이 들었나 보다. 이하리가 침대 옆에 서 있었다.

"괜찮냐?"

"어. 약 먹었더니 괜찮네."

"아픈 애한테 이런 얘기 해도 되려나 모르겠는데……."

말과 표정이 다르다. 재밌어하는 눈빛에 못 참겠어서 들썩이는 입술. 피식 웃음이 났다.

"무슨 일이길래 보건실까지 찾아왔어?"

이하리는 몸을 숙이고 목소리를 낮췄다.

"미술실에서 사건이 벌어졌어. 어떤 미친놈이 물감 튜브를 가위로 잘라서 바닥에 막 발라놨대. 그런데 말이지,"

이하리가 뜸을 들였다.

"그게 바로 조수아 물감이었다는 사실!"

정신이 확 들었다.

"조수아? 조수아 물감을 누가 망가뜨렸다고?"

"어. 망가뜨린 수준이 아니야, 바닥에 처발랐다잖아."

"그걸 어떻게 알았어? 조수아가 나 찾아왔었어?"

의뢰를 하러 왔었나 보다. 이불을 젖히고 일어나 실내화를 찾았다.

"그건 아니야. 조수아는 일 크게 벌이기 싫다고, 본 애들한테도 소문내지 말라고 했대."

이하리가 어깨를 으쓱 올렸다.

"근데 넌 어떻게 알았어?"

"미술부 아는 애가 말해줬어. 정확히는, 천가에 친구가. 같이 보러 갈래?"

"안녕하세요? 이, 솔, 입니다."

키가 껑충한 1학년이 꾸벅 고개를 숙였다.

"어, 안녕."

친구라더니? 천가예는 옆에서 빙긋 웃고 있었다.

"유치원 때부터 친구인데, 같은 학교 다니니까 애매할 때가 있네. 이솔, 네가 본 것 좀 얘기해봐."

"어. 알았어. 아까 점심시간이었는데요, 저는 밥 먹고 잠깐 들른 거라 처음에 어떻게 되어 있었는지는 못 봤고 수아 선배가 대걸레 가져다 닦는 것만 봤는데요, 빨강이랑 노랑 아크릴 물감이 막 바닥에 문질러져 있고, 물감이 가위로 자른 것처럼 잘려 있었대요. 와, 물감 그렇게 된 것도 억울한데 자기가 치워야 하고, 진짜 억울했을 거 같아요. 그 물감 엄청 비싼 건데."

"개당 이만 원."

천가예가 한마디했다.

"그 물감이 조수아 거 맞아? 다들 비슷한 물감 쓰지 않아?"

"그 브랜드는 비싸서 쓰는 사람 몇 명 없어요. 조수아 선배 꺼가 확실해요. 안 그럼 왜 치웠겠어요. 근데요, 그 선배가 저주 걸렸다면서요? 그 음악실 소녀 저주요. 저주 때문에 그런 걸까요?"

이솔이 눈을 빛내며 물었다.

"그때 그 고양이? 그거 저주 아니랬는데. 고3이 그런 거라고 했어. 수능 대박 기원, 그런 거."

천가예가 말하자 이솔이 머리를 갸웃 기울였다.

"그래? 조수아 선배가 음악실 저주 때문에 쓰러진 적도 있다고 들었는데. 그건 그렇고, 직접 보셔야 되지 않아요? 이따 미술실 한번 가보실래요?"

이솔이 활기찬 어조로 내게 물었다.

미술실은 4층 끝, 고등학교와 연결된 부분에 있고 실제로도 고등부 미술실과 이어져 있다. 중간의 미닫이문을 닫으면 나뉘고 열면 보통 교실 세 배 크기의 넓은 방이 된다.

미술부원들은 수업이 없을 때와 하교 후에 그 넓은 방을 자유롭게 쓴다. 그림을 그리는 게 기본이지만 시험 기간에는 독서실처럼 쓰인다고 했다.

종례가 끝나고 이솔을 따라 미술실로 향했다. 이하리나 천가예는 함께 오지 않았다. 미술부에 마주치고 싶지 않은 상대가 있다는 이유였다. 그 상대가 같은지 서로 다른지는 모르겠다.

"아참, 1학년 2반에 이진영 아세요?"

계단을 오르며 이솔이 내게 물었다.

"이진영? 아, 걔. 안다고 하긴 그렇고, 얼굴이나 아는 정도?"

"그렇구나. 걔가 선배 얘기했거든요."

싱글싱글 웃는 게 천가예랑 비슷하다. 얼굴 생김새는 안 닮았는데 풍기는 느낌이 닮았다. 궁금하지, 물어봐, 이런 느낌 내는 거. 그러면 더 물어보기 싫어지는데.

"그래?"

거기까지만 말했다. 무슨 얘기냐고 묻지 않고 걷기만 하자 이솔은 자꾸 내 쪽을 힐끔대다 입을 열었다.

"그게 말이죠, 김지후 선배는 좀 다른 거 같다고."

허, 그건 또 무슨 말이지. 호기심을 참지 못하고 물어보려 했지만 미술실 앞에 도착해버렸다.

"외부인 출입 금지인데요."

내가 이솔을 따라 미술실 안으로 들어서자 캔버스 앞에 앉아 있던 1학년 애가 귀에서 이어폰을 빼면서 경계심이 가득한 얼굴로 말했다.

"괜찮아, 나 아는 언니야. 내 그림 보여주려고."

이솔은 넉살좋게 내 팔짱을 꼈다.

"선배들 없잖아, 잠깐만 보고 나갈 거야. 세림아, 응? 잠깐 마안—."

1학년은 불만스런 얼굴로 도로 이어폰을 꼈다.

이솔은 창가 바닥을 가리켰다.

"여기서부터, 여기까지 다요."

나는 쪼그리고 앉아 바닥을 살폈다. 나무판자 틈에 노란색과 빨간색 물감이 박힌 흔적이 보였다. 길이로는 1미터 정도, 폭으로는 1미터까지는 안 되는 타원형. 닦느라 고생했겠다.

"미술부원들 자리 정해져 있어? 여기가 조수아가 쓰는 자리야?"

"아. 조수아 선배 자리는 사실 저쪽이에요, 시계 있는 쪽. 이쪽은 3학년들 자리인데."

그때 덜컹 문이 열렸다. 나는 반사적으로 자리에서 벌떡 일어났다.

문가에 선 조수아는 나를 보고 놀란 표정을 지었다. 미술부 아닌 애가 와 있어서? 아니면 혹시, 나를 알아서?

"아, 선배, 그게요, 제가 들어와도 된다고 해서요."

이솔이 허둥지둥 말했다.

조수아는 물감 자국이 난 바닥 쪽으로 시선을 던졌다가 나를 보았다.

"어, 나 2반 김지후인데, 내가 뭐 도움이 될 수 있을까 해서."

말을 하는데 얼굴이 화끈거렸다. 조수아는 표정 없는 얼굴로 나를 물끄러미 바라보더니 말했다.

"별일 없어."

조수아는 몸을 돌려 사물함 쪽으로 걸어갔다.

"지후 선배, 나가셔야 돼요. 다른 선배들도 올 거 같아요."

옆에서 이솔이 속삭였다. 나는 소득 없이 그 자리에서 물러났다.

미술실을 나와 복도를 걸으면서 조수아의 그 짧은 말을 곱씹었다. 별일 없다니? 저 정도는 아무 일 아니란 건가? 어떤 일을 당하고 살기에. 내 원칙이 흔들리려 한다. 말 안 하려는 거 캐묻지 않고, 의뢰 안 하면 관심 안 가지는 건데, 자꾸 마음이 간다.

언니에게 먼저 이야기를 해보고…….

발걸음을 멈췄다. 아니구나, 지금 언니와 나는 이야기를 할 수가 없다.

내가 물어보았기 때문에. 암묵적으로 지키고 있던 규칙을 깨버렸기 때문에.

처음부터 나는 협죽도를 알고 있었다. 그 식물이 버젓이 학교 화단에 자라고 있다는 게 흥미로웠다. 궁금하기도 했다. 저 잎으로, 꽃으로, 뭘 할 수 있을까? 복도와 교실에서 마주치는 수많은 얼굴들을 보며 상상을 했다. 저 입이 그 꽃을 먹는다면, 어떤 일이 벌어질까. 이 얼굴은 어떤 식으로 일그러지고 어떤 색깔로 변할까.

내 상상은 지후가 같은 학교에 입학하면서 잠시 멈췄다. 지후의 얼굴을 그렇게 대입하고 싶지 않아서.

지후에게 방해가 되고 싶지 않았다. 국어 선생에 대해서도 마찬가지였다. 나는 지후를 돕고 싶었다.

그 선생이 그토록 좋아하는 사생활을 수집했던 것뿐이다. 교무실에서 선생의 주소를 알아냈고 일요일에 그 집 앞에 갔다. 뭘 좋아하는지, 싫어하는지, 무엇을 사는지, 버리는지, 몇 가지만 알아내면 된다고 생각했다.

선생이 피시방에 간 것은 꽤 괜찮은 기회였다. 아이디를 알아내는 것도 의외로 쉬웠다. 몇 자리 건너 자리를 잡고, 몇 번 뒤를 오가다 아이디와 닉네임을 확인했고, 같은 게임에 접속해 말을 걸었다. 대화를 했고 많은 것을 알게 되었다.

사람들은 타인에게 자신에 대해 쉽게 털어놓는다. 상관없다 판단하는 상대에게는 더더욱 쉽게. 모든 말이 진실은 아닐 것이다. 진실이든 거짓이든 그게 그 사람의 입에서, 손끝에서 나왔다는 게 중요하다.

사소한 비밀들. 하지만 학교, 학생, 선생이라는 조건 아래에서는 아주 곤란해질 수 있는 그런 것.

예상대로의 효과가 났다는 것을 알았을 땐 만족스러웠다.

여기서 뭘 더 할 수 있을까? 나는 선생에 대해 몇 개의 사실을 더 수집했고, 그게 개미집이라도 되는 듯 들여다보았다. 관찰했다.

이거면 저 사람을 불안에 떨도록 만들 수 있을까? 아니면 아주 행복하게?

우리는 인간을 행복하게 만드는 것을 권장한다. 선물과, 친절한 행동 같은 것. 행복감을 느끼는 상황을 만들라고 한다.

그러나 행복이든 불안이든 조건을 관리하고 예상한 반응을 끌어낸다는 점에서는 동일한 행위가 아닐까?

내 가설이 들어맞지 않았다면 달라졌을 것이다. 그 선생이 지후에게 꼬리를 내리는 대신에, 무슨 헛소리냐고, 제대로 써 오라고 윽박질렀다면 현실은 다르다는 걸 깨닫고 원래의 생활로 돌아갔을지도 모른다. 그러나 내가 잡은 줄을 당겼을 때 어떠한 것들이 흔들릴지, 풀려날지, 넘어질지를 알게 되었기 때문에 더한 것까지 하고 싶어졌던 것이다.

방학식 파티가 있던 날. 나는 무엇을 한 것이 아니었다. 하지 않았을 뿐이다.

지후가 끼어들어 벌어질 수도 있었던 일을 막았을 때 가장 먼저 든 감정은, 섭섭하다는 것이었다. 별로 느껴본 적 없는, 기묘한 감정. 섭섭해? 누구에게? 지후에게? 도대체 왜?

뭔가를 보고 싶었는데.

어떤 아수라장 같은 것을.

혼란을.

그걸 지후가 막았다는 사실에, 섭섭했다는 것은 무슨 의미였나.

아. 나는 이 아이가 나와 같은 줄 알았나. 그 꽃에 독이 있다고 말했을 때, 나는 지후가 나처럼 행동하기를 기대했었나.

내가 잘못된 것이겠지. 아빠 말처럼, 엄마처럼. 잘못되었다는 사실 자체가 주는 타격은 없다. 다만 그게 지후와 관련된 것이었을 때, 내 잘못이 미치는 영향력의 범위를 인식했다. 그 범위를 줄이고자 미로를 설정했다. 물리적 미로는 현실적으로 불가능하기에, 심리적인 미로를, 그 상징으로서 그림을.

그것에 집중하기 위해 방의 물건을 치우고 모든 것을 단순하게 만들었다. 고립과 저자극이 목표였다.

내가 아무리 잘못되어 있고, 소의 머리를 한 괴수에 비할 만하더라도, 미로에 스스로 들어간 이상 누구도 나를 비난할 수 없을 테니까.

충분히 잘하고 있다고 생각했다. 어제까지만 해도 그랬다.

지후가 더 묻지 않기를 바란다. 이쪽으로 들어오려 하지 않기를.

이 안에는 괴수가 있어. 널 잡아먹진 않을 거야. 그건 분명해. 다만 네가 그 흉측함에 소스라쳐 돌이 되어버릴지도 몰라.

그래도 들어오겠다면—준비물이 필요해. 실은 챙겼니, 지후야?

실을 감아 다다른 곳은

방문은 며칠간 중단되었다. 언니와 내가 만나지 않은 채 일주일이 지나자 엄마가 나를 불러 물었다.

"채경이랑 싸웠니?"

싸운 걸까. 나는 그저 질문을 했을 뿐이고 언니는 그저 대답하지 않은 것뿐인데.

"아닌데."

"그럼 왜 안 봐? 채경이가 엄마랑도 약속을 안 잡네. 아버지랑도."

엄마는 내 표정을 살폈다. 그게 싫었다.

"안 볼 수도 있지, 그럼 안 되는 거야?"

짜증스럽게 말하고 후회했다. 엄마를 불안하게 만들고 싶지는 않았다. 엄마가 괜찮다고 믿고 있다면 그렇게 두고 싶었다.

"지후 너 현관문 또 그렇게 해놨더라. 닫을 때 신경 좀 써. 들어올 때 불편하잖아."

엄마가 말을 돌렸다. 이 얘기는 그만하자는 신호였다. 그것도 마음에 들지 않았다.

엄마와 새아버지 사이에 어떤 말이 오갔는지 그날 저녁에는 새아버지가 말을 꺼냈다. 저녁 식사 후 사과 접시를 앞에 두고 내게 물었다.

"채경이가 무슨 잘못 했니?"

미묘하게 다른 질문이었다.

"그런 거 없어요."

새아버지는 포크 끝으로 사과 표면을 긁었다. 새아버지가 방금 깎아놓은 사과는 말갛고 신선했다. 새아버지의 손이 눈에 들어왔다. 하얗고, 마른 손. 마디마다 건조하게 튼 손이었다.

"최근에 채경이가 너한테 불필요한 이야기를 많이 했지. 그런 말 다 귀담아 들을 필요 없어. 한 귀로 듣고 한 귀로 흘리고……."

"왜 그렇게 말하세요?"

말이 툭 나갔다. 거실 소파에 앉아 노트북을 하고 있던 엄마가 고개를 들었다.

"언니는 저한테 잘못한 거 없어요."

보통의 아버지라면 이런 상황에서 어떻게 말할까. 드라마나 만화에서는 화를 내거나 웃어넘겼다. 새아버지는 말없이 사과만 보고 있었다. 내가 진짜 딸이 아니라서? 어려운 관계라서? 하지만 새아버지는 언니에게도 그랬다. 불편한 사람을 대하듯 거리를 두었다.

언니는 나한테 잘못한 것이 없다. 그런 상황을 '잘못'이라고 부를 수 있는지도 모르겠다. 내 질문에 대답하지 않은 것, 그거 하나가 벽처럼 우리 사이를 막고 있을 뿐.

침묵은 긍정이던가. 아니, 생각하고 싶지 않다. 할 수만 있다면 그 부분을 동그랗게 도려내고 싶다. 우리의 평화를 깨뜨린 건 나다. 그렇지만 애초에 그 평화는 물 위에 띄운 종이배 같은 것이었다. 물기가 스며들어 이내 가라앉아버리는.

내가 더 완벽하게 그리면 된다. 완벽하게 가둬놓으면 해결될 문제이다.

예전처럼. 평화로웠던 때처럼.

네 번째 미로는 자신 있다. 그 어떤 미로보다 빼곡하고, 복잡한 갈림길들이 마음을 편하게 한다. 연필로 밑그림도 다 그려놓았으니 쉽다. 실수만 하지 않으면 된다.

편해서, 쉬워서 도리어 딴생각이 난다.

인간은 참 이상하다. 평탄하고 완벽한 준비를 해놓을 수록 실행은 재미없고 시시해진다.

인간이 아니라 내가 이상한 건가. 다른 사람들은 안 그런가.

그걸 모르겠다. 내가 이상한 거라 하면 간단한데. 나는 원래 이상하고—잘못되어 있으니까.

"죄송해요, 제가 잘하는 건지 모르겠는데요……."

이솔이 안절부절못하며 말했다.

1, 2학년 소방안전훈련이 있는 날이었다. 체육관에서부터 눈이 마주치는 느낌이 들더니, 끝나고 교실로 돌아가는데 이솔이 나를 따라잡았다. 아이들 흐름에서 비껴나 2층 창고로 올라갔다. 여간해선 갈 일이 없는, 아이들의 시선에서 벗어날 수 있는 장소였다.

"어, 왜 그러는데?"

썩 내키지 않았다. 수수께끼를 풀 기분이 아니었다. 하지만 이솔의 답에 흐트러진 마음이 자석 위 철가루처럼 하나로 모였다.

"그게, 조수아 선배 얘긴데요. 이번엔 물감이 없어진 거 같아요. 빨강과 노랑, 똑같은 색깔이 또요."

조수아는 그때 잘린 물감을 새로 산 뒤 골치 아파하는 미술 선생을 안심시켰다고 한다.

"미술 선생님은 조수아 선배가 괜찮다고 하니까 좋아하더라고요. 문제 커질까 봐 걱정했겠죠."

그런데 이 주일 만에 새로 산 물감이 없어진 거다.

"조수아 선배가 뭐 찾고 있길래 뭐 찾으시냐고 했더니 물감이라고 하더라고요. 빨강이랑 노랑이래서 좀 놀랐죠. 지난번에 잘렸던 게 그 두 색깔이니깐요. 근데 조수아 선배는 막 아니라고, 못 들은 거로 하라고 그러는 거예요. 그래도 신경 쓰여서……."

이솔은 선생님에게 말을 해야 하나 말아야 하나 엄청 고민을 했다고 했다. 조수아는 선생님에게는 알리지 않으려는 게 분명해 보였다고.

"근데 아까 학교 오는데 조수아 선배랑 마주쳤거든요. 인사하고 지나가려는데, 선배가 저한테 김지후 선배 잘 아느냐고 하는 거예요. 혹시 의뢰하려는 건가 싶어서, 잘은 몰라도 친구가 안다고 그랬거든요. 근데 또 아니라며 그냥 갔어요."

그렇지만 이솔은 그 상황을 넘길 수 없었다. 그래서 내게 온 것이다.

왜 말하려 하지 않는 걸까? 지난번 물감도 그렇고, 거슬러 올라가 서유정과 고양이 제단 사건 때도 그랬다. 서유정이 저주한 게 아니긴 했지만 저주처럼 보였고 그렇게 소문이 났다.

그럼 내게 올 만도 한데……. 자의식과잉인가.

"미술부에 조수아랑 사이 안 좋은 사람이 있어? 물감을 훔칠 만한 사람이나."

"아뇨. 조수아 선배는 조용히 있다가 조용히 가거든요. 친한 사람도 없고, 누가 시비 걸거나 그런 적도 없고요. 근데요……."

이솔이 엄청 망설이듯 말을 꺼냈다.

"어제 미술실에서 도와드리려고 했을 때 조수아 선배가 이상한 말을 했어요. 자기 물감이, 핸드크림 같아 보이냐고…… 그게 60밀리짜리라서 크긴 크거든요. 그러더니 화장품으로 착각했나? 이러더라고요."

"착각했나, 라고?"

자기가 착각했다는 건 아니다. 분명 제삼자를 언급하는 거다. 누가 화장품으로 자기 물감을 착각했다는 것처럼 들렸다.

"그러더니 노란색 화장품 파우치가 누구 건지 아냐고 물어보는 거예요."

조수아는 자기 물감 같아 보이는 걸 노란색 파우치에서 본 거다.

"노란색 파우치를 가진 사람이 미술부에 있어? 걔도 그걸 미술부에서 봤으니까 너한테 물어본 걸 텐데."

"그게……."

이솔은 곤란한 표정으로 입술을 씹었다.

"제가 아는 한 미술부에서 노란 파우치는 최주경 선배 거밖에 없어요."

최주경이면 3학년, 미술부 부장. 나도 들은 적 있다. 올해 미술부에서 예고 갈 확률이 가장 높다는 실력파.

"최주경 선배도 그 브랜드 물감 써요. 조수아 선배 없어진 거랑 똑같은 거요. 근데, 최주경 선배가 조수아 선배 물감을 가져갈 리가 없거든요."

"자기랑 똑같은 물감 쓰는 게 싫었다거나?"

내 질문에 이솔은 고개를 저었다. 최주경은 대놓고 뭐라고 하면 했지 그렇게 음침하게 행동할 사람이 아니라고 했다.

"누구에게나 공평하게 까칠한 선배예요. 조수아 선배를 특별히 더 싫어하는 것 같지는 않았어요. 아, 둘이 같은 미술학원 다니기는 해요."

같은 미술학원. 그렇다면 학교에서는 보이지 않는 관계가 형성되어 있을 수도 있다.

"내가 조수아에게 직접 물어볼까?"

"아뇨, 그럼 저만 이상해져요."

이솔이 펄쩍 뛰었다.

"제가 말을 너무 많이 한 거 같아요. 제 일도 아니고 선배님들 얘긴데. 제가 이런 얘기했다는 건 비밀로 해주세요. 가예한테도 말 안 했거든요.”

천가예는 가예라고 하는구나. 나이가 같아도 선배와 친구란 천지 차이인가보다.

“조수아는 그 파우치를 어떻게 봤대?”

“3학년들은 미술실에서 화장 고쳐도 되거든요. 1, 2학년은 안 되고요.”

미술부는 학교 끝나면 일단 미술실에 모여야 한다고 했다. 3학년 중에 한 명이라도 집에 가야 1, 2학년도 갈 수 있고, 먼저 갈 거면 미리 선배들한테 허락받아야 한다. 무슨 그런 반인권적인 규칙이 있나 싶지만 미술부니까 그럴 만도 하다.

그걸 노리고 일부러 3학년들이 시간 끌 때도 있다고 했다. 학교를 나가고 싶어 안절부절못하는 후배들을 보며 천천히 화장을 고치고, 수다를 떨고.

그때 조수아는 노란 파우치 안에 든 자신의 물감을 본 것일 테다.

종례가 끝나고 도서실에 들렀다가 미술실로 향했다. 복도에서 슬쩍 들여다보려고만 했는데 어쩐 일인지 미술실 불이 꺼져 있었다. 사람이 없나? 그럼 잠겨 있겠지?

나는 문을 잡았고, 밀었다. 문이 열렸다. 사람은 없고 가방만 군데군데 놓여 있었다. 지난번 미술실에 왔을 때 이솔이 말한 3학년 자리 쪽에도 가방이 서너 개 보였다.

어떻게 할까? 나는 짧게 고민하고 빠르게 결정했다. 가방을 하나씩 열어 파우치가 있나 확인하기로.

언니와 이야기를 할 수 있었다면, 그러니까 언니와의 약속이 있었다면 나는 이런 선택을 하지 않았을 것이다. 이 사건을 이야깃거리 삼아 언니를 만나러 갔을 것이고 그랬다면 상황은 다르게 흘러갔을 것이다.

나는, 고립되어 있다고 느꼈다. 실제로 고립된 건 언니가 아니었던가? 왜 내가? 그 막막함과 방향을 알 수 없는 분노가 나를 무모하게 만들었다.

두 개까지는 허탕이었지만 세 번째 가방에서 노란 파우치를 찾았다. 파우치에 이름이 적힌 열쇠고리도 달려 있었다. 최주경 것이 맞았다.

파우치를 꺼내 열었다. 화장품으로 꽉 차서 뭐가 들었는지 잘 안 보였다. 나는 립글로스와 브러시를 한 움큼 쥐고 빼냈다.

이건가? 아니, 핸드크림이다. 물감, 물감은 없는데?

"뭐 하는 거야!"

등 뒤에서 고함 소리가 들려왔다. 머릿속이 새하얘졌다. 나는 들고 있던 화장품을 천천히 파우치 안에 넣었다.

"현장에서 잡았어요. 1학년 애들이 그러는데, 전에도 미술실 들어와서 수상하게 둘러보고 간 적 있었대요."

최주경이 말했다. 상담실 탁자 저편에는 학생주임과 미술 선생, 그리고 최주경. 내 옆에는 담임. 내 자리는 '그때'와 똑같았다. 협죽도를 어떻게 알았냐고 따져 묻던 때의 자리였다.

"얘가 그럴 애가 아닌데……. 김지후, 어떻게 된 거야? 말 좀 해봐!"

담임이 나를 채근했다.

"훔치려던 거 아니었어요."

"현장에서 걸린 주제에."

최주경이 빈정거렸다.

미술부 애들이 나를 붙들고 최주경이 오기까지는 채 오 분도 걸리지 않았다. 그대로 상담실로 끌려오면서, 학교에 남아 있던 아이들의 시선이 내게 꽂히는 것을 봤다.

"확인할 게 있어서 그랬어요. 친구 물건이……."

말을 삼켰다. 최주경이 득달같이 쏘아붙였다.

"뭘 확인해? 야, 내 파우치에서 네가 확인할 게 뭐가 있어? 내 파우치에 네 친구 물건이 들어 있단 거야?"

이솔이나 조수아 얘기를 꺼낼 순 없다. 이 정도 말로도 최주경이 눈치챘을 지도 모른다.

최주경은 파우치를 거꾸로 들고 안에 든 것들을 탁자 위에 쏟았다.

"봐, 네가 직접 확인해보라고!"

"……죄송합니다."

고개를 숙이고 입술 안쪽을 세게 물었다.

"주경이 넌 화장품은 왜 이렇게 비싼 걸로 가지고 다녀서 문제를 만들어. 얘, 뭘 확인하려 그랬다고? 그 친구는 누구고?"

미술 선생이 내게 물었다. 대답할 수 없는 질문이었다.

"거짓말이죠. 쟤 지금 저를 도둑으로 모는 거잖아요, 자기가 걸린 주제에! 진짜 뻔뻔하네?"

뻔뻔한 게 아니라 떳떳한 거다. 일이 해결되고 나면 차근차근 풀 수 있을 것이다.

그럴 거라 생각했는데.

소문은 빨랐다. 다음 날 아침 현관에서 실내화를 갈아 신을 때였다. 서유정이 내 옆에 섰다.

"그거 진짜야? 네가 뭐 3학년 지갑 훔쳤다고 애들이 그러더라?"

"안 훔쳤어."

딱 잘라 말했다. 서유정은 즐거워 보였다. 고양이 제단 이후로 서유정은 날 무시해왔다. 내가 자신의 의뢰를 '해결'하지 못했다고 판단한 모양이었다. 이런 일이 생겨 신날 만도 하다. 그래, 마음껏 좋아해라. 그러나 그건 시작에 불과했다.

“지가 뭐라도 된 줄 알고 나대더니. 도벽 있나?”

계단참에서, 교실 뒤에서 내게 꽂히는 말과 눈초리. 마치 기다렸다는 듯이 화살이 날아왔다. 나를 눈꼴시어하는 사람들이 이렇게 많았었나?

차곡차곡 적립된 눈엣가시. 나 스스로 걸어 들어간 함정. 공기의 질감이 달라졌다. 숨이 잘 쉬어지지 않았다.

“야, 김지후. 어떻게 된 거야?”

이하리를 보자 겨우 숨이 틔었다. 이하리는 내게 이유가 있다는 걸 믿어줄 것이다.

“일이 꼬였어.”

이솔이 잘못된 정보를 주었다. 아니, 조수아가 잘못 준 것이다. 아니면 조수아가 봤을 때는 파우치에 있었는데 최주경이 옮겼거나. 어쨌든 서툴렀던 내 탓이다. 그 부분에서는 변명의 여지가 없다. 어제 상담실 옆 계단에서 울상이 되어 기다리고 있던 이솔에게도 그렇게 말했다. 내 선에서 끝낼 거라고, 네 잘못 아니라고.

“하리야, 이것 봐봐.”

송예인이 이하리의 팔을 잡아끌었다. 힐끗 내 쪽을 향한 눈에는 희미한 경멸이 어렸다.

“이따 얘기하자.”

이하리가 짧게 말하고 자기 무리 아이들 쪽으로 갔다. 그 아이들은 내 쪽을 보고 있었다. 송예인과 똑같은 눈빛이었다.

담임은 조회 끝나고 나를 불러내서 진짜 착각한 거면 최주경에게 사과하고 이해시키라고 말했다.

"일 크게 만들지 말고, 어? 괜히 부모님들 알게 되고 그러면 복잡해진다. 알잖아?"

"……알겠습니다."

이 상황도 아주 나쁜 건 아니었다. 최주경이 압박을 느끼고 조수아의 물감을 돌려줄 수도 있을 테니까. 그깟 사과는 몇 번이라도 할 수 있다.

최주경은 나를 뺑뺑이 돌렸다. 점심시간에 교실로 찾아갔더니 하교 후에 미술실로 오라고 했고, 미술실에 갔더니 동아리 회의중이라며 복도에서 기다리라고 했다.

"들어와."

미술실에는 열 명 남짓한 아이들이 모여 있었다. 이솔은 없었지만 조수아가 있었다. 재는 내가 자기 일에 개입했다는 걸 짐작하고 있을까?

최주경이 입을 열었다.

"첫째, 넌 내 가방을 뒤졌어. 둘째, 넌 나를 도둑이라고 모함했어. 어떤 게 더 큰 잘못일까? 이유를 말해봐. 그럼 조금은 정상참작이 될지도 모르지."

"아니에요. 착각했어요. 제 친구 가방인 줄 알았어요. 걔가 확인해달라는 게 있어서."

최주경은 눈을 가늘게 떴다.

"말이 달라지네? 어젠 그런 말 없었잖아?"

"정말 죄송합니다."

거듭 말했지만 최주경은 사과를 받아주지 않았다. 턱을 치켜들고 나를 쏘아보다가 돌아앉았고, 3학년들은 최주경을 중심으로 뭘 먹으러 갈지 시끌벅적하게 떠들기 시작했다. 모여 있던 부원들도 최주경의 눈치를 보며 각자의 자리로 흩어졌다. 나는 시계의 긴 바늘이 5에서 7이 될 때까지 그 자리에 서 있다가 미술실을 나왔다.

하—. 복도에 서서 숨을 가다듬는데 미술실 문이 열리고 누군가 나왔다.

조수아였다.

나에게 아는 척하려는 거 아니겠지, 저러다 최주경에게 걸리면 안 되는데. 그 생각이 먼저 들었다.

조수아는 미술실 옆의 재활용 쓰레기통에 종이 몇 장을 내려놓았다. 그러더니 들릴 듯 말 듯한 목소리로 중얼거렸다.

"다른 곳에 뒀나 봐."

몸에 바짝 힘이 들어갔다. 새로운 정보를 주려는 건가? 어디 짐작 가는 데가 있나?

"최주경이 맞는 거야?"

내가 묻자 조수아는 한 걸음 물러섰다.

"무슨 소리야?"

모르는 척하기로 했구나. 곧 졸업할 선배라도 미움 사긴 싫을 것이다. 조수아도 예고 준비를 하고 있다면 더더욱.

"……그 물감, 이선화방에서만 살 수 있는 건데."

조수아가 엉뚱한 말을 했다.

"뭐라고? 어디?"

조수아의 얼굴이 미묘하게 뒤틀렸다.

"쪽지에 있었는데."

조수아는 그 말을 남기고 몸을 돌려 미술실 안으로 들어가 버렸다.

예상치 못한 펀치를 연달아 맞은 기분이었다. 쪽지? 떠오르는 건 하나였다. 여름, 복도 그림에 꽂혀 있던 협박 쪽지. 유주현이 대신 알아봐달라 부탁했던. 그게 조수아와 관련이 있었나?

"이하리!"

벌점이고 뭐고 뛰어 교실 문을 열어젖혔다. 책상 앞에 삐뚤게 앉아 핸드폰을 보고 있던 이하리가 기다렸다는 듯이 일어났다.

유주현에게 연락해 세탁소와 떡볶이 가게 사이의 골목에서 만났다. 고양이가 살던 곳이자 서소하가 의뢰를 했던 장소였다. 유주현은 화상 영어 시간이 금방이라며 조급해하다가, 조수아의 이름을 듣고는 놀란 표정을 지었다.

"어, 수아. 나랑 친해. 6학년 때 같은 반이었고, 중1 때는 같은 학원 다녔고."

"너랑 걔랑 친한 줄 전혀 몰랐는데."

이하리가 말했다.

"그게…… 학교에선 말 안 하거든. 수아가 내 걱정을 해서. 자기를 싫어하는 애들이 많으니까 자기랑 친하게 지내면 나도 안 좋을 거라고 그래서. 근데, 수아가 왜?"

"그때 네가 나한테 말했던 쪽지, 그거 혹시 조수아가 부탁한 거야?"

단도직입적으로 물었다. 유주현은 당황스러워하는 기색으로 나와 이하리를 번갈아 보았다.

"알고 온 거야?"

"어. 조수아가 쪽지 얘길 했어. 이선화방? 그런 데 얘기도 했고. 그게 쪽지랑 무슨 상관이야? 그 내용이 그런 거였어?"

"수아가 너한테 직접 얘기했으면 뭐, 말해줘도 되겠지?"

유주현은 자신 없는 태도로 쪽지의 내용을 알려주었다.

"……이선화방에서 네가 물감 훔치는 거 봤다, 그런 거였어. 수아가 그 화방 근처 미술학원 다니거든."

"이선화방 쪽? 되게 먼 데로 다니네."

이하리가 말했다. 나는 전혀 모르는 장소였다.

"유명한 데야?"

"미술 하는 애들은 다 알걸. 되게 커. 특이한 재료도 많이 팔고. 그, 조수아가 잃어버렸다는 물감처럼 다른 데 없는 것도 많고. 우연히 마주칠 만한 장소는 아닌데. 동네 문구점도 아니고."

우연이 아니라 필연적으로 마주칠 만한 사람이라면.

"최주경이 조수아랑 같은 미술학원에 다닌다던데. 화방이 그 근처라고?"

그 이름에 유주현이 반응했다.

"수아도 최주경 선배가 쪽지를 썼다고 생각하는 거 같았어. 최주경 선배가 수아를 아니꼽게 본대. 자기랑 같은 미술학원 다닐 수준 아닌데 다닌다는 식으로 말하고, 그 브랜드 물감 쓰는 거 가지고도 꼽준 적 있다고 했어."

"야, 뭘 쓰든 자기 마음이지, 진짜 치졸하다."

이하리는 기가 찬 듯했다.

자신을 물감 도둑이라고 몰아가는 쪽지를 보고 조수아는 최주경을 떠올렸다. 그래서 물감이 사라졌을 때 최주경이 저지른 일이라고 판단했던 거다. 파우치에서 비슷한 걸 언뜻 봤다면 그 의심에 무게가 더해졌을 거고.

"진짜로 조수아가 훔친 건 아니고?"

내 질문에 유주현이 정색했다.

"그럴 애 아니야. 그리고 필요하면 직접 사지, 왜 훔치겠어. 수아 용돈도 많이 받는데."

"조수아한테 직접 물어보자. 최주경이 뭐 다르게 피해를 준 적이 있는지, 파우치에서 본 거 맞는지. 유주현, 조수아한테 연락해봐."

이하리가 제안했다. 유주현은 곤란해했다.

"부담스러워할 거야. 여름에 쪽지 의뢰할 때도 내가 막 우겨서 한 거야. 반에도 수아 은근히 괴롭히는 애들이 있다는데, 절대 선생님한테 얘기 안 하려고 해. 나한테도 누군지 말 안 하고. 혼자 힘들어하고."

아까 말을 아낀 것도 그래서였나. 반티 역시 알아차리고도 말 안 했나.

"걔도 참 답답하다. 그렇게 참는다고 뭐가 달라져? 쪽지 때 해결했으면 이렇게까지는 안 됐을 수도 있잖아."

이하리가 혀를 찼다.

어? 문득 위화감이 들었다. 신발 속에 들어간 돌. 아주 작아서, 들어가 있는 줄도 몰랐던 것.

"이하리, 그때, 쪽지 찾아다닐 때 우리 조수아랑 마주친 거

기억나?"

"맞다, 1층에 식당 옆에서! 지후 네가 조수아랑 부딪쳤다면서."

보라색 그림에 보라색 쪽지 놓은 사람을 뒤따라 뛰어 복도 모퉁이를 돌다가 조수아와 부딪쳤고, 그 바람에 조수아는 물감 상자를 떨어뜨렸다. 나는 사과할 틈도 없이 운동장으로 향하는 문을 밀어 열고 나갔다. 쪽지 둔 사람을 찾기 위해.

"조수아가 어떤 애가 지나가는 걸 봤다고 했어. 단발머리에 위는 생활복, 아래는 교복 치마 입은 애. 모르는 얼굴이라고 했고."

"그럼 쪽지를 둔 게 최주경이 아니었단 거네! 조수아가 모르는 애였던 거야. 와, 조수아는 코앞에서 쪽지 범인을 보고도 몰랐던 거고!"

"아니지, 최주경이 누구 시켜서 쪽지를 뒀을 수도 있어."

최주경, 아니면 제삼자. 아니면? 신발 속 돌은 그대로였다. 정보가 부족해서 거슬리는 것과는 달랐다. 놓치고 있는 것, 틀어진 것이 있었다.

나는 골목의 붉은 벽돌 벽을 바라보며 그 상황을 되짚어보았다.

조수아와 마주쳤던 복도. 떨어진 물감. 그리고 복도 끝의 문. 지독히 무겁고 뻑뻑해서 온몸으로 밀어 열지 않으면 꿈쩍도 안 하고, 닫힐 때도 지독하게 느리게 닫히는 문.

……그럴 리가.

조수아는 누군가가 방금 그 문을 빠져나갔다고 말했다. 기껏해야 몇 초 차이였을 것이다. 그러나 내가 봤을 때 그 문은 완전히 닫혀 있었고, 나는 운동장으로 나가기 위해 문을 힘껏 밀어 열어야 했다. 운동장을 두리번거리다 도로 안으로 들어오려 했을 때 문은 느릿느릿 제자리로 돌아가고 있었다.

만일 누가 나보다 몇 초 앞서 그 문을 열고 나갔다면 그렇게 멀쩡하게 닫혀 있었을 리 없다.

그런 사람은 없었던 것이다. 아무도 문을 열고 나가지 않았고 조수아는 그 누구도 본 적이 없다.

나보다 앞서 달려간 조수아. 모퉁이를 돌자마자 뒤돌아 걸어오는 것처럼 방향을 바꾼 조수아. 내가 달려와 부딪치자 들고 있던 물감 통을 떨어뜨린 조수아.

손에 힘이 풀리고, 핸드폰이 바닥에 떨어졌다. 이하리가 놀라 대신 주워 들었다.

"야, 이거 왜."

"조수아였어."

"뭐?"

"내가 쫓아갔던 사람, 조수아였다고."

머릿속이 뒤죽박죽이 되었다. 조수아가 자기를 모함하는

쪽지를 직접 넣었다니, 말이 되나?

문득 언니가 말해준 미로가 생각났다. 실패를 풀며 미로에 들어갔다가 그 실을 감으며 돌아 나왔다는 이야기. 실 끝이 손에 잡혔다. 그걸 잡고 거슬러 올라가야 한다. 하나씩, 처음부터.

반에 조수아를 괴롭히는 애들이 있다는 말은 사실일까? '조수아죽어'. 반티의 그 문장이 그걸 뒷받침해줄 수 있나?

'조수아죽어'의 한 명, 신희수는 학교 앞 태권도 도장에 있었다. 다람쥐처럼 재빠르게 계단을 오르락내리락하는 어린 아이들을 피해 구석에 서서 신희수를 기다렸다.

"왜, 무슨 일인데?"

검은 도복을 입은 신희수는 땀을 훔치며 유리문을 밀고 나왔다.

"너희 체육대회 때, 반티에 그런 문구 넣었지? 조수아 죽어. 조수아랑 사이 안 좋아?"

"그게 무슨 소리야, 조수아? 조수아가 뭘 어쨌는데?"

전혀 모르겠다는 태도였다. 차근차근 설명을 하자 신희수는 벌컥 화를 냈다.

"우리가 그랬다고? 우리 옷에 그런 글이 적혀 있었다고? 야, 사람 이상하게 만들지 마! 보자 보자 하니까!"

"그럼 그때 왜 우리 반 애들한테 뭐라고 했어? 김세영이랑 너희 싸울 뻔했잖아."

"아, 김세영."

신희수가 얼굴을 찌푸렸다.

"걔는 진짜 작년부터 개나대더라?"

1학년 때 신희수와 김세영은 같은 농구부였고, 그때부터 안 좋았던 사이라고 했다. 결국 싸움이 나서 김세영은 농구부에 남고 신희수만 잘렸다는 거다.

"그럼 그때 김세영 등 뒤에 글자 보고 화났던 거 아니야?"

"그러니까 무슨 글자?"

허탈해졌다. 내가 보낸 메시지를 보지도 못했고 자기가 메시지를 보낸 것을 알지도 못했다니. 하지만 우연히 그렇게 될 수가 있나?

"너희 반 반티 만드는 거 누가 했어?"

"몰라. 반장이랑 체육부장이 했겠지."

신희수가 심드렁하게 대답했다.

1반 반장 김규리를 만나기 위해 걔가 다닌다는 독서실 앞까지 찾아갔다. 김규리는 핸드폰에서 눈을 떼지 않고 계단을 걸어 내려왔다.

"미안한데, 이거 지금 시간 맞춰 깨야 해서. 어, 뭐라고? 무는 일로 왔다고? 옙, 하나 깼다!"

김규리는 기쁜 표정으로 핸드폰 화면을 보여주었다.

"오, 레벨이 높네."

이하리가 감탄했다.

"조수아 어떤 애야? 반에 걔 싫어하는 애 있어?"

"글쎄, 별로? 피해 주는 타입 아닌데. 친한 애는 없지만 딱히 사이 나쁜 애도 없어."

"그럼 이건? 이거, 너희 반 애들 반티 문구였어."

나는 기억나는 대로의 문구를 연습장에 적었다. 김규리는 게임을 멈추고 그걸 들여다보았다. 다섯 개 합쳐 '조수아죽어'를 본 김규리는 손사래를 쳤다.

"이럴 수가 없지! 이거, 나랑 조수아가 정해준 거야. 조수아가 우리 반 미술부장이거든. 반티 디자인도 되게 신경 써서 했어. 글자체도 하나하나 고르고. 예쁘지 않았니?"

이하리와 눈을 마주쳤다.

"조수아가 반티 문구를 정했다고?"

"어. 애들이 하도 귀찮아해서 조수아랑 내가 대충 얘기 듣고 지어냈어. 여기 '레몬어피치'는 얘가 레몬맛 사탕 좋아하고, 또 캐릭터 중에선 어피치 좋아한대서 그렇게 한 거야. 다 그런 식으로 만든 건데."

김규리는 방금 자기가 한 말의 파장을 전혀 눈치채지 못한 채로, 핸드폰을 들여다보며 독서실로 돌아갔다.

"그럼, 조수아죽어, 그걸 자기가 직접 만들었다는 거야?"

이하리는 문구가 적힌 종이를 뚫어져라 노려보았다.

"쪽지를 자기가 만들었으면 그런 말도 스스로 지어낼 수 있지."

나는 도리어 차분해졌다. 지금껏 아귀가 안 맞던 것들이 맞아들어가고 있었다.

"아니, 진짜 왜? 미친 거 아니면 그런 짓을 왜 해?"

'미쳤다'라는 말로 정리해버리면 간단할 테지만 그건 너무나 안일한 결론이었다.

서유정은 지하철 역 앞 편의점에 있었다. 편의점 안쪽 넓은 테이블을 차지하고 앉은 서유정 무리 애들은 이하리와 나를 힐끔거리고 피식거렸다.

"조수아 얘기 뭐, 왜. 재수 없게."

"왜 조수아가 싫어? 언제부터 그랬어?"

서유정은 비딱한 표정으로 나를 훑어보았다.

"김지후 너 또 탐정놀이 하니?"

"야, 네 앞가림이나 해, 남의 가방 뒤지다 걸린 주제에."

서유정 친구 하나가 비아냥거렸다. 이하리가 씩 웃으며 한 발 앞으로 나서더니 가볍게 말했다.

"성유찬도 조수아한테 맘 있는 거 아냐?"

"미쳤냐?"

서유정이 얼굴을 싹 굳혔다.

"그니까. 별로 안 그럴 거 같은데 왜 그렇게 소문이 났는지 안 궁금하냐? 지금 그걸 알아보려고 하는 건데, 협조 좀 하지?"

서유정은 잠깐 망설이다가 친구들—시녀들을 향해 어깨를 으쓱해 보이곤 먼저 밖으로 나갔다.

해가 지자 서늘해졌다. 서유정은 겉옷을 여며 쥐고 빠르게 말했다.

"조수아하고 5학년 때 같은 반이었는데, 그땐 내가 걔한테 잘못하긴 했어. 그건 인정해. 그러다 6학년 되면서 또 같은 반 됐는데, 나는 진짜 아무 생각이 없었거든? 관심도 없고? 근데 걔가 6학년 담임한테 내 얘기를 했나 봐. 나 때문에 힘들었다, 뭐 그런 거."

그러다 미술 시간에 서유정이 실수로 물감 씻은 물을 조수아의 옷에 쏟았다고 했다. 서유정은 실수였다고 강조했다.

"근데 담임이 완전, 내가 일부러 그랬다는 듯이 잡는 거야. 걔는 그 뒤에서 웃고 있더라?"

그 뒤로 조수아에게 무슨 일만 생기면 다 서유정이 한 것처럼 되었다고 했다. 필통이 없어져도, 우산이 부러져도, 숙제가 찢어져도.

"와, 너무 기가 막혀서 따졌어. 그랬더니 자기는 이른 적 없대. 그냥 선생님이 그러는 거래. 뭘 그냥이야, 자기가 그런 분위기를 풍기니까 담임이 날 의심한 거지. 한두 번이 아니야. 걔 진짜 사람 미치게 한다니까?"

서유정은 초조한 얼굴로 나와 이하리를 번갈아 보았다.

"야, 안 믿어도 상관없어!"

"믿어. 진짜야."

진심이었다. 내 말에 서유정은 한결 누그러졌다.

"그러더니 중학교 와서, 유찬이, 내 남친, 걔가 조수아랑 같은 학원을 다니고 있었던 거야. 그 학원 앞에서 유찬이랑 얘기하고 있는데 조수아가 지나갔어. 그전에는 유찬이는 조수아가 누군지도 몰랐대. 근데 그때부터 조수아가 먼저 아는 척하고, 뭐 물어보고, 잘못 뽑았다고 음료수 주고 그랬다더라. 나 긁으려고 그런 거지, 안 그래?"

그 일로 서유정은 학교에서 조수아를 불러다 따졌고, 그 장면을 본 다수의 아이들은 다르게 해석했다. 나대는 서유정이 조용한 조수아를 괴롭히는구나.

"난 이젠 걔랑은 엮이고 싶지 않아. 걔 좀……."

열을 내며 말하던 서유정이 말끝을 늘렸다.

"좀 무섭다고."

8시 반이 넘었다. 이하리는 집에서 연락을 받고 서둘러 돌아갔고, 나도 집으로 향했다.

조수아의 이미지가 분명해지고 있었다. 이솔과 유주현이 말한 것처럼, 문제가 생기거나 피해를 입어도 괜찮다고 하는 아이. 참는 아이.

그런데 그 피해는 누구도 입힌 적이 없다. 반티와 쪽지, 스스로 만들어낸 문제와 피해였다.

물감은? 누가 물감을 망가뜨리고 훔쳤다는 건 사실일까? 그 '누구'는 이번에도 조수아 본인일까?

조수아는 의뢰도 직접적으로 하지 않았다. 이솔에게 미묘하게 정보를 흘렸고, 유주현에게 의뢰를 부탁했다가 바로 취소했다. 그렇게만 해도 나는 움직였다. 파우치를 찾고, 쪽지를 없애고, 고양이 저주를 없던 것으로 만들었고…….

고양이?

서유정이 조수아에게 저주를 걸었다는 소문이 나게 된 원인은 그 고양이였다. 집 앞 골목에 서서 유주현에게 전화를 걸었다.

"조수아가 그 고양이에 대해 알았어? 네가 키웠던, 그 죽은 고양이 말이야."

"토미, 알지. 같이 밥도 주고 놀아준 적도 있어. 토미 아플

때 병원도 같이 갔었구."

"음악실에 제단 같은 거 만들라고 한 것도 조수아야?"

유주현은 잠시 머뭇거렸다.

"같이 만들긴 했는데……. 수아가 막 하라고 한 건 아니야. 어떻게 할까 하다가, 걔가, 고양이 죽인 사람에게 알려야 하지 않겠냐고 해서, 같이 얘기하다가 나온 아이디어였어."

"토마토 주스, 그건 조수아가 뿌리자고 했지?"

"……어."

언니가 느꼈던 미묘한 위화감의 정체. 유주현 말고 한 명 더. 그것도 조수아였다.

설마, 고양이를 그렇게 만든 것도?

네 번째의 미로를 완성했다. 점점 나아졌다고 생각한다. 첫 미로는 첫눈에만 복잡했지 허술했다. 멀리 돌아가기만 했을 뿐 하나의 선택지밖에 없어 가다 보면 손쉽게 중앙에 닿았다.

방금 완성한 미로는 그러지 않도록 주의 깊게 그렸다. 연필로 한번 밑그림을 그리고, 펜으로 덧그렸다. 시간도 오래 걸렸다.

입구부터 손가락으로 짚어 길을 따라가본다. 몇 번이나 멈춰 선택해야 하고, 선택한 길에서 막혀 돌아 나오게 된다.

만족한 순간, 뒤늦은 질문이 떠올랐다. 안에서 밖으로 나올 때도 똑같이 복잡할까?

밖에서 안으로 쉽사리 들어가지 못하도록 그려왔는데, 안에서부터 출발하면 어떨까. 가운뎃손가락을 대고 천천히 옮겨본다. 바로 잘못되었다는 느낌이 왔다.

안에서 되짚어 나오는 것은 너무 쉬웠다.

실수를 했다. 내가 안에 있는 것이니, 안에서부터 그렸어야 했다. 이건 바깥에서 들어가기 힘든 미로일 뿐 안에서 나오는 것은 하나의 길이었다.

펜으로, 확 미로 위를 그어버렸다. 한 번 더, 또 한 번 더. 펜촉이 종이를 찢고 벽지를 긁었다.

엉망진창이다, 실패했다. 숨이 가빠왔다. 이럴 땐 미로를 그리면 나아졌는데. 이젠 방법이 없다.

다른 거. 뭐라도. 이 혼란을 멈추게 할 뭐라도.

메일함을 열었다. 가장 위, 새로운 메일이 눈에 들어왔다. 평소라면 읽지 않았겠지만, 지금은 신경을 분산할 것이 필요했다.

메일을 열고—순식간에 빠져들었다. 흡수하듯 읽었다. 앞의 것, 다시 앞의 것으로 옮겨 가면서.

정신을 차렸을 땐, 호흡은 정상으로 돌아와 있었다.

방금 읽은 정보들을 취합하고, 정리했다. 모호하던 것들이 분명한 형태를 이루었다.

하필이면 지금, 잘못 그린 미로에 대한 계시처럼.

정말로 계시일지도 모른다.

조수아는 순순히 음악실로 나를 따라왔다. 4교시에 우리 반 음악 시간이 끝나고 나올 때 일부러 맨 마지막으로 나왔다. 문을 잠그는 척만 했고, 예상대로 음악실은 열려 있었다.

나와 조수아는 소녀 그림을 사이에 두고 마주 섰다. 조수아의 얼굴은 그림 속 소녀처럼 2차원 평면으로 보였다. 주머니 속에는 이하리가 챙겨준 작은 녹음기가 들어 있었다. 녹음이 잘되기만을 바랐다.

"물감은 아직 못 찾았어?"

내가 먼저 말을 꺼냈다. 조수아는 약간 눈을 크게 뜨고 고개를 저었다.

긴 침묵이 흘렀다. 조수아는 말할 기색이 없었고, 나는 승부를 걸어보기로 했다.

"물감, 최주경이 가져간 거 아니야."

"그걸 어떻게 알아?"

조수아가 드디어 입을 열었다.

"조수아 너는 최주경이 네 물감 훔쳤다고 생각하는 거야?"

일부러 이름을 붙이고 디테일을 붙였다. 조수아는 어깨를 움츠렸다.

"모르지, 나는."

"최주경은 아니야."

단호하게 말했다. 조수아의 눈썹이 불만스럽게 올라갔다. 그러나 말은 하지 않았다. 어떻게 말을 끌어내지? 이대로 수확 없이 끝날까 봐 초조해졌다. 나는 서툴게 공격을 시도했다.

"물감 없어졌다는 거 거짓말이지? 최주경한테 뒤집어씌우려 했던 거고. 처음부터 최주경 파우치엔 물감이 없었어."

"네가 최주경 선배 가방 뒤졌다는 얘긴 들었어. 그 얘길 왜 나한테 해?"

조수아가 침착하게 되물었다.

"나는 네 물감 찾으려고……."

"근데 왜 거길 뒤져?"

정말로 모르겠다는 투였다. 답답해 미칠 것 같았다.

"조수아 네가 유도한 거잖아. 이솔한테 나에 대해 물어보고, 파우치 얘기를 하고. 최주경이 범인인 것처럼 몰아갔으면서!"

"이솔? 미술부 1학년?"

아차, 이솔 얘기는 하지 말아야 했다.

"내가 이솔한테, 최주경 선배가 내 물감 훔쳤다고 말했다고? 난 그런 적 없어. 같이 가서 물어보자, 내가 그랬는지."

조수아는 희미한 미소를 머금고 말했다. 이솔은 아니라고 할 것이다. 그렇게 분명한 말이 없었던 건 사실이니까.

"그럼 이건 어때? 반티 뒤에 조수아죽어, 그 문구도 네가 만든 거였다면서?"

"무슨 말 하는지 모르겠어."

"반티 글자 말이야! 너희 반 반장이랑 같이 문구 만들면서 조작한 거지. 한 명에 한 글자씩 모아서 '조수아죽어'가 되도록, 걔네가 너 싫어하는 것처럼 꾸미려고."

이건 증거가 확실하다. 빠져나갈 수 없을 거다.

그러나 조수아가 입을 열었을 때, 나는 말을 잃었다.

"너한테 그렇게 보였다는 거잖아."

조수아의 얼굴이 미미하게 들떴다.

"누가 그런 걸 봐? 그렇게 읽은 네가 이상한 거 아니야?"

아무도 못 알아봤으면 조용히 넘어갔을 일이었나. 내가 알아봤기 때문에 비로소 문제가 되었다. 실제로 나 말고 알아본 사람이 있기나 했던가?

나는 정신을 차리려 애썼다. 아직 패가 더 있다.

"여기 음악실에 고양이 놓은 것도 네가 꾸민 거였어. 서유정 몰아가려고. 기절한 것도 쇼였고."

"고양이?"

조수아는 흘낏 그림을 올려다보더니 발걸음을 옮겨 벨벳

의자에 앉았다. 그림 속 소녀가 조수아를 내려다보았다. 의자는 비로소 주인을 되찾은 것처럼 보였다.

"모함하는 쪽지도 조수아 네가 만들어서 직접 꽂았고, 유주현 시켜서 날 이용하려 했어. 내가 들쑤시고 다니길 바랐겠지."

"쪽지 봤으면 알 거 아니야. 내가 하지도 않은 일을 했다고 하는 쪽지였어. 그런 걸 내가 왜 만들겠어? 그리고 그걸 왜 이제 와 얘기해? 벌써 몇 달 전 일인데?"

"그때 안 봤다고! 보지 말라며!"

조수아의 눈이 커졌다. 음악실에 들어와 처음으로, 동요한 것처럼 보였다.

"……안 봤다고?"

조수아가 두 손으로 얼굴을 감쌌다. 어깨가 흔들리고, 가려진 손 틈으로 신음 같은, 꾹 눌려 납작해진 웃음소리가 흘러나왔다.

그림 속 소녀가 숨죽여 웃었고 의자는 악의적으로 깔깔거렸다. 두 개의 의자, 두 명의 여자 아이.

조수아가 웃음을 멈추고 손을 내렸다. 손에 눌려 울긋불긋해진 얼굴로, 그래서 보다 인간으로 보이는 얼굴로 내게 말했다.

"재밌다, 너."

조수아는 내가 쪽지를 읽은 줄 알았다. 그러고도 물감을 이 선화방과 연결하지 못한 줄 알고 직접 언급한 것이다. 쪽지까지도 최주경이 저지른 일인 것처럼 몰아가려고. 실제로 나는 거의 그럴 뻔했다.

"야, 누가 그 쪽지 봤으면 어쩌려고 했어? 애들은 네가 훔친 걸로 생각할 텐데. 그래, 서유정 남친도 마찬가지야. 소문 쫙 난 거 몰라?"

"상관없어. 사실이 아닌데."

자신이 피해자가 되어도 상관없다. 아니, 차라리 더 좋은 것이다. 누군가는 조수아를 동정하게 된다. 유주현이 그랬고 나 또한 그랬다. 그리고 누군가는 오해를 받는다. 조수아를 괴롭혔다고, 저주를 걸었다고, 물감을 망가뜨렸다고. 증거가 없어도 그런 오해는 쉽게 벗겨지지 않는다.

"자해하는 거랑 뭐가 달라?"

"……그런 말은 처음 들어봐."

아주 재미있는 소리를 들은 것처럼 조수아의 눈이 반짝였다.

왜 조수아가 나를 움직이려 했는지 알 것 같았다. 조수아가 피해자로 있으려면, 내가 해결을 못 했어야 했다. 고양이의 저주를 다른 방향으로 돌리고, 쪽지를 찾아 없애버린 건 조수아가 원했던 일이 아니었다. 그래서 조수아는 내게 잘못된 정보를 준 것이다. 절대 해결하지 못하도록, 헛발질하도록.

"언제까지 그런 수법이 통할 거 같아? 길면 꼬리가 밟힌다는 말 몰라?"

"무슨 소리 하는지 모르겠어. 나는 너한테, 별일 아니라는 말밖엔 안 했는데."

어떤 말을 해도 다 튕겨져 나온다.

조수아는 얼마나 많은 '떡밥'을 뿌려두었을까. 혹은 지뢰를. 밟는 사람이 없으면, 아니 밟고도 모르고 지나치면 아무 영향이 없을 무엇. 의미를 부여하자 의미가 생겨버렸고, 그게 내 발밑에서 터졌다.

오늘 또 메일이 왔다. 망설임 없이 읽었다. 내용은 짧았으나 어제에 이어 나를 더 밀어붙이는 내용이었다.

드디어. 그 단어가 떠오르는 것을 막을 수가 없다.

노트북을 확인한다. 지후에게서 온 메시지는 없다. 지후가 약속을 청하지 않는다면, 우리는 만날 수 없다. 대화할 수 없다. 그렇다면 이 집에서 나의 존재 가치는 없다.

벽에 붙은 미로를 뜯어 귀퉁이가 딱 맞도록 접었다. 미로는 내 손 안에서 가뿐하게 접혔다. 어차피 이 미로들은 잘못되었다. 나를 가두지 못한다.

이곳에서의 나의 존재. 위치. 틀. 모든 것을 재정립해야 한다. 굳이 이곳일 필요조차 없다.

파란 하늘. 초록 풀밭. 웃는 얼굴. 그리고 엄마.

아빠에게 답을 보낼까. 가겠다고 할까. 아니면.

책상 앞에 앉은 채로 눈을 감았다. 행동. 움직임. 서서히 구체적으로 되어간다. 한 발짝씩, 한 문장씩.

콘플레이크에 우유를 붓고 기계적으로 떠 입안에 넣었다. 차가운 우유가 목을 타고 내려가자 배가 아팠다. 온몸이 꽉 조여진 느낌. 어제 조수아와 만나고 난 뒤부터 줄곧 그랬다. 교실에서 기다리던 이하리에겐 잘 안 됐다고만 했다. 녹음기를 주고 왔으니 들었으면 상황을 짐작했을 거다.

차라리 이하리에게 맡기는 게 나았을까. 그렇게 분명한 증거들을 모으고도 끌어내지 못하다니. 속이 더 뒤틀렸다.

"지후야, 이따 떡볶이랑 튀김 사 올 수 있니? 거기, 너희 학교 앞 가게에서. 채경이가 먹고 싶대."

부엌과 안방을 오가며 분주히 나갈 준비를 하던 엄마가 내게 말했다. 뭐지? 언니가 엄마에게 말한 건가? 나랑은 연락도 하기 싫은가.

"학원 가기 전에 집에 들를 시간 되지?"

"알았어요."

꽉 닫힌 방문을 향해 대답했다.

발을 질질 끌며 학교로 향했다. 아슬아슬하게 지각 직전에 교문에 들어섰고, 계단참에서 시간을 끌다 담임이 올라오는 걸 보고서야 교실로 들어갔다. 누구와도 말하고 싶지 않았다.

조회 후에 담임이 나를 불러내서, 최주경에게 사과를 받아내지 않으면 집에 연락할 수밖에 없다는 말을 전했다.

"나는 지후 너 믿어. 그래, 뭐 이유가 있겠지. 하지만 주경이네 부모님까지 믿어주진 않을 거 아냐."

사과하려고 했다. 최주경에게 잘못이 없다는 게 드러난 마당에 자존심 세울 일도 없었다. 그러나 최주경은 나를 만나주지 않았다. 사과의 말을 편지로 써볼까 싶어 연습장에 몇 문장 끼적이다가 구겨버렸다. 차라리 조수아에 대해 밝히는 편지를 쓸까. 하지만 조수아가 아니라고 말하면 나만 더 몰리게 된다. 구체적인 증거가 없다. 애매한, 심증만 있다.

이하리는 내게 말을 걸려 했지만 내가 피했다. 아무 생각도 하기 싫었다.

종례가 끝나자마자 학교를 빠져나왔다. 할 일이 있어서 다행이었다. 도망치는 게 아니라고 스스로에게나마 말할 수 있으니. 하도 빨리 나와서 떡볶이 가게가 붐비기 전이었다. 포장도 빨리 나왔다.

서소하는 없었다. 오늘 걔네 7교시던가. 참새라도 있으면 한번 보고 가려 했는데 2층에 있는지 보이지 않았다.

식탁에 떡볶이를 두고 언니에게 카톡을 보냈다.

—언니, 떡볶이 사 왔어.

오랜만에 보내는 문자였다.

—고마워.

답은 빠르고 짧았다. 그 세 글자를 잠시 들여다보다가 옷을 갈아입고 학원으로 향했다.

엄마에게서 연락이 온 건 딱 학원 끝나는 시간이었다.

"채경이가 무슨 펜이 필요하다는데, 오는 길에 사 올 수 있니?"

"그걸 언니가 엄마한테 연락했어?"

이해가 안 된다. 방금 떡볶이 가지고 문자도 주고받았으면서 왜 그걸 엄마에게 부탁하지?

"……어떤 펜인데요."

대형 문구점으로 가서 언니가 원하는 펜을 골라 집으로 향했다. 엘리베이터를 타고, 8층에 내려 현관 비밀번호를 누르고, 아무 생각 없이 문을 당겨 여는데—.

어? 어긋난 느낌이 들었다. 수면에 남은 파문 같은 거. 물을 흔들어놓은 것은 벌써 가라앉아 보이지 않지만 뚜렷이 남은 흔적.

"엄마?"

엄마 신발은 없었다. 대답도 없었다. 근데 왜 이렇지?

그때 핸드폰 진동이 울렸다. 이하리였다. 신발을 벗으며 전화를 받았다.

"오늘 최주경한테 사과하러 안 갔어? 천가예 말로는, 걔는 이솔한테 들었는데, 최주경 열 받았대. 이렇게 넘어가려 하냐고."

"갔었는데 지가 바쁘다고 해놓고서!"

골치가 지끈거렸다.

"너한테 스트레스 풀기로 작정했나 보다. 내일 나랑 같이 가보자. 차라리 다 말해버려, 조수아 얘기도. 믿든 안 믿든 그건 그쪽 문제지."

"어. ……고맙다."

이하리의 말은 비눗방울처럼 귓가를 둥둥 떠다니다 터졌다.

펜을 식탁 위에 두고, 방으로 들어가 언니에게 메시지를 보냈다. 펜 사 왔다고. 이번에도 똑같은 답이 왔다.

—고마워.

같은 집 안에 있는데, 몇 미터 안 떨어져 있는데 언니가 아주 멀리 있는 것처럼 느껴졌다. 문을 열면 볼 수 있는데. 그 얄팍한 규칙 따위는 무시해도 되는데 왜 매여 있지? 왜 그동안은 전혀 의문을 갖지도 않았지?

문을 벌컥 열고 언니를 부르고 싶었다. 조수아 얘기를 하고 싶었다.

그랬다가 언니가 조수아를 쉽게 이해해버리면 어쩌지. 이하리는 미쳤다고 한 그 행동들이 언니에게는 당연한 것이라면. 내가 또 말문이 막히면 어쩌지. 답을 듣고 싶지 않은 질문으로 이어지면. 그래서 말할 수가 없었다.

밤에 비가 오고 기온이 확 떨어졌다. 후드 점퍼를 꺼내 교복 위에 입었다. 후드를 뒤집어쓰니 그나마 마음이 편했다.

교문을 지나 현관을 들어서는데, 분위기가 소란스러웠다. 계단 위에서 아이들이 뛰어내려와 복도 끝으로 달려갔고, 그쪽에선 큰 소리가 났다.

"뭐야?"

등교하던 아이들은 피리 부는 사나이에 홀린 것처럼 그리로 향했다. 나도 마찬가지였다.

복도 끝 벽에 붙은 전지 크기의 종이가 아이들의 시선을 사로잡고 있었다. 며칠 전 교지편집부가 붙여놓은 교사 앙케트. 각 과목 교사들의 얼굴을 캐리커처로 크게 그려놓았고 그 옆에 각 과목의 특징과 소소한 장단점을 써놓았다.

물론 그 단점은 선생들의 심기를 거스르지 않을 정도였다. 기분 나쁘다고 항의했다간 본인이 소심한 사람이 되어버릴 정도의 수준. 옆에는 스티커 몇 장과 펜을 묶어놓아서 동의하는 것에 스티커를 붙이거나 자기 의견을 덧붙여 쓸 수 있도록 해놓았다. 참여율은 지독히 낮았다. 과학 선생 칸에 하트 모양으로 스티커를 붙여놓은 거 말고는.

그런데 거기 그려진 선생 얼굴 하나에 주황색 물감이 마구 칠해져 있었던 것이다.

"교실로 돌아가! 어서!"

교감이었다. 교감은 허겁지겁 그 종이를 떼려고 했다. 그때 찰칵 소리가 들렸다. 아직 핸드폰을 내지 않은 시간, 애들이 사진을 찍어댔다. 나는 그제야 핸드폰을 꺼냈지만 그땐 이미 늦었다.

"사진 찍지 마!"

교감이 아이들 사이로 파고들었고 아이들은 핸드폰을 숨기고 썰물 빠지듯 흩어졌다.

사진을 찍었어야 했는데. 그러나 교실에 들어오자마자 이하리가 내게 핸드폰을 내밀었다.

"봤어. 김지후? 못 봤으면 여기, 나 사진 찍어놨다."

반 애들이 나와 이하리 주변에 몰려들었다.

"와, 장난 아니다. 국어만 이런 거야?"

강한나가 말했다. 그 말대로 물감 칠을 당한 것은 국어뿐이었다. 다른 선생들은 말짱했다.

"거기 CCTV 없어? 다 찍혔을 텐데?"

"CCTV에 안 나오는 데야. 교지편집부 애들이 그랬어. 감시 안 받고 자유롭게 의견 낼 수 있게 일부러 거기다 붙인 거였대."

이하리가 대답했다.

"김지후, 네가 범인 찾아봐!"

누군가 내게 말했다. 비꼬는 투가 아니었다. 더 큰 사건이 터지자마자 내 위치는 순식간에 회복되었다. 손바닥 뒤집듯 가볍게. 너무한 거 아니냐고 물으면 뭐가? 어리둥절한 얼굴로 대답하겠지. 진절머리가 났다. 나는 아이들의 시선을 외면하고 자리에 앉았다.

곧 담임이 굳은 얼굴로 조회에 들어왔다.

"어제 수업 끝나고 학교에 남아 있었던 애들 손들어봐."

몇 명이 엉거주춤 손을 들었다.

담임은 그 애들을 쏘아보더니 너희 중에 관계자가 없길 바란다며, 뭐라도 보거나 알고 있는 애는 선생님에게 따로 찾아와 얘기를 하라고 했다.

어제 있었던 일이라 판단하고 있나? 오늘 아침이 아니라?

"국어 선생님 쓰러졌다는 거 진짜예요? 그림 보고 충격받아서?"

이하리가 교실을 나가던 담임에게 물었다. 담임은 기가 차다는 듯 삿대질을 하며 소리쳤다.

"그런 쓸데없는 소리 하지 말고! 이게 지금 장난이야?"

"장난 아님 뭔데, 장난 아니면 더 심각하지."

이하리가 작게 중얼거렸다. 담임은 그 소리를 듣지 못했는지 다급히 교실을 떠났다.

"왜 어제라고 하지? 오늘 아침일 수도 있잖아."

반장이 이하리에게 묻는 게 들렸다. 이하리는 목소리를 낮춰 대답했다.

"아까 교무실에서 언뜻 들었는데, 경비 아저씨가 그림이 그렇게 된 걸 봤대. 학교 문 잠그기 전에 점검하다가. 아저씨는 애들이 멋있으라고 그렇게 한 줄 알았다더라."

퇴근하던 선생들은 보지 못했을 것이다. 교무실도 1층이지만 앙케트 그림이 붙은 장소는 남쪽 복도 끝, 교무실은 북쪽 복도 끝. 교무실 쪽 현관에서 교문과 주차장이 더 가깝다.

1교시 영어 수업은 조용히 지나갔다. 그런 걸 물어볼 수 있는 선생이 아니었다.

관심 갖지 않으려 했는데, 쉬는 시간이 되자 몸이 저절로 움직였다. 1층으로 내려가 종이가 떼어진 것을 확인한 뒤 교무실에 들렀다. 국어 선생의 모습은 보이지 않았다. 정말 보건실인가. 거기까지 가는 건 오버다.

교실로 발걸음을 옮기는데, 묘하게 학교가 들썩이는 기분이 들었다.

뭐지? 장난 아닌 일. 이하리가 했던 말이 떠올랐다.

이하리는 2교시 시작종이 치고서야 교실로 돌아와 숨을 헐떡거리며 말을 내뱉었다.

"1교시에, 1학년 3반이 음악 수업이었는데!"

음악실은 암막 커튼이 쳐져 어두웠고, 첫 번째로 들어간 애가 불을 켰다. 그 순간 음악실로 들어오던 아이들이 모두 비명을 질러댔다. 소녀 그림이 붉은색과 노란색 물감으로 뒤덮여 있었던 것이다.

"불타오르는 것처럼!"

이하리가 극적으로 말했다. 천가예 친구인 1학년의 이솔이 그 반에 있어서 직접 봤다고 했다. 빨강과 노랑이면, 조수아가 잃어버렸다고 거짓말한 물감의 색깔인데?

"선생님, 음악실 얘기 들으셨어요? 선생님도 보셨어요?"

아이들은 2교시 수학 선생에게 질문을 쏟아냈지만 수학은 완벽하게 차단했다.

"야, 기말이 낼 모레야, 쓸데없는 데 신경 쓰지 말고 문제나 풀어!"

"이게 왜 쓸데없는 일이에요, 학교의 안위가 걸린 일인데!"

"학교 안위 말고 니들 성적의 안위나 걱정해라, 어?"

이하리는 2교시가 끝나자마자 총알처럼 밖으로 뛰어나갔

다. 나더러도 함께 가자고 했지만 따라가다가 멈췄다. 발이 무거웠다. 좋지 않은 예감이 들었다.

소문은 이하리보다 먼저 교실에 도착했다. 소문을 끌고 들어온 것은 박예서였다.

"그거, 음악실 그림, 조수아가 칠한 거래!"

덜컹, 가슴이 내려앉았다.

"그림을 불태우면 저주가 풀린다는 거 있었잖아, 그거, 불 그림 그린 거래! 조수아가 봄에 저주 걸렸었잖아, 그 고양이!"

"근데 그거 서유정이 저주한 거 아니고 뭐 다른 이유가 있다고 했어. 고3이 들어와서 한 거라고 했는데."

강한나가 말했지만 박예서는 들은 체도 안 했다.

이번에도 종이 치고서야 돌아온 이하리는 곧장 내 자리로 와 선생이 들어오기 전 짧은 시간 동안에 알아낸 것을 빠르게 말했다.

"이솔한테 들었어, 음악실에 물감 잘린 게 반쪽 떨어져 있었대. 그거, 미술부에서 최주경하고 조수아만 쓴다는 바로 그거였다는 거야. 그래서 미술부에서 두 사람 물감을 확인했는데 조수아 물감 상자에서 두 개, 빨강과 노랑만 비어 있었대."

혼란스러웠다. 물감을 잃어버렸다는 건 조수아가 꾸민 일이었다. 그러니 비어 있는 게 당연하다. 사건에 쓰인 물감이 그 물감일 수가 있나?

"미술부에선 조수아가 한 짓 같다고 의심하는 것 같더라."

이하리가 의미심장하게 말을 덧붙였다.

조수아의 물감이 없어졌다는 건 미술부에서는 이솔만 알고 있었다. 조수아가 입단속을 했으니까. 그러니 이번 일을 조수아와 연결시킬 법하다. 조수아는 어떤 반응을 보이고 있을까?

쉬는 시간 종이 치고, 내 궁금증은 해결되었다. 조수아가 나를 찾아온 것이다. 조수아가 우리 반 뒷문에 등장하자 반이 순식간에 조용해졌다.

"김지후, 너 찾는다."

박예서가 재밌어죽겠다는 표정으로 말을 전달했다. 나는 쏟아지는 시선을 맞으며 복도로 걸어 나갔다. 복도 끝, 먼지투성이 창가에서 조수아와 마주섰다.

조수아는 초조해 보였다. 지금까지와는 달랐다.

"내가 한 거 아니야! 물감 없어졌다고. 너도 알잖아."

"아니? 난 모르겠는데? 네가 언제 나한테 그런 말을 했어? 확실하게 들은 건 하나도 없는데."

통쾌했다. 받은 대로 돌려줄 기회가 온 것이다.

"없어진 거 아니라 빼돌렸던 거 아니야? 미술부 애들한테는 잃어버렸다고 했겠지. 그래놓고 이런 일을 저지른 거고."

"아니야!"

조수아가 소리를 질렀다. 옆 교실 애들이 나와 볼 정도로 큰 소리였다.

"아니란 걸 내가 왜 믿어야 해? 아니 믿는다 치고, 그럼 너한텐 더 잘된 거 아니야? 있지도 않은 일로 피해자 되는 거, 네가 좋아하는 거잖아. 마음껏 억울해할 수 있겠다. 봐, 얼굴부터 달라. 사진이라도 찍어놔. 다음부터 피해자 노릇할 때는 그 사진 참고하면 되겠다."

조수아의 얼굴이 일그러졌다.

"너지? 김지후 네가 그 물감 찾아서 그렇게 해놓고 나한테 뒤집어씌운 거지?"

너무 어이가 없어서 웃음이 났다. 쫄리긴 쫄리나 보다, 헛소리하는 걸 보니.

"야, 사람들이 다 너 같은 줄 알아? 내가 왜? 난 그렇게 할 수도 없었어. 어제 종례 끝나자마자 나갔다고."

다행히도 나에겐 알리바이가 있다. 조수아가 어떤 수를 쓰든 휘말리지 않을 것이다.

"조수아! 상담실에서 너 오래."

1반 반장이 이쪽으로 걸어오며 조수아를 불렀다. 선생들이 알게 된 걸까? 조수아의 뒷모습을 보며 통쾌함을 느낀 건 잠깐이었다.

방금 조수아에게 쏘아붙인 말을, 나 자신은 믿지 않았다. 조수아가 해왔던 일과 이 일은 결이 다르다. 조수아는 칼끝이 안으로 향하도록 잡는 애다. 자기 그림을 물감으로 덮었으면 덮었지, 저렇게 밖으로 휘둘렀을 것 같지 않다.

그렇다면 누가?

"조수아가 뭐래? 자기 아니래지? 도와달래? 그렇게 뻔한 걸 어떻게 덮냐."

교실에 돌아오자 박예서가 의기양양한 투로 말했다.

나는 자리에 앉아 쪽지를 썼다.

음악실 그림을 볼 방법 없을까? 벌써 다 지웠으려나?

쪽지를 받은 이하리가 뒤돌아 씩 웃었다.

"어서 들어와."

천가예가 환영하듯이 팔을 벌렸다. 누구도 음악실에 들어갈 수 없게 잠가놓고 경고문까지 붙여놓았지만 천가예가 거기 있었다.

"벽화 동아리 보고 지우라고 하네. 미술부 애들 안 시키고 우리 시키는 거 봐. 급이 다르다 이거지. 밥은 먹고 하라고 되게 인심 쓰는 것처럼 말하더라. 다른 애들은 점심 먹고 올 거야."

점심 대신 매점에서 빵과 우유를 사 왔다. 천가예는 빵 봉지를 반갑게 받아 들었다.

"오, 피자빵도 있네. 잘 먹을게. 참, 결국 신고는 안 하기로 했대. 봄에 이 그림 때문에 그 난리를 치렀으니 또 그러긴 싫겠지. 이 그림도 참 기구하다, 기구해. 어때? 본 소감."

빨강과 노랑이 겹겹이 반복되며 커지는 동그라미가 액자 유리를 가득 채우고 있었다. 불이라기보다는 둥근 막대 사탕을 표현한 것처럼 보였다.

"조수아 그림 잘 그리는 애 아니야? 이건 막 그린 거 같은데."

"잘 그릴 정신이 있었겠냐. 살짝 미쳐서 붓을 휘둘렀을 텐데."

천가예가 말했지만 나도 이하리도 대꾸하지 않았다. 천가예는 빵을 고르다 말고 멈췄다.

"뭐지, 이 분위기. 조수아 아니야? 그럼 누구? 설마, 최주경?"

"확인해봐야지."

조수아 편을 들려고 한 건 아니었다. 다만 신발 속 돌멩이를 빼내 확인해볼 필요가 있었다.

육하원칙에 따라 비어 있는 곳을 채워본다. 누가, 언제, 어디서, 어떻게, 무엇을, 왜. 어디는 나왔고, 언제는? 국어 선생을 칠한 건 어제 하교 후. 음악실도 그때라고 보는 게 자연스럽다.

"맞아. 이솔 말로는 1교시 때 다 말라 있었대. 이렇게 두툼하게 물감 칠 된 쪽도 딱딱하게 굳어 있었고. 이솔이 눌러봤다니까 확실해. 아침에 그렸으면 덜 말랐을걸."

천가예가 말했다.

"음악실 잠겨 있었을 텐데. 어떻게 열쇠를 얻었는지도 알아봐야 해. 합창부 부장이랑, 또 누가 가지고 있지?"

"요즘은 교무실에 걸려 있더라고, 예전처럼."

지난봄 고양이 제단 이후로 철저하게 관리하더니 도로 풀어졌나 보다. 그럼 누구라도 열쇠를 손에 넣을 수 있었을 거다.

그다음은 어떻게, 도구다.

"붓으로 그렸어. 얇은 붓 말고 넓은 거, 빽붓 같네."

천가예가 그림을 보며 대답했다.

"여기, 털이 빠져서 묻은 거 보여? 이런 거 국과수 같은 데 보내면 어느 브랜드인지 나올까?"

"무슨 국과수야. 이게 그럴 사건이냐."

이하리가 말하자 천가예는 이번엔 네 차례라는 듯 과장되게 손을 뻗으며 뒤로 물러섰다. 이하리가 그림 앞으로 다가섰다.

"물을 섞어서 썼네. 여기 봐. 너무 묽게 해서 아래로 흘렀어."

"너무 당연한 소리잖아. 이하리 감 떨어졌네."

천가예가 빙글빙글 웃으며 끼어들었다. 이하리는 짧게 한

숨을 쉬고 말을 이었다.

"붓을 물로 씻어가며 썼나 봐. 노랑 칠 중간에 빨강이 약간 섞였잖아. 빨강 묻은 붓을 꼼꼼히 안 씻고 바로 노랑 묻혀 써서 그래."

"붓을 하나만 썼다는 말이네. 물통도 썼고."

액자를 살폈다. 아래로 흐른 물감이 액자 테두리까지 이어져 있었지만 테두리는 깨끗했다. 닦았나? 그림을 그린 사람은 액자는 더럽히지 않기를 바란 모양이었다.

그럼 도구는 붓, 물통, 휴지나 수건, 그리고 물감.

"물감 잘린 것도 이솔이 봤대?"

"어. 노랑 물감이고 딱 중간이 잘려서 뚜껑 쪽이 남아 있었대. 특이한 브랜드라서 다행이야. 평범한 거였으면 누구 건지 못 찾았을걸."

천가예가 대답했다.

"이선화방에서는 살 수 있다며. 조수아 물감이라는 증거일 순 없어."

"그래도 조수아 물감에서 그 두 색깔이 사라져 있었다잖아. 미술부에서 확인했다던데?"

김지후 네가 그 물감 찾아서 그렇게 해놓고…….

조수아는 물감에 대해 그렇게 말했다. 그 말에서 유추할 수 있는 두 가지. 첫째, 물감이 정말로 없어졌다. 조수아가 어딘가 숨겨놓았는데 없어진 거다. 그러니 이 일에 쓰인 것은 조수아의 물감이 맞을 것이다. 둘째, 물감은 내가 가져갈 수 있을 만한 장소에 있었다. 그런 장소는 한 곳뿐이다. 학교.

"누가 조수아 물감을 훔쳐서 이걸 그렸다고 보는 거야? 조수아는 억울하게 몰이당하고 있는 거고?"

천가예가 피자빵 봉지를 뜯으며 물었다. 천가예는 빵을 반으로 잘라 한쪽을 이하리에게 건넸다. 이하리는 자연스레 그걸 받아 입에 넣으며 대꾸했다.

"스케일 큰 자작극일 수도 있어. 조수아 걔, 엄청 꼬였더라고. 자기가 이래놓고 남이 나를 해코지하는 거다, 이런 판을 짰을지도."

"왜 그러는 건데? 그렇게 해서 얻을 게 뭐 있다고?"

"관종이야, 관종."

이하리는 한마디로 정리했다.

"……많은 걸 얻을 수 있지."

나도 모르게 덧붙였다. 이하리가 의아한 표정으로 나를 봤다.

"누가 그렇게까지 남의 일에 관심 있다고. 지금 이것도 얼마 안 지나 팍 식을걸. 우유 아무거나 먹어도 돼?"

천가예는 우유갑을 열며 무신경하게 말했다.

무시하면 될 일이었나. 조수아의 계획들과 실행은 결국 혼자만의 망상이었고 거미줄보다도 얇은 그물이었나.

아니다. 내가 걸려들었다. 반티를 알아봤고, 최주경의 가방을 뒤졌다. 내가 허술해서? 아니면 조수아와 같은 계열의 인간이어서.

음악실에서 더 나올 건 없었다. 다음 순서로 갈 차례다.

"캐리커처 그린 종이는 지금 어딨지? 교감이 가져갔나?"

"교지편집부가 만든 거잖아. 거기서 도로 수거했을걸."

5교시 쉬는 시간에 이하리와 함께 교지편집부로 갔다. 교지편집부의 유은형은 흔쾌히 우리를 안으로 들였다. 가운데 넓은 탁자에 그 종이가 펼쳐져 있었다.

"진짜 야심차게 준비한 건데 테러를 당해버렸네. 처음부터 이럴 필요가 없었던 운명이었던 것이지."

유은형은 자조적으로 중얼거렸다.

아침에 봤을 때는 국어 얼굴에 주황색을 칠한 것으로 보였다. 지금 보니 노랑과 빨강이 섞인 것이었다.

"음악실이 먼저고 여기가 나중일 거야. 음악실에서는 노랑과 빨강을 나눠 칠하려 했어. 여기는 남은 물감들 대충 섞어서 그은 거 같아. 몇 번 뭉개고 말았네."

이하리가 종이를 살피며 말했다.

"붓질도 마른 느낌이야. 음악실에선 물을 많이 써서 아래로

주룩주룩 흘렀잖아. 이건 물 따로 없이 물감만으로 칠한 거야."

음악실에서는 문 잠가놓고 편하게 그렸어도 복도에선 그럴 수 없었을 것이다. 급하게 칠해야 해서 물 없이 막 칠했나? 그럼 남은 도구들은 어쨌을까? 종이 가방 같은 데 넣어서 들었을까?

"왜 국어 선생을 테러한 거지? 뭐, 이 중에서 제일 못 그린 거긴 했어."

유은형이 물었다. 그게 또 하나의 미스터리였다. 하필이면 국어? 체육이나 영어도 아니고?

"이건 누가 그린 거야?"

"내가 그린 건데."

유은형이 손을 들어 보였다.

"너 뭐 조수아랑 원수진 일 있냐?"

이하리가 묻자 유은형은 눈썹 위를 긁었다.

"아. 그러고 보니 4월에, 그 음악실 저주 사건 있었을 때 인터뷰해보려 하긴 했어. 거절하더라."

"너도 참 대단하다. 그런 걸로도 인터뷰할 생각을 하냐. 뭐라고 물어보게? 저주당하고 생활이 달라졌나요, 이렇게?"

이하리가 혀를 차고, 유은형은 어깨를 으쓱 올렸다.

"조수아가 뭐라고 하면서 거절했어?"

"뭐랬더라……. 좀 별나게 거절하긴 했어. 됐다, 나랑 상관없다, 이런 게 아니라. 맞다, 피해를 입히고 싶지 않다? 폐 끼치기 싫다? 이런 식으로 말하더라."

그때도 여지를 둔 거다. 피해자인 것처럼, 그렇지만 참고 받아들이겠다는 식으로.

쉬는 시간 십 분이 너무 짧았다. 6교시 시작종을 듣고 교실로 뛰어 돌아오는데, 반장이 복도에 있다가 나와 이하리를 붙들었다.

"이거, 너희만 알고 있어. 아까 교무실에 갔다가 들었는데 CCTV에 용의자가 나왔대, 음악실 그림 칠한 사람."

"뭐? 누군데?"

"쉿! 절대 발설하지 말랬단 말이야. 쓰레기통에 뭘 버리는 모습이 찍혔는데, 확인해보니까 다 쓴 물감이 나왔대. 빨강이랑 노랑. 아, 물감 묻은 플라스틱판이랑 생수병도 나왔고. 근데 물감에 이니셜이 있었대. S.A. 조수아 맞지?"

CCTV에 얼굴은 잡히지 않았다고 했다. 교복 치마를 입고 회색 후드 점퍼를 입은, 마스크를 쓴 여자아이라는 것만 확인이 되었다.

"얼굴이 나온 건 아니네."

"조수아가 아니란 거야? 그럼 누구?"

반장이 눈치 빠르게 물었다.

"아직 몰라. 정보가 부족해서."

왜 나는 자꾸 모른다고, 더 알아봐야 한다고 대답하고 있나. 그래, 그 '왜' 때문이다. 조수아가 왜? 최주경이 왜? 제삼의 인물이라 해도, 도대체 왜? 겉으로는 이어져 있어도 속이, 의도가 분명하지 않은 것이다.

"그 물건들 나왔다는 쓰레기통은 어디였어? 1층 현관 밖에?"

"아니. 2층 화장실 옆에, 계단참 모퉁이에."

"2층?"

"너희 뭐 하니, 들어가!"

사회 선생이 계단을 올라왔다. 우리는 쫓기듯 교실 안으로 뛰어들어갔다.

2층 화장실 옆 쓰레기통? 그럼 동선이 안 맞는다.

1층에 내려가서 국어 선생 얼굴에 색칠을 하고 다시 2층으로 가서 도구를 버렸다고? 앙케트 그림 붙은 장소에서 곧바로 현관으로 나가 그 앞 쓰레기통을 쓰면 되는데. 붓 씻은 물도 화단이나 수돗가에 버릴 수 있고.

화장실 안이 아니라 옆의 쓰레기통이라는 것도 의심스러웠다. 물을 버리려면 화장실에 들어갔을 거고, 팔레트며 물감도 화장실 안 쓰레기통에 버릴 수 있는데 굳이 또 가지고 나와서 버렸다고?

그리고 붓은? 붓도 나왔나?

수업이 끝나자마자 자리에서 일어났다. 담임이 종례하러 오기 전에 이하리와 동선 이야기를 해볼 참이었는데, 사회 선생이 나를 불렀다.

"오늘 너희 반 종례 없다. 청소 당번 알아서 청소해. 김지후, 너는 나 따라와."

상담실에 모인 사람은 며칠 전과 똑같았다. 거기에 2학년 1반 담임과 조수아가 추가되었다.

탁자 위에는 문제의 도구들이 있었다. 물감 묻은 플라스틱 판과 물통으로 썼을 반쪽짜리 생수병과 가위, 그리고 물감. 노랑과 빨강 둘 다 반으로 잘리고 구겨진 상태였다. 음악실에서 발견되었을 노랑 반쪽은 미술 선생 앞에 따로 놓여 있었다. 또 하나의 반쪽 물감에 검은 네임펜으로 적힌 두 글자가 보였다. S.A. 조수아의 이니셜이었다.

학생 주임은 날 보고 곤란한 신음을 내뱉었다.

"김지후, 네가 지난번에 최주경 가방 뒤졌던 거, 친구 물건 찾아서 그런 거라고 했었지. 맞아?"

최주경과 조수아가 동시에 나를 쳐다보았다.

"네, 맞아요."

"그 친구라는 애가 조수아야?"

진짜, 대답해주기 싫다. 그렇지만 이렇게 꼬인 상황에서는 나마저 꼬았다간 절대 못 풀게 될 것이다.

"네."

"전 안 가져갔어요! 야, 조수아! 내가 왜 네 물감을 가져가? 너 미쳤니?"

최주경이 신경질적으로 소리쳤다.

"저 김지후에게 부탁한 적 없어요. 물감 잃어버려서 찾고 있긴 했는데……. 쟤랑 말해본 적도 없어요."

조수아는 울 듯한 얼굴로 말했다. 다시 얼굴들이 나를 향했다.

"직접 부탁을 받은 건 아니고요, 제가, 들은 얘기가 있어서."

"제대로 들은 것도 아니면서 그렇게 일을 벌리고 다녀? 어?"

2학년 1반 담임이 잔뜩 인상을 쓰고 내게 소리쳤다. 우리 반 담임이 탁자 위로 몸을 내밀었다.

"그래도 지후가 주경이 거 훔치려 한 건 아니었네요. 그거 하난 확실히 밝혀진 거죠? 주경아, 그치?"

예상 못 한 효과였다.

그 물감이 그렇게 쓰였기 때문에 조수아는 물감을 잃어버렸다고 자기 입으로 말할 수밖에 없었다. 그 증인으로서 나를 불렀고, 결과적으로 내 누명은 벗겨졌다.

"이 물감, 수아 네 거가 맞아?"

미술 선생의 질문에 조수아가 작게 고개를 끄덕였다. 2학년 1반 담임이 누그러진 어투로 말했다.

"그럼 수아가 잃어버린 걸로 누가 그렇게 했나 봐요. 수아나 주경이가 한 건 아니겠죠."

조수아 얼굴에 피어오르는 안도감. 동시에 내 속에서 끓는 분노. 내가, 조수아를 구하는 패가 되다니.

"당연히 주경이가 그럴 이유가 없죠."

미술 선생이 단호하게 말하며 최주경의 어깨에 손을 올렸다. 저들은 누가 그랬는지를 찾아낼 마음이 없다. 겉만 봉합할 수 있다면 진실은 중요하지 않은 것이다.

"선생님, 붓은 찾았어요?"

내가 묻자 모두가 나를 쳐다보았다.

"붓?"

"네, 그림 그린 붓이요. 여기 팔레트랑 물감 말고, 쓰레기통에 붓은 없었어요?"

"쓰레기통에서 찾은 줄은 어떻게 알았어? 하여간, 애들이 다 쥐새끼 같아! 이놈의 학교!"

미술 선생이 신경질적으로 소리를 질렀다.

"붓은 안 나왔어, 그건 또 왜! 너 뭐 쑤시고 다니려고 그러니? 가만히 좀 있어!"

고함은 내 귓가를 스치고 지나갔다. 붓이 없었다면 동선을 새롭게 짤 수 있다. 논리적으로, 이치에 맞게.

상담실에서 나오자 최주경은 화난 걸음으로 걸어가버렸다. 나는 건물을 벗어났다. 몇 걸음 뒤에 조수아가 따라오는 기척을 느꼈다.

운동장엔 아무도 없었다. 조수아와 나는 고등학교로 이어지는 스탠드에서 멈췄다.

하늘엔 먹구름이 가득했고 바람이 세차게 불고 있었다. 눈인지 비인지 모를 차가운 물기가 뺨에 간간이 닿았다. 곧 뭐라도 몰아칠 것 같았다.

"내 편 안 들을 줄 알았는데."

조수아가 홀가분한 태도로 말했다.

"웃기지 마. 편든 거 아니니까."

더 쏘아붙이고 싶었다. 안심한 저 얼굴을 도로 질리게 만들고 싶었다.

"선생들 차원에서는 마무리되겠지. 하지만 애들은 여전히 네가 했다고 생각할 거야."

"그건 상관없어."

조수아가 여유롭게 웃어 보였다. 정말로 상관이 없을 것이다. 선생들, 결정권을 가진 이들의 마음을 바꿨으니까. 이제 조수아는 마음 놓고 피해자가 될 수 있다. 비아냥거리려 한 말이 현실이 되어버렸다.

내가 할 수 있는 건 하나였다. 조수아가 꾸민 일 중 하나라도 증거를 잡는 것.

"그 물감, 어디 뒀었어? 모르는 척하지 마. 솔직히 안 말하면 나도 말 바꿀 수 있어."

조수아는 땅에 떨어진 붉은 낙엽을 주워 잘게 찢기 시작했다. 나는 조심스레 손을 주머니에 넣었다. 이하리에게서 받아 둔 녹음기를 넣어두길 잘했다. 버튼을 눌러서 녹음을 시작하면 된다…….

"왜 자꾸 너랑 얽히지? 협죽도도 너 때문에 사라졌잖아. 잎을 모아뒀었는데."

조수아의 입에서 의외의 말이 튀어나왔다. 손이 녹음기 버튼 위에서 멈췄다. 협죽도?

내가 협죽도 때문에 방학식 날 학교를 뒤집어놓았다는 건 학교 전체가 아는 일이다. 조수아가 안다고 해서 특별할 것도 없다. 하지만 조수아의 말투는 달랐다.

"잎을 모았다니 그게 무슨 소리야?"

녹음을 해야 한다—뭔가 나오고 있다. 그러나 버튼을 누르지 못했다. 이건 언니가 관련된 문제였다.

"누구한테 먹이기라도 하려 했어?"

"누굴? 아니야. 어떻게 그래."

조수아는 고개를 저었다.

"내가 먹어볼까 했어."

그게 이 아이의 방식이다. 다른 사람이 먹인 것처럼 분위기를 잡고, 또 괜찮다고 했겠지.

"네가 그렇게 소란스럽게 굴지 않았으면 뭘 더 해봤을 텐데. 그거, 너만 아는 줄 알았지? 근데 아냐. 나 말고 딴 선배도 알았어. 너만 알았던 거 아니라고."

조수아가 말했다. 선배라니? 갑자기 속이 울렁거렸다.

"딴소리하지 마. 물감 어디 뒀는지나 말해."

나는 녹음기 버튼을 눌렀다. 조수아는 새 낙엽을 하나 주워 들고는, 순순히 말했다.

"미술실 앞 재활용품 상자 속에 뒀었어. 종이 모으는 데. 이번에 가보니까 없어졌어."

됐다, 증거를 얻었다. 그걸로 만족했어야 했는데, 반사적으로 나오는 질문을 참지 못했다.

"네가 거기 뒀다는 걸 아는 사람이 있어?"

"누가 있겠어. 아."

조수아가 낙엽을 해체하던 손을 멈췄다.

"한 명 있어. 방금 말한 그 선배. 그렇지만 여기 없는데. 작년에 이민 갔어, 호주로."

"호주?"

아무 준비 없이 얻어맞은 것처럼 숨이 콱 막혔다. 쿵-쾅 쿵-쾅, 심장이 세차게 뛰었다.

"그 선배가, 왜, 어떻게 아는데?"

말이 거미줄에 걸리듯 더듬더듬 나왔다. 조수아는 의아한 눈으로 나를 보았다.

"이름이 뭔데, 그 선배."

조수아의 입술이 달싹거린다. 배가 조여들고, 토할 것 같은 기분이 들었다. 듣고 싶은가. 아니면 듣고 싶지 않은가…….

"말해!"

참아내지 못한 고함이 내 입속에서 터져 나왔다. 조수아는 얼굴을 찡그리며 한 발 물러섰다.

"그딴 식으로 물어보면, 말하기 싫지."

조수아의 손에서 낙엽 부스러기가 우수수 떨어졌다.

나는 빠른 걸음으로 건물로 돌아왔다.

아니다. 과한 연상이다. 그런 사람이 정말 있나 보지. 언니는 집 밖으로 나오지 않는데. 이민 간 것도 아니다.

억지로 생각을 누르고, 접었다.

다른 애가 재활용품 상자를 정리하다가 우연히 발견했을 가능성이 더 크다. 조수아가 물감 둔 장소를 말한 '그 누군가'

가 학교까지 와서 그런 일들을 했다는 건 억지다.

그러나 동기는? 조수아와 최주경을 싫어해서, 물감을 발견하고 잘됐다 싶어 그런 일들을 계획했다는 건가? 억지로 꿰맞춘 것 이상은 되지 못한다.

……다 알고 있었나?

불쑥 떠오르는 문장에 소스라치는데, 누가 나를 불러 세웠다.

"김지후! 얘 말 좀 들어봐. 국어랑 조수아 관계 알았어!"

나는 고개를 돌렸다. 이하리 옆에, 모르는 애가 서 있었다.

냉장고에서 떡볶이와 튀김을 꺼냈다.

차가운 튀김을 씹는다. 하루 지났어도 맛있다. 누구였지, 튀김을 좋아했던 사람. 그런 사람이 있었는데. 자기가 좋아하는 것을 동네방네 알리지 못해 안달난 사람. 고작 그런 걸로 상대를 휘두르고 싶어 하는 사람.

할머니는 내가 튀김을 싫어한다고 생각했다. 튀김을, 자신을?

엄마와 나를 떨어뜨려놓은 게 자신이라고 생각했고, 그래서 내가 자신을 원망한다고 지레짐작했다. 꼬박꼬박 입금하는 돈으로 그 대가를 치르려 했다. 내가 차를 좋아한다는 아빠의 말을 듣고 차와 찻잔 세트를 보냈다.

맞는 게 하나도 없지만, 바로잡을 마음은 없다.

세상은 오해와 착각으로 이루어져 있다. 모든 사람은 각자의 길을 걷고 있고 그 길은 절대 교차되거나 이어지지 않기 때문이다. 이해처럼 보이는 것은 우연의 결과일 뿐이다.

아. 혀끝을 씹었다. 짭짤한 피 맛이 튀김옷과 오징어 사이로 섞여들었다.

"그때 4월에, 고양이 제물 나왔을 때 말이야. 조수아가 쓰러진 거, 국어 시간이었대."

이하리는 옆에 선 아이에게 고갯짓을 했다. 2학년 1반의 윤소율이었다.

"국어가 조수아한테 시 읽어보라고 시켰거든. 그거 첫 구절 읽고서 쓰러진 거야. 그때는 뭐, 그림 저주가 먹힌 건 줄 알았지."

"그래서 국어 얼굴에도 칠을 한 거야! 저주의 고리를 끊고 싶다, 그런 거지. 역시 조수아가 한 것 같아. ……아닌가?"

이하리가 내 얼굴을 살폈다. 집중하지 못하는 게 느껴졌나 보다. 흐트러진 마음을 겨우 모아 대답했다.

"그래, 어, 그럴 수도 있겠다."

"그리고 이건, 관련이 있을까 모르겠는데…… 국어 얘기이긴 해서."

윤소율은 자신 없는 얼굴로 말을 시작했다. 작년 1학년 국어 수행평가 때, 가족 다음으로 친구가 주제였을 때 얘기였다.

"나 4반이었거든. 조수아가 2반인가 그랬는데, 조수아가 나를 제일 친한 친구로 썼다는 거야. 국어가 나한테 왜 조수아 안 썼느냐고 물어보는데 황당해 미치는 줄. 나 걔랑 친하지도 않았다고. 6학년 때 같은 반이긴 했지만 중학교 와서 다른 반 되고는 말도 별로 안 해봤는데, 왜 나를 썼나 몰라. 국어는 조수아한테 가서도 윤소율은 너 친구라고 안 썼는데 왜 너는 썼냐는 식으로 따졌대. 난 잘못한 것도 없는데 괜히 찜찜하고."

"그때 국어한테 당한 사람이 한둘이겠냐. 근데 그건 어차피 작년 일이잖아."

이하리가 말했다.

작년의 일. 작년과 올해의 차이. 순간, 나는 애써 붙잡고 있던 생각을 놓았다. 실뭉치에서 실이 풀려나가듯, 생각은 사정없이 뻗어나갔다. 누가 실 끝을 잡고 달아나기라도 하는 것처럼.

음악실 문 앞에서부터 걷기 시작한다. 풀려나간 실을 따라, 미로로 들어간다.

뻔하디 뻔하고 익숙한 이 공간에 보이지 않는 벽과 함정이 숨어 있다. 걷다 막히고, 부딪히고, 구덩이에 빠진다. 이곳이

미로라는 걸 파악했어도 달라지는 건 없다. 신발 속 돌멩이는 더욱 날카로워져 걸을 때마다 지독한 통증이 느껴진다. 양말이 피에 젖어가고 있다.

이 안을 걷는 똑같은 차림의 인간들. 누구는 미로를 헤매고 있고 누구는 미로인지도 모르고.

음악실, 복도를 걸어가 2층 화장실. 도구들을 화장실 안이 아니라 바깥 쓰레기통에 버린 게, 화장실에 들어갈 이유가 없어서였다면?

음악실로 돌아가 주변을 살폈다. 음악실 앞 커다란 화분 안 흙에 붉고 노란 흔적이 있었다. 여기다 물을 버린 거다.

다시 2층 화장실 쪽으로 가 물통, 팔레트, 물감을 버리는 시늉을 했다. 붓만 들고 1층으로 내려간다. 남쪽 복도로 가다가 벽에 붙은 국어 캐리커처를 보고, 물감을 칠한다. 물이 없고 붓이 마르고 있어 거친 붓 자국이 남는다.

몇 가지 조건을 집어넣자 비로소 동선이 자연스러워졌다.

현관 앞에 서자 메마른 오후의 햇살에 눈이 부셨다. 가늘게 눈을 뜨고 눈앞의 체육관을 보았다.

미로의 끝이 가까워지고 있었다. 그런데 그 끝은 탈출구일까, 아니면 미로의 가장 깊은 안쪽일까. 내가 가려는 목적지는 둘 중 어디인가.

집 앞 골목에서 핸드폰을 꺼냈다. 언니와 약속을 잡을 참이었다. 부재중 2통, 문자 하나. 이하리였다. 문자는 꽤 길었다.

—유주현하고 윤소율한테 물어봤는데, 조수아네 집 말이야…….

나는 핸드폰을 가방 앞주머니에 넣고 지퍼를 닫았다. 읽고 싶지 않았다. 알면 이해하게 되고 연결되어버린다. 지금 이어진 정도만으로도 벅찼다.

멍하면서도 또렷한 기분으로 현관 비밀번호를 누르고 현관문을 당겨 여는데—.

찾았다, 신발 속에 숨어 있던 마지막 돌 하나.

"오늘 학교에서 일이 있었어."

내 목소리는 평범하게 들렸다. 언니는 책상 위에 가지런히 정리되어 있던 찻잔과 찻주전자를 작은 상으로 옮기고 틴 케이스에서 계피 가루가 묻은 쿠키를 꺼냈다. 갑작스레 요청한 '약속'이었지만 언니는 곧바로 긍정의 답을 보냈다.

"누가 음악실 그림에다가 빨강과 노랑으로 물감 칠을 해놨어. 교지편집부가 1층에 붙여놓은 선생들 그림 중에서 국어 얼굴에다가도 칠을 했고. 조수아란 애가 그렇게 했다는 소문이 돌았어. 걔 걸로 보이는 물감 일부가 음악실에서 발견되었거든."

언니는 전기 주전자에 생수를 붓고 스위치를 눌렀다.

"기억나? 음악실 고양이 제단이랑 엮였던 애. 저주받았다고 소문났던 애야. 얼마 전에, 체육대회 반티에 써진 욕도 개를 겨냥했던 거고."

언니는 보일 듯 말 듯 고개를 끄덕였다. 나는 목에 힘을 주었다. 그렇게 하지 않으면 목소리가 떨릴 것 같았다.

"나머지 물감이 쓰레기통에서 나왔는데, 거기에 조수아 이니셜이 적혀 있었어. 조수아는 누가 자기 물감으로 그렇게 한 거라고 했고 선생들은 그 말을 믿었어. 빨리 정리하고 싶을 테니까."

말이란 것은 얼마나 헛된가. 말은 지어낼 수 있다. 믿고 믿지 않고는 그 말의 견고함과 진실성에 있지 않다. 믿고 믿지 않는 당사자 마음의 문제다.

"학교 애들은 갈렸어. 그래도 조수아일 거라는 애들. 아니라는 애들. 그렇든 말든 관심 없는 애들. 나는……."

찻주전자에 홍차 가루를 담던 언니의 손이 살짝 멈췄다.

"조수아가 아닐 거라고 생각해."

부스스, 검붉은 홍차 가루가 주전자 안으로 떨어졌다. 선명한 푸른빛의 마른 꽃잎이 섞여 있었다.

"납득이 안 되는 게 몇 개 있어. 첫째로, 그걸 그리는 데 쓰인 팔레트와 물통, 물감 같은 게 2층 화장실 옆 쓰레기통에서 발견되었다는 거. 이상했어. 가져갈 것도 아니고, CCTV 있는 장소에 버리고 갈 거였으면 왜…….”

나는 숨을 들이마셨다.

“왜 음악실 앞 쓰레기통에 안 버렸을까.”

언니는 끓은 물을 찻주전자에 부었다. 홍차에는 조금 식힌 물 써야 한다고 해놓고서, 저 뜨거운 물을 바로.

“작년까지는 2층 복도엔 화장실 앞에만 쓰레기통이 있었지. 그래서 애들이 불만이 많았어. 그러다가, 올해 봄에 음악실 앞에도 쓰레기통을 두기로 했어. 대신 안 보이게 가림막으로 가렸고. 불편하기 짝이 없어. 좁은 가림막 뒤로 들어가서 쓰레기를 버려야 하니까.”

학급 회의 때마다 가림막을 없애자는 건의 사항이 나왔지만 바뀔 기미가 없었다. 편의성보단 외관을 중요하게 여기는 게 학교다운 일이긴 했다.

“왜 가까운 곳에 안 버렸을까? 물통의 물을 음악실 앞 화분에 버렸으니까 물 때문은 아니야. ……몰라서, 였다면 말이 되지.”

언니가 우려낸 차를 내 앞의 찻잔에 따랐다. 평소보다 진한 주황색이었다.

“그다음으론 국어가 문제였어. 좋아서 칠한 건 아니었겠지. 누가 봐도 모욕의 의미였어. 더 인기 없고 애들이 싫어하는 선생도 많은데 왜 국어에게 칠했을까? 국어 선생은, 애들이 다 좋아하는, 드물게 인기가 있는 선생인데."

언니가 나를 봤다. 언니 눈동자에 의아함이 서렸다.

"……옛날 국어 선생이라면 몰라도."

말을 잇기가 힘들다. 이렇게 파헤치고 분석하는 얘기를 언니와 얼마나 많이 했던가. 우리와 상관없어서 거침없이 쑤시고 해체할 수 있었던 이야기들. 이건, 우리의 이야기였다.

"국어 선생이 새로 왔어, 올해 3월에. 예전의 그 사람은 관뒀고."

언니한텐 말하지 않았다. 굳이 전할 필요 없는 정보였다. 괜히 그때 기억을 자극하고 싶지도 않았다.

"전혀 닮지 않았어. 나이도 다르고. 그런데 캐리커처였잖아. 머리 모양이랑 안경, 그렇게 보니까 그 사람으로 보였어. 이름 대신 과목명만 씌어 있었고. 물감 칠을 한 사람은, 그 국어가 예전의 국어라고 생각했던 거 아닐까? 아이들이 모두 복수하고 싶어 했던 한 사람. 그래서 물감을 칠한 거야."

조수아와의 연관성에도 그 차이가 있었다. '저주'로 쓰러진 것도, 친구 쓰기 수행평가로 곤란에 빠졌던 것도 국어 시간이었지만 두 국어 선생은 다른 사람이었다.

"그렇다면 이렇게 돼. 물감 칠을 한 사람은 CCTV에 찍힌 대로 교복을 입으면 우리 학교 학생으로 보이는 사람이야. 음악실 열쇠를 손에 넣는 방법을 알지만 동시에 쓰레기통이 하나 더 생겼다는 건 모르는 사람. 지난 국어 선생에 대해 안 좋은 기억이 있고, 올해 국어 선생이 바뀌었다는 건 모르고. 졸업생, 아니면 전학을 간 사람."

그리고, 조수아가 어디 물감을 숨겼는지 아는 사람. 조수아로부터 정보를 얻은 사람.

"그런 사람이 한둘이 아닐 텐데. 옆의 고등학교 학생일 가능성도 크고."

언니가 말했다.

"맞아. 이렇게 정리해도 사람들은 자기 맘대로 범인을 정할 거야. 졸업생이나 전학생은 재미가 없으니까 학교 안에서 찾겠지. 조수아거나 최주경, 아님 평소에 눈꼴시었던 애. 어차피 증거는 필요 없어. 느낌만으로도 충분한 근거가 될 테니까. 그러니 내가 용의자가 될 수도 있고……."

"너는 아니지. 너한텐 알리바이가 있잖아."

언니가 내 말을 끊었다.

알리바이?

어제, 나는 바빴다. 학원 가기 전에 떡볶이를 사서 집에 가야 했고 그러느라 종례가 끝나자마자 학교를 나왔다. 학원 끝나고는 문구점에 들렀다가 바로 집으로 왔다. 나의 알리바이를 증명해줄 수많은 사람들과 CCTV를 거쳐서.

그렇게 한 이유는 하나였다. 언니의 부탁을 들어주기 위해서.

가슴이 뻐근하게 아파왔다. 언니는 추를 하나 더 얹듯 말을 덧붙였다.

"너만 아니면, 다른 누구든 상관없잖아."

"왜 상관이 없어. 누군가는 자기가 하지 않은 일을 뒤집어쓸 텐데."

"그게 중요해?"

언니가 물었다.

중요할까, 아닐까. 중요하다는 건 뭘까. 언니랑 이야기하면 당연하다 넘겼던 것들을 되짚어 곱씹게 된다. 그래서 슬퍼진다.

실을 따라간 끝에, 언니가 있다. 그러나 우리 사이는 여전히 벽으로 막혀 있다. 내 목소리가 언니에게 들릴까? 나는 다시 목소리를 내었다.

"하나 더 있어. 우리 집 현관이야."

아까 집으로 들어오면서 얻은 확신.

"현관문을 닫을 때 내가 하는 버릇이 있어. 노루발을 바닥에 끌리게 해놓는 거. 문 연 다음에야 뭐 빼고 가는 거 없나 확인하느라 노루발로 고정시켜놨다가, 귀찮으니까 대충 발로 밀고 문을 닫아. 그러면 나중에 문을 열 때 노루발이 꼭 현관

턱에 걸리거든. 엄마가 잔소리하는데, 잘 안 고쳐지더라고."

아까 집에 올 때도 그랬다. 오늘 제일 늦게 나간 사람이 나였으니까 당연하다.

"그런데 어저께는 달랐어. 떡볶이를 사놓느라 집에 들렀다가 학원에 갔으니까 학원에서 돌아왔을 때는 노루발이 내려와 끌려야 했어. 그런데 원래대로 올라가 있더라고. 그래서 난 엄마가 집에 온 줄 알았어. 그런데…… 아니었어."

그사이 누군가 집을 나갔다가 들어왔다. 엄마나 새아버지일 리는 없다. 나도 아니다. 그렇다면.

언니는 찻잔을 입에 댔다가 내려놓았다.

"언니였어?"

나는 언니를 똑바로 바라보았다.

조수아.

우리는 협죽도 앞에서 마주쳤다. 지후가 학교에 입학한 봄, 아직 그 꽃이 피기 전에. 그 아이는 협죽도의 여린 잎을 따서 비닐에 넣고 있었다. 자기 손에 닿지 않도록 비닐로 손을 감고서. 협죽도에 대해 아는 사람의 행동이었다.

누구한테 쓰게?

과한 질문이었다. 하지만 그 애는 내 질문의 의미를 바로 깨달았다. 의심스런 눈빛으로 내 명찰을 확인하고는 내게 되물었다.

선배는요?

쾌감, 만족감, 기대감. 나와 같은 종류의 인간이라는 막연한 확신.

그 애는 내 번호를 받아 갔고 종종 문자를 보냈다. 내가 답장하지 않는데도. 학교에 가지 않기로 결정한 후에, 핸드폰을 없애기 전에 처음이자 마지막 문자를 보냈다. 호주로 갈 거라고. 거짓은 아니었다. 호주와 미로, 둘 중에 결정하지 못한 상태였다.

그해 가을부터 그 애는 메일을 보내기 시작했다. 자기가 어떻게 했다, 어떤 반응이 있었다, 일기 같은 글이었다.

내가 떠나온 세계의 먼 이야기. 옅은 혐오감을 느꼈다. 나와 비슷한 존재라면 나처럼 가둬놓아야 하는 게 아닐까? 저 밖에 자유롭게 놓아둬도 되는 걸까?

나는 더이상 메일을 읽지 않았다. 그래도 그 애는 계속 메일을 썼다.

생각은 언제나 '만약'으로 돌아간다. 만약 서빈이에 대한 질문을 받지 않았다면. 만약 내가 미로를 잘못 그리지 않았다면 끝까지 그 메일들을 안 읽었을까?

가장 최근의 메일에서 지후의 이름을 읽었을 때 그것은 계시가 되었다.

"조수아랑 연락하는 사이였어? 그럼 내가 조수아 얘기 할 때, 있었던 일 다 알고 있었던 거야?"

언니는 입을 열었다가, 다물었다.

오해받고 싶지 않다.

생경하고도 명확한 마음이었다. 오해가 아닌 무엇이 가능하기나 한가……. 아니, 이런 식으로 돌리는 것은 지금 이 순간에는 불가능하다. 지후가 대답을 기다리고 있다.

다시 또, 대답을.

지후가 내게 상황을 이야기한다면 내게 있는 정보와 함께 만회할 방법을 알려주려 했다. 그러나 지후는 내게 도움을 청하지 않았다.

그래도, 그래서, 나는 움직였다.

새로운 변수를 등장시켜 상황을 반전시키려 했다. 시선을 끌기 위해서는 강렬한 사건이 필요했다. 모두가 주목하고 말을 얹을 만한 것. 더불어, 조수아와 연결된 무엇이어야 했다.

연결 고리를 놓기 위해 물감을 잘랐고, 이니셜 쪽을 남기는 건 너무 노골적이기에 다른 쪽을 남겼다.

조수아를 공격하려 했던 것은 아니다. 그 애에게는 별다른 감정이 없다. 차라리 그 애가 원하는 것을 제공하려는 것에 가까웠다. 스스로 파고 들어간 함정이 아니라 정말로 발을 헛디뎌 빠질 함정을 만들어준 것이다. 거짓 섞인 변명이 아닌 진실한 호소를 할 수 있도록.

즐거웠다. 시야가 넓고 초점이 또렷한 기분으로 춤추듯 걷고, 계획한 동작들을 하나씩 실행에 옮겼다. 군더더기는 없었다.

단 하나, 국어의 그림을 발견한 것만이 계획 밖의 일이었다. 붓을 들고 나가는 길에 국어를 그린 그림을 발견했고 즉흥적으로 붓을 댔다. 그때 그 사람인 줄 알았다. 내가 미로로 들어가기로 결심한 계기가 된 사람.

원한이나 원망은 아니었다. 가벼운 여흥에 불과했다.

교문을 나와 아는 얼굴과 마주치지 않으려 빙 도는 길을 택해 걸을 때, 현실감각이 돌아왔다. 나와버렸다는 것. 그토록 쉽게, 내 결심을 깨버렸다는 것.

지후를 위해서, 라면서 사실 내가 그 순간을 충실히 누렸다는 것.

욕지기가 치밀어 올라 입을 틀어막아야 했다. 내 행동의 내용 때문이 아니었다. 그렇게 행동하도록 결정하고 실행에 옮겼다는 사실 때문이었다.

이러면, 예전과, 똑같지 않은가. 그동안 스스로를 누르고 다듬어온 시간은 아무것도 아니었나?

똑같아, 변하지 않았어. 아빠의 말은 사실이었다.

그 정도는 어떻게 넘어갈 수 있었다. 나 자신을 탓하고, 상처 내고, 벌을 주는 것으로.

하지만 지후의 물음 앞에 모든 것은 원점으로 돌아왔다. 언제 알았고, 언제 몰랐고, 그런 설명은 한없이 가볍고 의미 없게 느껴졌다.

말이 멈춘 순간들을 기억한다. 지후가 한 발 뒤로 물러서던 순간을. 속절없이, 내가 무엇을 잘못했는지 알지 못한 채, 미로 속으로 내 몸을 숨기던 때를.

마치 지금처럼.

"이거."

나는 종이에 싸 온 것을 과자 접시 옆에 놓았다. 빨갛고 노란 물감이 말라붙어 있는 붓이었다.

체육관 뒤, 붉은색 협죽도가 자라던 자리에서 붓을 찾았다. 망가진 책상과 의자 아래, 구겨진 과자 봉지와 음료수 캔 사이에 있었다. 조금만 주의를 기울이면 발견할 수 있도록, 붉고 노란 물감이 말라붙은 붓끝이 화단 쪽으로 삐져나와 있었다.

언니는 붓을 내려다보았다. 깎은 사과를 보고 있던 새아버지의 얼굴이 겹쳤다. 처음으로, 두 사람이 닮았다고 느꼈다.

물감이 재활용품 상자에 있었다는 것은 조수아와 언니밖에 몰랐다. 조수아는 언니가 호주에 있다고 믿고 있지만 언제 그 믿음이 흔들릴지 모른다. 조수아가 언니를 의심하게 되고 언니와 관련시켜 정보를 해석하다 보면, 협죽도 자리에 놓인 붓은 언니를 가리키는 증거가 될 것이다. 그렇게 되지 않도록 붓을 가져왔다.

나는 숨을 들이마시고, 내뱉었다. 그리고 말했다.

"고마워."

'보통'의 언니라면 다른 방법을 택했을까. 그러나 나는 언니의 방식을, 선택을 받아들일 것이다.

남은 질문은 삼켰다. 전과는 다른 이유였다. 전에는 언니의 답을 듣는 것이 두려웠다. 답을 들어도 받아들일 수 없을까 봐, 그래서 언니가 너무 멀다는 것을 확인하게 될까 봐. 하지만 지금은 그래도 괜찮다는 생각이 든다.

하나만 믿기로 했다. 언니가 나를 위해서 이 모든 행동을 했다는 것.

녹음기를 꺼내 녹음된 파일을 지웠다. 조수아가 물감을 재활용 상자에 두었다고 한 것과 협죽도를 아는 선배에게 연락했다고 말한 내용을 다 날려 보냈다.

이것으로, 손에 쥔 실을 놓았다. 나는 이 미로 속에 남을 것이다.

내가 제대로 들은 게 맞나?

지후가 고맙다고 했다. 내 기만을 탓하는 대신에.

붓을 거기 둔 것은 최소한의 공평함을 남겨두기 위해서였다. 만약 조수아가 거기서 붓을 찾아내고 나를 떠올린다면, 내게 묻는다면 있는 그대로 답하려 했다.

지후가 먼저 찾아낼 줄은 몰랐다. 가져올 줄도 몰랐다.

파악이 되지 않는다.

진짜 미로에 빠진 것 같다. 납작하지 않고 뻔하지 않은, 쉽게 가둘 수 없고 그래서 쉽게 벗어날 수 없는 미로.

바로 살아 있는, 눈앞의 사람.

기원을 알 수 없는 안도감이 밀려왔다. 긴 한숨이 터져 나오고, 어깨에서 힘이 빠진다.

언니는 찻잔 위로 몸을 구부리고 고개를 숙였다. 짧은 머리카락이 앞으로 쏟아져 얼굴을 가렸다.

나는 서툰 동작으로 찻주전자를 들어 언니와 내 찻잔을 채웠다. 차는 너무 많이 우려져 진한 주황색이었다. 틴 케이스도 열어 남은 과자를 접시에 덜고, 계피 가루가 묻은 과자를 하나 집어 입에 넣었다. 달콤하고 매캐했다.

"다음엔 내가 과자 가져올게."

언니는 찻잔을 들어 분명 떫고 쓸 차를 한 모금 마셨다.

"홍차 말고 다른 걸로 마시자. 지난번에 수정과 맛있었는데."

의견을 내는 건 예상보다 쉬웠다.

"내 방에서 만나도 돼?"

좀더 과감한 제안을 해보았다.

언니와 눈이 마주쳤다. 여전히 감정을 읽을 수 없는 얼굴이었다.

아마 우리는 함께 미로를 헤매게 될지도 몰라. 서로 다른 길을 택해 영영 마주치지 못할 수도 있지. 그렇지만 의외로 가까운 곳에 있을 수도 있어. 벽을 사이에 두고 나란히 걸을 수 있을 정도로, 서로의 목소리가 들릴 정도로. 멀고도, 가까이.

"그래."

언니가 대답했다.

작가의 말

왜 이런 이야기를 쓰게 되었는가 하면—.

일단 '왜'라고 묻는 것보다는 '어째서' 쪽이 마음이 편하다. 왜냐고 물으면 일목요연하게 답지를 써야 할 것 같지만 어째서/어쩌다 그랬냐고 하면 더듬고 또 헛짚으며 주섬주섬 늘어놔도 될 것 같아서다.

언제나 그랬다. 잘 설계되어 빈틈없이 완벽한 건축물보다, 필요에 따라 이리저리 덧붙여 이상한 구석도 많고 쓸모와 무쓸모가 뒤섞인 건물에 끌린다. 틈새, 흠, 구겨지고 접힌 자국, 환히 조명을 밝혀놓으면 아무것도 아닐 것들에 마음이 간다.

그러다 보니 글쓰기도 비슷한 양상을 띠는데, 일단 벌려놓고 수습하듯 빈틈을 메우는 식으로 작업을 한다.

문장을 쓰는 것은 땅을 파는 것. 땅속에서 뭔가 나와야만 파 내려간 삽질이 헛되지 않을 테니 어떻게든 끝까지 파는 수밖에 없다. 아무것도 안 나오면 어쩌지? 하는 불안감을 누르며. ……사실 누르지도 않는다. 어쩌지! 큰일 났다! 이러다간 망한다! 끊임없이 중얼거리면서, 의심과 회의감을 담요처럼 두르고 찬바람 새어 들어오는 창문 옆에 앉아 무작정 쓰는 것이다.

쓰다 보면 뭐가 나오긴 한다. 반짝이는 작은 조각이 보이면 일단 살았다, 는 안도감이 들고 그 뒤의 글쓰기는 한결 수월해져 긴 산책과 같아진다.

사실 내가 발견하려는 건 수수께끼에 대한 답이라기보다는 '그럴 수도 있겠다'는 공감에 가깝다. '어쩌다 그랬어?'의 답이 '어쩌다 (보니) 그랬어'가 되는 것도 괜찮다. 답이 없어도 이해만 된다면 얼렁뚱땅 해결이라 쳐주는 이야기, 범인으로 오해받았던 이들에게 귀 기울이는 이야기가 좋다. 기껏 찾은 답을 슬며시 도로 덮어놓는 탐정들을 좋아한다.

탐정은 공감 능력이 뛰어난 이들일 테고, 사건에 얽힌 인물들은 각자의 이유와 납득 가능한, 그리하여 물러설 수도 없는 동기를 가지고 있을 테니까.

충분히 빙 둘러 온 것 같으니 첫 질문으로 돌아가, 어쩌다 썼는가에 대한 답을 해야겠다.

이 책 『고양이의 제단』은 내가 '읽기' 좋아하는 추리소설의 여러 아이디어들을 모아 발전시키는 것에서 출발했다. 코지 미스터리, 안락의자 탐정, 물리적으로든 심리적으로든 여러 제약에 발이 묶인 십 대들, 그리고 학교.

당연한 듯 자기 이야기를 하고 자기 생각대로 움직이는 십 대들에 대해 쓰고 싶었다. '중2병' 같은 얄팍한 라벨이 붙지 않기를 바랐다. 존재에 이유를 붙일 필요가 없는, 도구가 아닌, 납작하게 눌리지 않은 인물들이라 생각하며 썼다. 이 이야기 속 인물들이 특별히 그렇다는 게 아니다. 실재하는 사람들이, 십 대들이, 우리가, 그렇다.

낮과 밤 혹은 흑과 백처럼 대비되는, 서로 등을 맞대고 선 두 사람의 관계도 내가 좋아하는 요소이다. 채경과 채경의 미로를 처음 생각했을 때 곧바로 미노타우로스를 떠올렸고 그렇다면 지후는 아리아드네였다. 스스로 미로 안에 틀어박힌 미노타우로스와 미로를 오갈 수 있는, 제물 아닌 동반자로서의 아리아드네.

변화의 키를 쥔 것은 지후였다. 책의 마무리 부분을 쓸 때 지후에 대해 오래 생각했다. 지후가 채경의 행동에 대해 어떤 반응을 보일지, '그럴 수 있겠다'의 영역일지. 지후는 마침내 선택을 했다. 채경을 끌고 미로를 나가지도 않고 그렇다고 혼자 떠나지도 않고, 미로 안에 남기로 한 것이다.

어떻게 그런 용기를 낼 수 있을까? 왜 그런 선택을 했을까? 아니, '어쩌다' 그런 걸까? 파봐야 할 땅은 끝없이 펼쳐진 것처럼 보이고, 삽질의 노고를 벌써 잊어버린 나는 어느 지점을 먼저 파볼까 궁리하고 있다. 이들의 이야기를 더 쓸 수 있다는 것이 기쁘다.

이 책을 읽는 이들도 마지막 장 이후를 궁금해하기를, 그만큼의 즐거움을 얻었기를 바라본다.

2022년 봄, 김묘원

* 글쓰기-땅파기의 비유는 스티븐 킹의 『유혹하는 글쓰기』에서 처음 읽었다. 내가 범인보다 범인으로 오해받았던 이들을 더 궁금해하는 건 피에르 바야르의 『누가 로저 애크로이드를 죽였는가?』와 『햄릿을 수사한다』, 『셜록 홈즈가 틀렸다』를 읽은 영향일 것이다.

* 「고양이의 제단」은 《미스테리아》 28호에, 「모두의 약점」은 36호에 실렸다. 「답장을 보내다」는 31호에 「편지의 계절」이란 제목으로 실린 바 있는데, '00의 00'이 너무 많이 반복되어 제목을 바꾸긴 했지만 어느 쪽이 나은지는 아직도 잘 모르겠다.

고양이의 제단

초판 발행 2022년 7월 20일

지은이 김묘원

책임편집 임지호 | **편집** 지혜림
표지디자인 강혜림 | **본문디자인** 최미영 | **표지 일러스트** 변영근
저작권 박지영 형소진 이영은 김하림
마케팅 정민호 이숙재 박치우 한민아 이민경 박지영 안남영 김수현 정경주
브랜딩 함유지 함근아 김희숙 박민재 박진희 정승민
제작 강신은 김동욱 임현식 | **제작처** 상지사

펴낸곳 (주)문학동네 | **펴낸이** 김소영
출판등록 1993년 10월 22일 제2003-000045호

주소 10881 경기도 파주시 회동길 210
문의 031-955-8892(편집) 031-955-3578(마케팅) 031-955-8855(팩스)
전자우편 editor@elmys.co.kr | **홈페이지** www.elmys.co.kr

ISBN 978-89-546-9988-4 03810

엘릭시르는 출판그룹 문학동네의 장르문학 브랜드입니다.